日月潭の朱い花

NISHI GETSU TAN

青波 杏
AONAMI ANN

集英社

目次

装幀◆アルビレオ
装画◆谷　小夏

日月潭の朱い花

第一部　台北《タイペイ》、初夏

1

重慶南路《じゅうけいなんろ》を吹き抜けていく風の色は、たとえるならなんの色だろう――。

ふわりとした羽毛のような雲に、薄桃色の夕方の光が静かに広がっていく空を見ながら、わたしは一瞬そんなことを考える。

もうすぐスコールが降るのか、湿気で飽和状態の空気にのって、排気ガスと深い森のようなにおいが漂ってくる。帰宅を急ぐバイクのクラクションとエンジンの騒音がリズミカルに響く台北の街を、北門に向かって歩く。

巨大な城郭のような台北車站《しゃたん》を背に、大通りを車に気をつけてわたると、派手な電飾の看板が目にちらちらとまぶしい。そこからまっすぐすすんで、湯気が立ちのぼる餃子《ギョーザ》屋の蒸籠《せいろ》を目印に、名もなき小路《こうじ》に入って、ちょうど十歩いったところの右手に、幸福古物商というガラクタが山積みになった古道具店がある。わたしのお気に入りの場所だ。

アルミサッシに大きなガラス窓のはまった引き戸を開ける。古い家具と堆積した埃《ほこり》の、どこか懐かしいにおいがした。戸を閉める音に、店の奥に座るトッポ・ジージョのような小さなおじいさんは、少しだけ顔を上げてこっちを見た。それからまた視線をよれよれの新聞紙に落とす。おじいさん自体がゼンマイ仕掛けの古いブリキ人形みたいで、わたしは心のなかでくすりと笑う。

引き戸が開く音がしたと思ったら、すぐ後ろからわたしを押しのけるように、赤い花柄シャツのおばあさんが店に入ってきた。

竹の皮に包まれたちまきをひとつおじいさんにわたして、閩南語《びんなん》でなにかいってから慌ただしく店をでていった。前に見たときも、胡椒餅《こしょうもち》を持ってきていたから、もしかしたらおじいさんの家族なのかもしれない。引き戸を勢いよく閉めるガシャッという大きな音が響いて、店にはまた静けさが戻ってくる。

わたしは、今日もガラクタの山のなかに切りこんでいって、なにをさがすというわけでもなく、ただださまよう。

——安月給なのにまた無駄遣いか。さっちゃんってもの好きだな。

驚いたように大きな茶色い目をさらにいっぱいに開くジュリの顔が頭に浮かぶ。シェアメイトのジュリは、わたしのことをさっちゃんと呼ぶ。それが小学校のときみたいでわたしはちょっとむずがゆい。

ジュリのことを考えていたら、積み上げてあった本の山に躓《つまず》いてしまった。小さな雪崩がおきて、おじいさんがちらりとこちらを見た。慌てて、ごめんなさい、という。おじいさんは、問題ないよというふうに軽く手をふって、視線を新聞紙に戻した。

しゃがみこんで崩れた本を積みなおしていると、ゲストハウスのスタンプが押された日本語のガイドブックの隙間に埃をかぶった焦茶色の革のトランクが見えた。四角《よすみ》に真鍮《しんちゅう》の鋲《びょう》が打ってあって、キャスターもなにもついていない。古い映画のなかでヘップバーンが持っているようなトランク。薄暗い店のなかでふしぎとそのトランクだけが鈍い光を放っているように感じた。

立ち上がるとまたおじいさんと目があったので、値段をきいた。

「多少《ドウシャオ》 銭《チエン》?」

おじいさんは目を擦《こす》り、身をかがめてわたしが指差しているトランクを見ると、何回か瞬《まばた》きをして、ふいに懐かしそうな表情を浮かべた。

少しの沈黙のあと、イーチェン、とぽつりといった。なにを思いだしているのかちょっと気になる。おじいさんの青春の思い出が詰まっていたりして。

一千元《イーチエンユエン》、二〇一三年現在の相場ではだいたい三千円くらいだ。日常的には使うことがなさそうな革のトランクの値段として安いのか高いのか、いまいちぴんとこない。ジュリの突き放すような、ふーん、気に入ったならいいんじゃないの、という冷ややかな視線が脳裏に浮かぶ。

十分くらい逡巡《しゅんじゅん》して、買わずに店をでた。

淡水河《たんすいが》のほうから気持ちいい五月の風が吹いてくる。いまは真夏の入り口にあって、わたしは昼間の熱気が少しだけ静まるこの時間帯がいちばん好きだ。わたしの生まれ育ったつくりものめいた多摩《たま》ニュータウンとはまるでちがっていて、生きている街の気配がある。

物心ついたときから、遠くへ遠くへいきたかった。ずっとかかえていた得体の知れない息苦しさから逃れるために飛びだしたのが、地球の裏側とかではなくて、羽田《はねだ》から三時間程度のフライトでたどりつく台北だというのは、わたしの度胸と実力の限界なのかもしれない。でも、大学の卒業旅行で大好きになったこの街の求人をインターネットでみつけたとき、ふっと心が軽くなったような気がした。それから二年が過ぎるけれど、あいかわらず亜熱帯の街のにおいも、食べ物も、うらさみしい小路にいたるまでわたしを惹《ひ》きつけてやまない。

新光三越《しんこうみつこし》のショーウィンドウに並んだ鮮やかな赤いペイズリー柄のシャツが目に飛びこんできて、わたしは立ち止まる。

わたしもあんなシャツを持ってたなあ——。

ライブハウスのステージで水色のジャガーをかき鳴らしていたのもはるか遠い昔。ガラスに映りこんだわたしの姿には、西荻窪《にしおぎくぼ》の高架下を歩いていたパンクガールの面影はほとんどなかった。猫みたいとよくいわれたくりくりの目とショートボブ、靴底に穴が開く寸前の黒いコンバースと色あせたスキニーパンツは変わらないけれど、二十五歳のわたしが纏《まと》っている空気は、あのころからは五キロくらい増えた体重と同じで、ちょっとだけ重たい。

なかなか沈まない南国の夕日に別れを告げて、台北車站のエスカレーターを駆け下りた。ホームに入ってきたばかりの地下鉄に飛び乗る。

ベビーカーのなかのおまんじゅうのような顔をした赤ちゃんに、おばあさんが笑いかけているのを横目で見ていたらあやうく乗り過ごすところだった。

こっちのひとは、ほんとうに子どもに優しい。中央線で押しつぶされそうになりながら出勤して、帰りはすべてシャットアウトして座席で眠りこんでいたころから考えると、まるで異世界のようだ。だけど、チートスキルもなにも持たないわたし自身は、実はあまり変わっていないのかもしれない。

地下鉄の長い階段を上り、淡水河に向かって歩く。橋の手前で左に曲がってしばらくいくと、ようやくわたしとジュリが暮らす迪化街《ディーホアジエ》という古い街路にたどりつく。

鍋やたわしの並ぶ古めかしい金物屋と、モダンなカフェが混在する通りを歩き抜けるころには、懐かしい家に帰ってきたような気持ちになった。

すっかり馴染《なじ》みになった蒸し餃子屋さんで、打包《ダーバオ》、とテイクアウトをたのみ、ついでに雑貨屋で台湾ビールと八角《はっかく》香るゆで卵も買った。見た目とにおいはインパクトがあるゆで卵。だけど、殻を剝《む》くと案外香ばしくておいしいのだ。

風にのって、薬膳粥《やくぜんがゆ》のような、子どものころ、風邪をひくたびに母さんにのまされた苦い薬のにおいが漂ってきた。この周辺は、台湾でいちばんといわれるくらい漢方薬屋や乾物屋が集まっている地域で、通りには漢方薬のにおいが充満している。

ジュリとわたしが暮らす部屋は二十世紀初頭に建てられたバロック建築の古びたビルディングの三階にある。このあたりの１ＬＤＫで月一万元は破格だよ！　とわたしの働く日本語学校の受付のシーティンが目を丸くしていっていた。

どんな事情があるのかはわからないけれど、ゲストハウスかバーにでもするつもりだったのか、やや広めのリビングの端っこにはカウンターキッチンがあって、小さなロフトまである。

とはいえ、いいことばかりでもない。天井はリノベーションが途中で放棄されたことを物語るように配管がすべて剝きだしで、排水口の位置が変な場所にあってシャワーを浴びるたびに、床が洪水になる。だからバスルームは、いつもカビの胞子が舞っているはずだ。見えないけど。それでも、まったく気にならないのは、わたしが育ったのもここと似たり寄ったりの古ぼけたマンションだったからだろう。


重い鉄の扉を体重をかけて開ける。

真っ暗なリビングのソファーで、ジュリは頭に大きなヘッドフォンをつけて、二十八インチのモニターをぼんやりとながめていた。画面の映像にあわせて、フローリングに赤や緑の光が反射している。

リビングの蛍光灯のスイッチを入れると、ジュリはやっとふりむいて、眠たそうに目を擦った。わたしが洗濯したばかりの丈の長い生成りのコットンシャツを勝手に部屋着にしていた。すらっとしていて、手足の長いジュリのほうが、わたしより似合っている気がする。

「もう、夜？」

「たぶんね。外暗いでしょ」

ジュリにはおよそ時間の感覚というものがない。外国為替証拠金取引とか、通貨スワップとか、説明をきいてもわたしにはいまいちわからない仕事をネットの海をさまよいながらこなしている。

いま、画面には血圧計のように上がったり下がったりを繰り返すユーロと円が映っている。

「蒸し餃子とゆで卵買ってきたよ」

そういって少しどきどきしながらカウンターテーブルに餃子の入ったプラスチック容器と卵の袋を置く。亜熱帯の午後のようにジュリの気分は移ろいやすくて、買ってきた夕ごはんを伝えるこの一瞬はいつもかすかに緊張する。

ジュリは背伸びをしてから、ちょっと照れたような顔で、ありがと、と小さくいった。よかった。夕ごはんのチョイスは正解のようだ。それにしてもどうしてジュリは、お礼をいうときに、恥ずかしそうな顔をするんだろう。

カウンターのスツールに腰掛けると、ジュリは左手で壁のリモコンを取って、テレビをつけた。左利きのジュリはいつもわたしの左側に座る。ジュリは、早くして、とわたしがカウンターにお皿を並べるのを子どものように待っている。

「ジュリもできるでしょ」

「テレビ見てるからいいや」

「子どもかよ」

大げさに肩をすくめるふりをして、わたしも横目でテレビをちらりと見る。こういったやりとりはもうすっかりお約束で、わたしもジュリに手伝いを期待しているわけではない。画面のなかで赤いドレスを着た女のひとが、日本でもきいたことのある古い歌謡曲を歌っている。

ジュリは無音の空間に耐えられないらしい。なんで、って前にきいたら、長い沈黙のあとに、ひとの声がきこえるとこはセーフゾーンだったの、とほとんどきこえないような小さな声でいった。

ジュリはたまにお酒をのんだときだけ心の声を漏らすように話しだす。わたしが知っているのは、ジュリが十三歳で在日一世のハルモニの家に引きこもるようになって、その十年後に一念発起してソウルの語学学校に入り、そこからワーキングホリデーで台湾にわたってきたということだけだ。この部屋にきてからは、やっぱり引きこもりに逆戻りしている。

「いただきまーす」

生姜《しょうが》を散らした小皿をカウンターテーブルに置いた瞬間、ジュリが蒸し餃子に箸を伸ばす。刻み生姜と黒酢という小籠包《シャオロンバオ》スタイルが蒸し餃子にもぴったりだと少し前に気がついて、それからはいつもひと手間かけて生姜を刻んでいる。

ちょっと待ちなさいよ、と負けじと餃子をつまむ。まだ温かかった。厚い皮にたっぷりのスープが閉じこめられていて、口のなかいっぱいに肉汁が染みだしてくる。

ジュリのおいしそうな顔を見ていたら、体のなかのなにかが満たされていくようで、わたしは思わず下を向く。きっと恥ずかしいくらい、うれしそうな顔をしているはずだ。

蒸し餃子は三十個もあったのに五分で消えた。

緑色のラベルの台湾ビールをのみながら、帰りに立ち寄った幸福古物商の話をすると、またガラクタを買ってきたの、とジュリが冗談めかして笑った。今日のジュリは機嫌がいい。

「ジュリがばかにするし買わなかったよ。すごい古い革のトランクがあって、なんか気になったけど」

「ばかになんかしないよ！　いつも、さっちゃんっておもしろいなあって思ってるだけ。でも、トランクって旅行にいきたいの？」

どうなんだろう。あのトランクを持って旅にでるなんて考えもしなかった。それよりも、あのトランクが旅をしてきた時間そのものに惹かれているような――。

うまく答えられないまま、ゆで卵の殻を剝いていると、ジュリは、ごちそうさま、といって早々にモニターの前に戻った。

卵の黄身がきらいなのか、白身だけ食べてあとは皿の上に放置してある。ジュリはほんとうに小さな子どものように食べたら食べっぱなしで、散らかしたものをおよそ片付けたことがない。どこまでやったらわたしが怒るのか試されているみたいで、ときどき無性に腹が立つ。けれど、もうすっかり慣れた。もしかしたら、ジュリにはひとに世話を焼かせる天性の才能のようなものがあるのかもしれない。

テレビでは、どこかの国の吹き替えドラマをやっている。口の動きとセリフがまったくあっていない。目がぱっちりした女優さんが屋台の行列に並んでいるシーンを見ていたら、ジュリと台北ではじめて出会ったときのことを思いだした。

――まだ街にはうっすらと春のにおいが残っていたっけ。

わたしは日本語学校の夜の授業がはじまる前の休憩時間に近くの胡椒餅屋の行列に並んでいる。でも、わたしのすぐ前で売り切れてしまった。からっぽになったタンドール窯を指差して、冷たく手をふる店員の女の子の顔を見ながら、わたしは刺激的な胡椒まみれの肉の餡《あん》とサクサクの生地を想像して、しばらくその場から動けずにいた。

目の前で背の高い女の子がうれしそうに胡椒餅の袋を握りしめている。一六三センチのわたしより胡椒餅の袋一個分くらい背が高いから一七〇センチは超えているだろう。艶のある黒髪は内側に軽くカールしたおかっぱで、意志の強そうな二重の大きな目。古めかしいダッフルコートにグレーのチェック柄のプリーツスカート、汚れたナイキのバスケットシューズという中学生のような格好がどこかアンバランスな印象だ。

何歳くらい？　高校のころ、たまたま夜のスナックが休みだった母さんと一緒に見たドラマの女優さんに似てるかも——。

そんなことを取りとめもなく考えていたら、その子と目があった。

その子は大きな目でわたしの顔をのぞきこんできた。

「サチコねえちゃん？　覚えてへん？　あたし中学で京都引っ越しちゃったけど」

夕方の強い西日のなかで、その子の薄茶色の目はほとんどベージュに近くて、透き通っていた。

小学校の記憶をたどってみても、いま関西の言葉で話しているその子がいたかどうかやっぱり思いだせなかった。

「ごめん、だれ？」

「朴《パク》ジュリよ。サチコねえちゃん、マンションの前まで送ってくれたことあったやん」

そういわれてみれば、当時はまだ優等生のふりをしていたわたしは、歳下《としした》の女の子たちを家まで送ったりしながら、ぶらぶらして帰っていた。どうせ部屋に帰っても母さんはパートでいなかったし。

「そうかも。ごめん、忘れてて」

「ずっと前のことやしね……それより、思いっきり普段着やけど、こっちに住んどるん？」

「うん、日本語教師してるの。旅行？」

その子はうなずいてしばらくなにかを考えていた。口を開いて、言葉をさがしているけれど言葉がでてこない、そんな感じだった。そのとき、薄暗いお店の奥にかけられた柱時計の針が休憩時間の終わる五時半を指しているのが見えた。

「ごめん、わたし、もういかなくちゃ。そこの角曲がったとこの日本語学校で働いてるの。台北しばらくいるなら寄ってみてね」

その子は、無言でうなずいて、それでもやっぱりなにかいいたげな顔をしていた。

日本語学校の隣のコンビニでシーチキンおにぎりを取ってレジに向かう途中で、なにかにつまずいた。足元をよく見るとぼろぼろのコンバースのつま先のソールが剝がれかかっていた。その瞬間、さっき見た女の子のバスケットシューズを思いだした。まるでずっと歩いて旅をしているんじゃないかというくらい、泥で真っ黒になっていた。

どうして、あんなに靴が汚れていたの——。

それがどうしても気になって胡椒餅屋の前まで駆け足で戻ると、その子は袋を握りしめたままぽつんと佇《たたず》んでいた。

「ねえ、ホテルどこ泊まってるの」

わたしがそういうと、少し恥ずかしそうにうつむいてから、きこえないくらいの声で、お金なくて三日前に追いだされちゃった、とつぶやいた。

それからわたしの目の前に、胡椒餅の袋を差しだした。ぎこちない笑みを浮かべて、その手は祈るように震えている。

「あんな、これ半分あげるし、泊めてくれへん？　今夜はもう野宿とかしとうないし……」

半分かよ、と内心つっこみながらも、野宿なんてだめに決まってるでしょ、まかせといて、とつい口にしていた。

その子は、ほんとうに安心したように笑った。胸を鷲摑《わしづか》みにされるような、そんな笑顔だった。

どこにもいく場所がないのか、そのままわたしについてくると、日本語学校の受付の前のベンチで仕事が終わるまでずっと待っていた。その子がまったく動かないのを心配したシーティンが事務室のお菓子をあげて、毛布まで貸してくれたとあとできいた。

数日だけのはずが、それから一ヶ月、ジュリはずっとわたしの狭い部屋に住みついている。わたしの喋《しゃべ》る東京の言葉に影響されたのか、いつのまにか関西弁をあまり使わなくなった。小学校まで関東にいたはずなのに、ジュリの話しかたはどこかぎこちなくて、いつも言葉をさがしながら話しているみたいだ。

いちばん最初の取り決めでジュリのスペースはロフトだけということにしていたのに、あっというまにリビングのソファーで眠るようになって、いまではわたしがロフトに追いやられている。それでもそんなに腹が立たないのは、やっぱりわたしもいい加減ひとり暮らしがさみしくなってきていたのかもしれない。家賃はもらわず、たまに儲《もう》けがあったときだけ、教えたつもりもないわたしの口座に、お小遣いのように振りこみがある。

2

台北は雨が似合う街だ。しとしとでも、じとじとでもどちらでもいい。雨が降ると街のにおいがさらに凝縮される。

一日中降り続いた雨は、仕事が終わる夕方には吹き降りになった。

日本語学校の一階で小降りになるのを待っていたら、浅黄色のパンツスーツでスタイリッシュにきめたシャンシャンが大きな水色の傘を貸してくれた。

わたしの授業パートナーは、珊瑚《さんご》の「珊」をふたつ並べるシャンシャンというかわいい名前をしている。わたしのふたつ歳上で、ちょっと重たげな一重が印象的な童顔だ。台中《タイチユン》の実家に二歳の子どもを預けて働くシングルマザーでもある。名探偵コナンとキムタクを愛してやまないところはまったく趣味があわないけれど、わたしと同じで居酒屋が大好きだったからわりとすぐに仲良くなった。

「サチ、寄り道しないで帰るのよ」

そういって軽やかな足取りで雑踏に消えた。シャンシャンは、わたしのことをサチと呼ぶ。古風で昭和感のあるサチコという名前がきらいだったわたしも、台北にくるまで一度も呼ばれたことのなかった、サチという響きは好きになった。海のさち、山のさち、なにかいいことがありそうな響き。

水色の傘は広げると大人ふたりでも十分に入ることができそうなくらい大きい。滝のような雨が日常的に降る亜熱帯では、傘もまたたくましい。

薄暗くなった街を早足で歩いていたら、懐寧街《ホワイニンジエ》の交差点を曲がったところで呼び止められた。

「日本人《リーベンレン》！」

声の主を知っているわたしは無視して歩き過ぎようとする。

「ねえって！　サチコ先生！」

大声につい立ち止まったら信号が変わってしまった。

「長澤《ながさわ》サチコ！　話をききなさい。変わった相がでてるよ！　きかないと死ぬよ！」

そこまでいわれたらきかないわけにはいかない。

わたしはしぶしぶ引き返して、工事中のビルの足場の下に粗末な机をだしている、占い師の蘇《スー》おばさんの顔を見る。足場がちょうど雨よけになっているようだ。小太りで血色のいい蘇おばさんには、一ヶ月ほど前に、シャンシャンと一緒に運勢をみてもらったことがある。

わたしは占いはまったく信じない。けれど、とにかく当たるし、人生変わるんだって！　というシャンシャンの言葉に、いい加減人生に新展開がほしかったわたしは、つい興味を持ったのだった。それからは必ず声をかけられるから、この交差点を通らないようにしていたのだけど、今日は帰りを急いでいてすっかり忘れていた。

避けていた理由はきわめてシンプルだ。占いが当たりすぎてはっきりいって怖いのだ。前にきたとき、おばさんは開口いちばん、すぐに大事なものをなくすけど、来週は大きな拾いものをするよ、といった。翌朝、母さんから猫のマグロちゃんが亡くなったというメールが届いて、そのつぎの週に胡椒餅屋の行列でジュリを拾った。

マグロちゃんはわたしが小三のとき、近くの公園で拾ってきたダリのような髭《ひげ》の模様がかわいい白黒まだらな猫で、わたしが部屋に引きこもっていたころの唯一の友だちだった。あまり人間には興味がなさそうで、それでも話しかけたら、わからなくてすみません、とでもいうような切ない声で、ニャニャニャと頭を下げるしぐさにどれだけ救われただろう。

──マグロちゃん、ずっと寝たきりだったんだけど、今朝いよいよ動かなくなってね、ちゃんと小平《こだいら》のペット霊園に連絡したから安心して。合祀《ごうし》でいいわよね。

そんな母のてきぱきとしたいつもの調子のメッセージを見ながら、わたしは海をわたったことをはじめて後悔した。

傘を閉じて、蘇おばさんの前のプラスチックの椅子に座る。わたしの顔を一瞥《いちべつ》して、蘇おばさんはいかにも残念という様子でため息をついた。

「サチコ、もう扉を開けてしまっているよ。兄弟に注意しなさい。お墓の縁《ふち》に立っていても死んじゃいないいんだから」

低い声でそれだけいって、蘇おばさんは右手を差しだす。

「ごめん、いま金欠で……」

蘇おばさんは、わたしをきっと睨《にら》むと、手を摑んでなにかを握らせた。

「ばか、金なんていらないよ。あんたが死にそうだから声をかけたんだ。わたしの通り名は、慈祥的蘇大姐《親切な蘇ねえさん》だよ。ほら、この媽祖《まそ》のお守りを持っていきな」

笑みひとつ浮かべずにそういったので、わたしは思わず吹きだしそうになった。しかし、おばさんはいたって真剣のようだ。手を開いてみると、金色の糸で媽祖の刺繡《ししゅう》が入った小さな赤い袋だった。前にシャンシャンが教えてくれたところによると、媽祖は航海や漁業をつかさどる、台湾でいちばん人気の女神さまらしい。

それにしても、観光地のお寺にいったら一山いくらという感じで売っているお守りにご利益《りやく》があるんだろうか。

わたしは蘇おばさんのどこか芝居がかった占いに、子どものころに金曜ロードショーで見た『グレムリン』の冒頭シーンを思いだした。

謝謝《シエシエ》、といって信号が変わったばかりの交差点を駆け足でわたる。媽祖のお守りはパーカーのポケットに放りこんだ。

迪化街の部屋に帰って、ジュリにその話をしたら、不気味なおばさん、とくすりと笑った。

今夜のエビワンタン麵もジュリのお眼鏡にかなったようだ。これ、好物やねん、とひさびさの関西弁まできくことができて、わたしは心のなかでにんまりする。

ジュリは早く食べたくてしょうがないのか、テイクアウトのプラスチックの蓋を指先で猫のようにカリカリと引っ掻《か》いている。

急いで手を洗ってからジュリの横に座って、箸をわたすと蓋をはぎとって一気にかきこむ。

「ゆっくり食べなよ」

わたしもエビワンタンに箸を伸ばす。ジュリはほんとうに食い意地がはっていて、うかうかしているとわたしのワンタンまで食べられてしまう。プリプリした食感が心地よい。スープは薄い塩味で、気づいたらすべてのみほしていた。

「こころあたりあるの？」

一瞬なにをいっているのかわからなくてジュリの顔を見る。ジュリは恥ずかしそうに目を逸《そ》らして、おばさんの占い、といった。ジュリの話はときどき主語がない。

「ぜんぜんないよ」

「ふーん、まあどうでもええけど——。それより、あした学校休み？　あたし、ちょっといきたいとこある。もし時間があれば一緒にきてくれるとうれしい」

まるで機械翻訳の日本語のような、ぎこちない喋りかただった。

——もしかして、ずっと引きこもっていたから、ひとを誘ったことがない？

そう思った瞬間、胸がいっぱいになって言葉に詰まった。

部屋にきてから一緒にでかけたのは、一度きりだ。わたしが職場の懇親会で連れていってもらった高級中華料理店の翡翠《ひすい》餃子がとにかくきれいだった、という話をしたら、食べてみたいというので、休みの日に連れていくことにした。

けれど、その日、ジュリは台北車站をでたところですっかり動けなくなってしまった。タクシーのなかでジュリは、ごめんね、さっちゃん、もう大丈夫、といいながらもずっと小刻みに震えていて、わたしはこの子を絶対にひとりきりにできないという、それまでほとんど感じたことのないような感情を抱いた。歩けなくなった理由は結局きけなかった。

そのときのことを思いだして、わたしはきく。

「その、なんていうか、外、大丈夫なの？」

「うん、ちょっとずつ練習して慣れてきたの。さっちゃんのいない昼間、下の雑貨屋でビールとかよく買ってる」

それでこのところ身に覚えのない空き缶が、カウンターテーブルの下や洗面所に放置してあったのか。ちゃんとゴミ捨てて！　といいたくなる気持ちをぐっと抑える。せっかくジュリががんばって誘ってくれたんだから、台なしにするわけにはいかない。

「どこいきたいの？」

ぱあっとうれしそうな表情を浮かべてジュリは、「淡水《タンシュイ》」ときれいな発音でいった。「水」の発音がかすかに「シュエイ」というふうになる微妙なニュアンスも完璧に。引きこもっている十年間、ハルモニからずっと韓国語を習っていたというジュリは、はっきりいって成りゆきで語学教師になったわたしよりも耳がいいし、北京《ペキン》語の発音もきれいだ。

「淡水？　地下鉄の終点で、人気の観光地ってことだけは知ってるけど、いったことないよ」

「東洋のベニスなんだって。さっちゃん、イタリア好きだってブログに書いてたよね……最近更新してないし、あたらしい写真撮ったら？」

ジュリが積極的なことにちょっと戸惑《とまど》いつつも、わたしはジュリの口からでた「ブログ」という言葉に動揺する。大学でバンドをはじめたころから、読まれることを期待してというより、感情の淀《よど》みをはきだすような気分で、日々の雑感をブログに綴《つづ》っていた。ジュリに読まれていると思うと急に恥ずかしくなってきた。

「ブログのこと知ってたの？」

ジュリは気まずいと思ったのか、顔を赤くして黙りこんだ。そのまま視線をわたしの後ろのテレビに泳がせながら、この前たまたまみつけたの、と上ずった声でいった。

前から知ってたのか。

ジュリは嘘《うそ》が下手だ。嘘をつくとき声のトーンが半オクターブくらい高くなるからすぐわかる。

しばらくして、あした、何時がいいの、ときくと、ジュリはほっとしたような顔をした。

「早起きしていこう」

ぽつりとそういって、そそくさと定位置のパソコンモニターの前に戻った。ヘッドフォンをつけて、おかっぱ頭を軽く左右に揺らしている。その後ろ姿を見ているだけで、ジュリが喜んでいるのが伝わってきた。

3

淡水についたとき太陽はちょうどわたしたちの真上にあった。むわっとした空気のなか、強い海の香りが漂う。

ジュリは地面の感触をたしかめるように、おそるおそるといった様子で歩きだす。そのペースがあまりにもゆっくりでわたしはどきどきしながら見守る。いちばんはじめに胡椒餅屋の前で会ったとき、まったく自然なふりして話しかけてきたけれど、ジュリはそうとう気を張っていたんだ――。いまさらながら、そのことに気がついた。

ジュリは金色のフクロウのロゴのついた黒いキャップを深々とかぶり、わたしが誕生日プレゼントにシャンシャンにもらった白いTシャツを、また勝手に着ている。なんの変哲もないTシャツに見えるけど、フランスのブランドでそれなりの高級品であるらしい。やっぱりジュリにはよく似合っている。わたしも白いコットンシャツとまだあたらしいほうの黒いコンバースで少しだけよそいき気分だ。

いきたい、とはいっていたもののジュリには特に目指す場所はないようだった。

わたしたちは強い日差しを避けるように、海に向かって延びる川沿いの遊歩道を歩く。緑に茂った木々がちょうどいい木陰をつくっている。近くの小学校の遠足なのか、川に面した広場は同じような緑色のジャージを着た子どもたちでいっぱいだった。

川から吹く強い風に榕樹《ようじゅ》の気根が巨人の髭のようにゆらゆらと揺れた。ジュリは、ほとんどなにも話さないけれど、うれしそうに目を輝かせている。

「なんか楽しそうね」

そういうと、ジュリは少しだけ恥ずかしそうな顔をして、ぽつりといった。

「あたし、友だちと遊びにきたの小学校以来よ」

その言葉がなにか胸のデリケートな部分に突きささってきたように感じて、鼻の奥がじーんと痺《しび》れた。ジュリといると、わたしのなかの息をしていなかったところもまた呼吸をはじめるような気がする。

遊覧船乗り場にたどりつくころには、心なしかジュリの足取りは軽くなっていた。

ジュリは路地裏を歩く黒猫や、お寺のなかの関羽《かんう》像、媽祖廟《びょう》の天井に吊《つ》るされた煙をあげる巻き線香、目に入ってくるものすべてにスマホのカメラを向けた。わたしにも。

「そんなに撮らないでよ。なんだか恥ずかしいよ」

「ええやん。さっちゃんってサブカル女子っぽいし、意外とフォトジェニックなの」

わたしは、フォトジェニックといわれたことが照れくさくて、「サブカル女子ってばかにしてんの」といった。

フォトジェニックというなら、大きい目につやつやの黒髪のジュリのほうがよっぽど絵になる。

ジュリは、へへ、と子どものように笑うと、スマホの画面を見せてくれた。

強い太陽の光に、まぶしそうに目を細めていたけれど、自然な笑顔だった。カメラを睨みつけるように写っていた大学のころのバンドのアーティスト写真とも、しかめっつらの派遣時代の写真ともぜんぜんちがう、柔らかい表情。

ジュリの前ではこんな顔してるんだ――。

「思ってたよりかわいい」

「自分でいわないで」

そういいながらもジュリは何枚も写真を撮る。

「なんでそんなに撮るの？」

急に感情を押し殺したような顔をしてジュリは、だって、さっちゃんもいつかどっかにいっちゃうでしょ、といった。

わたしは、どう答えていいかわからなくて黙りこむ。

この前の冬に、ずっとジュリの面倒を見てくれていたハルモニが亡くなって、ジュリはそのハルモニが残してくれたお金で海をわたったらしい。

帰ったらどうするつもりだったの、と前にきいたら、別に帰るつもりなかったけど、さっちゃんと会えたからほんとよかった、とさらりといった。あのとき胡椒餅屋で出会わなかったら、ジュリはいったいどうなっていたんだろう。

空の高いところでウミネコがぎゃあぎゃあとけたたましく鳴いている。わたしは、少しだけ勇気をだしてジュリに肩を寄せて、一緒に写真撮ろうよ、とスマホを自分たちに向ける。

「やめて、むっちゃ恥ずかしい。あたし写真ＮＧだから！」

そういってジュリはほんとうにいやそうな顔をした。

一日中歩きまわって、日が西に傾くころ、紅毛城《こうもうじょう》というスペイン統治時代に建てられた高台のお城にたどりついた。ジュリはさすがに疲れたのか、リュックサックを投げだして坂の上のベンチに座った。

背の高い木々に囲まれた石のベンチからは、西日に照らされた河口と、対岸の低い山が見える。斜面には大きな鳳凰木《ほうおうぼく》が植えられていて、満開だった。たくさんの花びらが木の下に散らばっていて、そこだけ朱色の絨毯《じゅうたん》を敷き詰めたように鮮やかだ。木漏れ日のなかに座るジュリの体は天使のように透き通って見える。

老街《ラオジエ》のカフェで買ったタピオカミルクティーのプラスチックのコップをジュリに手わたす。氷が溶けてしまって、もうほとんど水だ。ジュリはそんなのいらない、と頭を横にふる。

「ブログの写真撮れた？　あたし、さっちゃんのセンスないブログ好きよ」

「センスないは余計よ」

くすくすと思いだし笑いをしながらジュリはポケットからスマホを取りだした。

しばらくさがしているようだったけれどブログのスクリーンショットをみつけたのか、あった、と小さな声を上げる。

「今朝は天気がいいから、朝から重慶南路の刀削麵屋《とうしょう》さんへ。麵を切り飛ばし続ける刀削マシーンの太郎と目があう。残業手当もなさそうな太郎が日本にいたころのわたしみたいで哀れだ。

太郎にハローと挨拶する。太郎は今日も無言」

そこまで口にしてジュリは、センスなさすぎ、なんで太郎とハローで韻を踏んでるの、ばかじゃない、と笑いをこらえている。

「ほっといてよ。あのころ、友だちいなくてさみしかったの」

ジュリは、よくわからないといった顔をした。

「あたしはハルモニといるだけで十分だったな。おもしろい話たくさんしてくれたし。七十になっても毎朝近所の吉田山《よしだやま》に散歩して、帰ってきたらいつも山ツツジが咲きはじめたとか、アミガサタケが開いてたとか話してくれる。十三からずっと一緒の毎日」

そこまで話して、ジュリはそのころのことを思いだしているのか黙りこんだ。

ジュリの横顔をじっと見ていると、見んといて、といって顔を両手で隠した。その子どもっぽい仕草に、一瞬、十三歳のころのジュリの面影を見たような気がした。

視界の隅でウミネコが一羽飛び立って、きらきらと光る海面に急降下していった。

「さっちゃん、手相見てあげる」

急にジュリがいった。

「見れないでしょ」

「いいから見せて！　あたし引きこもってたころ、リンちゃんが紹介してくれた台湾の有名な占いの先生の動画で勉強したの」

ジュリの口からでたリンちゃんという名前に気持ちが揺れる。引きこもっていたころに自殺掲示板で知り合った台湾人の女の子だと前に酔ったジュリからきいた。「さよなら」というメッセージだけ残して、書きこんだひとがつぎつぎに消えていく戦場のようなスレッドで、最後まで残っていたジュリの唯一の親友らしい。

その話をきいたとき、わたしも酔っていたから、躊躇《ちゅうちょ》なく、なんでそんな掲示板見てたの、ときいた。ジュリは真っ赤な顔をして、死にたいからに決まってるやん、といってそのまま黙ってしまった。

いまでもジュリは死にたいと思うことがあるんだろうか――。

考えていると、苛立《いらだ》ったようなジュリの声がした。

「早く左手だして！」

ジュリは、強引にわたしの左手を引っ張ってのぞきこむ。ジュリの手は、潮風ですっかり冷えていた。細くて柔らかい指先が少しくすぐったい。ジュリの占いの知識はまったく信用していなくても、どこか胸の奥をのぞかれているようで気恥ずかしかった。

しばらく目を細めたり、わたしの手の平を指でなぞったりしていたけれど、ジュリはなにかわかったのか口を開いた。

「さっちゃん、ずっと無理してるね。いつもまわりばっかり見てる」

「これでも学校の先生だしね」

「ブー、ぜんぜんちがうよ！　もっと自分の気持ちに正直になったら？」

そういってジュリはわたしの目をのぞきこんだ。

すぐ近くに大きな透き通った目がある。ジュリの目は深い夏の湖のようで、すべて見透かされているような気がする。わたしは、ちょっと顔近いし、といって、目を逸らす。

ジュリはふいにさみしそうな顔で立ち上がった。

「そろそろ帰ろう。おなかすいちゃった」

わたしは歩きだしたジュリのあとを追いかける。

――ジュリのいう通りかもしれない。自分の気持ちなんて、ずっと昔に見失ってしまった気がする。

坂道のプルメリアの木の下には白い花が雪のように散らばっていた。生い茂った木々の葉でアーチのようになった城門をくぐって、老街を歩き抜け、淡水の駅につくころにはあたりは薄暗くなっていた。

ジュリは帰りに老街で買った台湾カステラをちぎって、有無をいわせないような強引さでわたしの口に押しこんだ。ほんのりとした甘味が口のなかに広がっていく。

「まあ元気だして、そのうちきっとわかるよ」

ジュリはそういうとわたしの肩を叩《たた》いた。

＊＊＊

恩寵《おんちょう》高等女学校三年生　桐島秋子《きりしまあきこ》

昭和十六年

七月十日（木）　雨後晴　摂氏三十二度

雷の大きな音に目を覚まして、時計を見ると五時半。再び眠ることもできず、部屋の片付けなどしていたら、起きてこられたお父さまが「秋子は朝早くから感心だなあ」といってくださって、うれしかった。

学校から帰宅せし後、メイファさんに無理をいって、駅の南側の市場に連れていってもらう。本島人《ほんとうじん》のメイファさんは、いつもめずらしい果物やお野菜を見繕《みつくろ》って買ってきてくださる。私は、前々からそのお買い物の様子を見せてもらいたかったのだ。

メイファさんは「私たち台湾人の市場ですからねえ、お嬢さまのような方が歩いていたら目立ってしょうがありませんよ」といっていたけれど、市場は鶏やガチョウ、蛙《かえる》までいて、私がいるかいないかなんてだれも気にしていなかった。

メイファさんの話では、非常時の統制で以前に比べるとぜんぜんさみしくなったということだが、はじめてきた私には驚くような光景だ。内地では見たこともないような色とりどりの果物が並ぶ。お嬢さま、これは茘枝《ライチ》、これは蓮霧《レンブ》といっておいしいんですよ、とメイファさん。てきぱきと買い物籠に果物を入れてゆく。

肉屋の台の上に所狭しと並べられた豚の頭や内臓の強い臭いにあてられてぐったりしていたらメイファさんが、だんなさまには秘密ですよ、と冷たいゼリーを買ってくださった。薁蕘《オーギョー》という植物からつくるのだそうだ。つるんとした食感がほんとうにおいしかった。

私の右手をしっかり握って、人をかき分けながら歩くメイファさんは、小柄なのにたいそう頼もしい。「北の新富町《しんとみちょう》市場もいいですよ。内地人のための市場ですから、お友だちとご一緒でもきっと楽しいはずですわ。ああ、でも、川の向こうには行っちゃだめですからね」と釘《くぎ》を刺された。

なんでも、市場の先の大和《やまと》橋をわたるとちょっといかがわしいお店が軒を連ねているそうだ。

七月十一日（金）晴　摂氏三十一度
朝、仲のよいお友だちのりっちゃんと、暑い暑いといいながら学校へ行った。ほんとうに朝早くから汗ばむくらい暑い。台中に住んで五年が過ぎるが、この暑さだけはほんとうに慣れない。
二時間目の写生の時間に校庭のデイゴの花を描いた。赤いきれいな花。我ながら上手に描けたのでりっちゃんに見せたら、ちょっと悔しそうな顔をして、秋子さんにも得意なものがひとつくらいあってよかったわ、といわれた。そういうりっちゃんは、自信満々といった様子で、犬か猫かわからない生き物の絵を見せてくれたので、私は笑いがこらえきれなかった。そのうちりっちゃんも笑いだして、最後には先生に静かにしなさいとしかられた。
夜、龍之介《りゅうのすけ》と綴り方の練習。最初は、真面目な顔をしていたが、すぐに「ねえちゃん、かるたしよう」と遊びだした。勉強の後でね、とたしなめると、すっかり拗《す》ねてしまった。泣きながら眠ってしまった弟を見ていたら、私も悲しくなった。お母さまはもういないのだから、私が優しくしなければいけないのに。まだ六歳の龍之介が不憫《ふびん》だ。

七月十二日（土）　晴　摂氏三十一度
本日は終業式。校長先生が夏休みの心得についてのお話をされた。私が台中に来る一年前の大地震では三千人以上の人が亡くなったそうだ。地震はほんとうにおそろしい。
帰宅せし後、漱石《そうせき》の『坊《ぼ》っちゃん』をひさしぶりに開く。故郷の松山《まつやま》のことをあんなに悪く書いてあるのに、読みはじめると懐かしくなってやめられない。あの街のお友だちは元気にしていらっしゃるかしら。

七月十三日（日）　晴　摂氏三十二度
朝、階段を下りると、大机に新聞を広げて、お父さまが弟になにかお話をされていた。龍之介は、私の顔を見ると鬼の首を取ったように「ねえちゃんはねぼすけだ」と笑った。お茶を持ってきたメイファさんもつられてくすくすと笑っていて、私は気分が悪かった。本を読んでいてつい夜更かしをしてしまった。
日差しの弱まった夕方から、お父さまと弟とお散歩にでかけた。大正町《たいしょうちょう》の家から台中公園の大鳥居《おおとりい》をくぐって、湖畔を歩き台中神社へ、というふうにいつもの散歩道。
本屋さんでお父さまは私に『少女の友』を買ってくださった。頭に白い手ぬぐい、和装の少女の挿絵を見ていたら、少し切なくなった。私は中原《なかはら》先生のあのかわいらしい少女たちの表紙をまた見たい。

龍之介は色鮮やかな草花の絵が美しい『色彩図版全植物辞典』という本を開いて、まったく動かなくなってしまった。お前にはまだ早いよ、とお父さまがおっしゃっても納得できないのか、植物学者になるから、ちゃんと勉強するから、と言い張っていた。最後は、誕生日まで待ちなさいというお父さまの言葉でなんとか歩きだした。途中、お父さまが働く州庁を大通りからながめた。白い美しい円柱に、前に雑誌で見たギリシャの白亜の神殿を思いだす。お父さまのことが誇らしい。

めずらしくお父さまが今夜は外食にしようとおっしゃった。「贅沢追放《ぜいたくついほう》」の近頃は長らく外食もしていなかった。賑《にぎ》わう緑川《みどりかわ》沿いを歩いて、立派な洋風建築の酔月楼《すいげつろう》というお店に入った。私はこちらのお料理は香辛料がきつくて苦手だが、そのお店の料理はどれも上品だった。

お父さまは、いまは非常時だからビール二本までなんだ、と少しだけ残念そう。お母さまがいらしたころは、たびたび四人で洋食屋に行った。せっかくの楽しい晩餐《ばんさん》なのに、思いだすと悲しくなった。

龍之介は家に帰っても植物辞典のことばかり話している。

七月十四日（月）晴　摂氏三十一度
昨夜、お店の帰り際に、お父さまが挨拶された美しい女の方が着ていらした朱色の長衫《チャイナドレス》がすてきだった。私は長衫にいつも見とれてしまう。袖が短くてスリットの入ったモダンなデザインのもの、青や緑、桃色の鮮やかな色のもの。振り袖も華やかだとは思うが、長衫はずっと活動的だ。

その話を遊びにきたりっちゃんにすると、「私、いやだわ、だって清国《しんこく》風っていうの？　時代遅れじゃなくって。それに……ああいう服は背のすらっと高い大人の女性に似合うのよ！　秋子さんじゃだめ」といわれて気分が悪かった。私も去年に比べたら背も少し高くなったのに、それでもまだ梅組で前から三番目。はやく大人になりたい。

毎日、うだるように暑い。最近入った女中の妙《たえ》さんが、お嬢さま、この調子だと八月には五十度くらいになりますわと笑っていた。妙さんは新高郡《にいたかぐん》の高砂族《たかさごぞく》出身とのことで、背が高く浅黒い肌に大きな目をしている。本人いわく公学校の成績は「順番を下から数えると朝までかかってしまうくらい」だそうで、たしかに日本語はとても上手だ。よく冗談をいうおもしろい人である。最初は怖がっていた龍之介もいまではすっかり懐いている。

七月十五日（火）晴　摂氏三十一度

夕方、裁縫をしていると、お向かいの櫻井《さくらい》家の賢三《けんぞう》さんがお届けものに寄ってくださった。櫻井家のご主人も州庁で働いていらして、家族ぐるみのお付き合いだ。賢三さんは中学校の制服をお召しでよくお似合いだった。

賢三さんには、私がこちらにきて日が浅いころ、よく遊んでもらったが、女学校に入ってからはすっかりごぶさただった。「秋ちゃんも大人っぽくなったね」といっていただいてうれしかった。りっちゃんにもきかせてあげたい。龍之介としばらく遊んでいってくださった。

お届けものは内地のご親戚の方が、お土産にと持っていらしたという桜桃《さくらんぼ》。つやつやとして愛らしい。ほどよい酸味と甘い香りに、しばし内地を思いだす。賢三さんはほんとうに優しい。龍之介は桜桃の薄黄色のタネを丹念に洗って、宝物のように勉強机の上にかざっている。いつか辞典で種まきの時期を調べて庭にまくとうれしそうだ。いつまで関心が続くことやら。

七月十六日（水）晴　摂氏三十三度

龍之介が庭でボールを蹴っている。不自由な左足でも器用に跳ねている姿が微笑《ほほえ》ましい。二歳のとき、高熱で生死の境をさまよってからだ。お医者さまから、熱は下がりそうだが、足の麻痺は成長しても治らないかもしれないと告げられたとき、お父さまは悲しまれたけど、お母さまはほっとされているご様子だった。内藤千代子《ないとうちよこ》の小説がお好きだったお母さまは、小説家になってほしくて龍之介という名前をつけたそうだ。残念ながら弟は、いまのところ本よりもかるたやピンポンのほうが好きである。

昨日に続いて今日もいいことがあった。いただいたシベリアを食べてまた内地に思いをはせた。

七月十七日（木）晴　摂氏三十一度

早くに目が覚めたので、朝顔に水をやった。暑さにも負けず、今朝は紫の美しい花を咲かせた。通学路には、背の高い木綿花《もくめんか》が植わっている。真っ赤な花がきれいで毎日見上げているが、玄関先でいじらしく咲いているこの朝顔もどうしてなかなか風情がある。

午後、従妹《いとこ》の芳《よし》ちゃんからお葉書が届く。お家には電話も引いているのに、わざわざお手紙を書いてくださった。

「週末にちょっと遠出しませんか。こうも自粛、自粛じゃ息が詰まるわ。来週からは奉仕作業だし、ちょっと息抜きにでかけても罰はあたりませんわ。日月潭《にちげつたん》までの小旅行を考えておりますの。お父さまとお母さまも一緒に行ってくれます。お返事お待ちしております。かしこ」

息が詰まるなんて、芳ちゃんは、ほんとうに正直だ。

お父さまにお伝えすると、週末台北に出張に行かれるという。おまえと龍之介だけでも行くといいよ、とおっしゃるので、荷物係兼案内役として現地事情に明るい妙さんにも来てもらうことになった。妙さんが生まれた集落もすぐ近くにあるらしい。

葉書では間に合わないといけないので、芳ちゃんに電話。三人でうかがいます、というとうれしそうだった。

＊＊＊

4

わたしは、ツバメのように、はるか上空から灰色のマンションの一群を見下ろす。高度をゆっくりと下げていき、薄明かりが漏れている窓の外まで。窓をのぞきこむと、ひとりで座っているわたしが見えた。

すぐにカメラの視点が切り替わって、わたしは部屋のなかから外をながめていた。映りの悪いテレビ画面のようにぼやけている。多摩ニュータウンの古ぼけたマンションの二階の窓から見える景色ははかなげで、わたしは何度も目をこらす。

あの子が通るかもしれない。今日こそ、あの子の顔が見えるかもしれない。校則の黒いローファーじゃなくて、いかつい黒のナイキのスニーカーをはいて、長い髪をお団子にしていて、笑うと小さなえくぼができる、あの子。すらっと伸びた白い脚で飛ぶように歩く。

下校時間を告げるチャイムが鳴り響いて、中学校の門から制服の群れがはきだされる。黒い髪、黒いブレザー。たまにヤンキーの茶色とか、赤、やっぱりまた黒、黒。

ああ、つまらない。

しばらくして窓の外を見るのをやめる。あの子は通らない。

視線を部屋のなかに向ける。いくつもの封筒、新聞チラシが積み重なったテーブルに、クラスメートからの手紙が広げて置いてある。

——サチコ、みんな待ってるよ。長澤さん、ぼくも同じ班になりました、小学校のときのこと覚えてますか、みんなで修学旅行にいきたいね。

みんな、みんな、うるさいな。だれもわたしのことなんか、ほんとうは興味ないくせに。

いま近くの生協でレジを打っている母さん。別にわたしに見せるつもりで広げているんじゃないことはわかっている。あのひとは忙しすぎるだけだ。昨日担任が届けてくれた手紙を読んでいるうちに仕事の時間がきたんだろう。

テーブルの書類に埋もれて、携帯の青い着信ライトが点滅していた。少し息を整えながら、携帯を開く。液晶画面に「ニカ」という名前が見えて、わたしは息をのむ。

夢だ――。

そう気づいた瞬間に目が覚めた。

錆《さび》の浮かぶ配管がジャングルジムのように交差する天井を見ながら、あのころのことを取りとめもなく考える。

気がつけば担任がこそこそとわたしの胸を見ていたことも、いまでは名前も忘れてしまった男の子に告白されたことも、小学校から一緒だった幼馴染《おさななじみ》に帰り道で抱きつかれたことも、ただただ息苦しかった。女の子になんかなりたくないのに、みんなどんどんわたしに女の子を押しつけてきて、ある朝、ベッドから起き上がれなくなった。

泣きながら学校にいきたくないといったとき、母さんは、ああそう、でも、高校、私立は無理だからね、とだけいって先生に、病気でしばらく休みます、と電話をかけてくれた。わたしは、どうして、ときかれなかったことに心から感謝した。

きかれても、自分でもよくわからなかっただろうし、ニカとのことだけは絶対に母さんにも知られたくなかった。女の子が好きかもしれないなんていえるわけがない。そもそも朝も晩も働いている母さんとゆっくり話をする時間なんてほとんどなかったし。

お父さんが好きだったマンガの主人公の名前なの、と中一ではじめて会ったときに教えてくれたニカ。二つの花と書いてニカ。バスケと手塚治虫《てづかおさむ》をこよなく愛するかわいらしい女の子は、わたしが貸してもらった『火の鳥』シリーズを読破するころには、一足早く大人になって、高校生の彼氏をつくった。わたしは、宇宙の彼方《かなた》で赤ちゃんに転生を続ける牧村《まきむら》くんのことをニカと話したくてうずうずしていたのに、ニカはリアルな世界の出会いにすっかり夢中で、一緒にいても彼氏の話しかしない、普通の女の子になっていった。

それなのに、あの日、中学校のだれもいなくなった音楽室で、ニカはいたずらっ子のように笑って、キスってこうやるのよ、と唇を重ねてきた。

わたしは何通もメールを送る。なにを書いたかはいまではすっかり忘れてしまった。けれど、ニカから返事が返らなくなったことだけは鈍い痛みと一緒に体に刻まれた記憶だ。

――もう少し夢のなかにいたかったな。

夢のなかのニカは、どんなメールを送ってくれたんだろう。わたしは、どんな言葉をききたかったんだろう。

「十年も過ぎたのにね」

そうつぶやくと、なんだか無性にさみしい気がして、わたしは、ばかみたい、と頭をふって憂《ゆう》鬱《うつ》を追い払う。淡水から帰ってきて以来、情緒が不安定になっている。ジュリの言葉が、わたしのなかのなにかにふれたみたいだ。

ロフトから身を乗りだして、カウンターテーブルの上のデジタル時計を見ると、まだ朝の五時三十分だった。ジュリはソファーで眠りこんでいる。

梯子《はしご》を下りて、ジュリを起こさないように注意しながら、明かり取りの小さな窓を開ける。漢方薬のにおいと排気ガスが混じった、都市の呼吸のような風が吹きこんできた。薄暗い通りをけたたましい音を立てて走りすぎるスクーターや、あくびをしながら歩いていくランニング姿の老人を見ていたら、少しだけ気持ちが晴れた気がする。この街の景色は、いつかの多摩ニュータウンのように煤《すす》けてはいない。

「朝早くからなに？　あたし、さっき寝たばっかよ」

後ろからいかにも不機嫌そうなジュリの声がした。

「ごめんね」

ソファーから気だるそうに体を起こして、しばらくわたしの顔をじっと見てから、ジュリは、さみしいの？　といった。

ニカのことまで見透かされてしまったような気がして、あわてて首を横にふる。

「そんなわけないいじゃない」

「――嘘つき」

ジュリは冷たい目でそういって、ソファーに倒れこんだ。

わたしも、こんなに早くから準備することもないので、またロフトに上って横になる。もう同じ夢の続きを見ることはできなかった。

夕方になって急に雨が降りだした。

わたしは雨を避けて、細い裏路地を縫うように歩く。途中、市場で生煎包《シェンジェンバオ》を買った。上海《シャンハイ》発祥の生煎包は焼き小籠包といわれているけれど、実際にはほとんど揚げ物のような、油のなかで皮の厚いミニ肉まんをジュウジュウと揚げ焼きにしたような料理だ。

不愛想なおじさんから受け取った袋は火傷《やけど》しそうなくらい熱い。けれど、雨に濡《ぬ》れないようにまわり道をしていたら、部屋に帰るころには冷めきっていた。

ジュリは真っ暗な部屋のなかで、モニターを食い入るようにながめていた。どこか空気がはりつめているように感じる。

わたしが電気をつけると、すぐにヘッドフォンを外した。呼吸をするたびに肩が小刻みに上下する。

「なに見てたの？」

ジュリは深呼吸して、別に、といった。それから、なにかいおうと口を開いて、鶴橋《つるはし》で——とまでいったけれど、それ以上なにも言葉がでてこないようだった。

画面をのぞきこむと、ジュリはあわててモニターの電源を切った。

「見んといて！」

声の大きさに驚いて、ジュリの顔をまじまじと見る。頬《ほお》がかすかに濡れていた。

「泣いてたの？」

ジュリは唇を噛《か》んで黙っている。

外の雨はほとんど暴風雨のようだ。朝開けていった窓から強い風と雨が吹きこんできたので、急いで窓を閉めた。街のノイズが消えて、部屋のなかが一気に静かになる。

しばらくしてジュリが口を開くと、声にならないような声が漏れた。

「――中学生くらいの女の子が朝鮮人は死ねって――あたし、在日アイデンティティ強くないけど、これひどすぎるよ。あの子の親も許せない。でも、さっちゃんにはこんなの見てほしくない。どうしたらいいかわかんないよ。いっても絶対わかんないから、ほっといて！」

それだけいって、すべてをシャットアウトするようにヘッドフォンをしてソファーに横になった。ここまで強く拒絶するジュリの姿を見たことがなかった。背中に手をあてたいと感じたけれど、体が動かない。

テーブルにすっかり冷めてしまった生煎包の袋を置く。

「おなかすいたら食べて。ジュリの好きな生煎包だよ」

そのまま逃げるようにバスルームに入って扉を閉めた。なにも返事はない。

熱いシャワーで雨に冷えた体が温まると、少しずつ頭がまわりはじめた。

一瞬だけ見えた画面のなかでは、迷彩服を着た男が通行人を威嚇するようにプラカードを掲げ、そのまわりには何本もの旭日旗《きょくじつき》が揺れていた。既視感がある光景。

わたしが日本を離れた二〇一一年には、在日コリアンに対するヘイトスピーチは社会に広がっていた。派遣で働いていた大学のある東京郊外でも、たびたび日の丸を掲げた集団が目抜き通りを練り歩くのを目にした。ほんとうに許せないと感じながらも、わたしは結局なにもしなかった。わたしもほかの大勢の日本人と同じで、ただの傍観者だった。

たったいま、ジュリは涙を流していた——。

ジュリのなかで傷ついてしまったものは、わたしが悲しんだり、自己嫌悪に陥ってもなにもよくならない。そんなことはわかっている。だけど、すぐ目の前で泣いているのに、わたしは手を伸ばすことすらできなかった。わたしはいつからこんな臆病になってしまったんだろう。

バスルームをでて、ソファーのジュリの背中を横目にロフトの梯子を上がる。濡れた髪のままベッドに倒れこんで、今朝と同じように天井をながめているとずっと思いださないようにしていた日本を離れる直前の記憶が脳裏に蘇《よみがえ》ってきた。印象派の絵画のような色彩のイメージが頭のなかに広がっていく。

煙草《たばこ》の煙で茶色く変色した壁の色、すり切れた赤いビロードのソファー。「喫茶路地裏」と白字で書かれたマッチ箱。木のカウンターテーブルの隣に座っているのは、大きな目を潤ませて、いまにも泣きそうなアカリ。でも気丈な彼女は、こんなの別にはじめてやないし、という。背中をさすっていたけれど、その様子に我慢できなくなって、わたしが逆に泣きだしてしまった。

大学の同級生だったアカリとは、同じ派遣会社に登録して、そこから仲良く同じ大学に職員として派遣された。まだパンクガールの面影が十二分に残っていたわたしは、職場ではちょっと浮いていたけど、読者モデルみたいなアカリはとにかくもてた。学生課の上司に、学生同士のストーカー被害の相談をしていたら、帰りのタクシーのなかで強引にキスされてそのままホテルに連れこまれた。

わたしは、しぶるアカリの手を引っ張るようにして、学内の色々な場所に相談にいった。けれど、その上司を学生思いといって擁護する教員や、自己責任でしょというひとまでいる有様で、最後はふたりとも派遣契約を切られた。

自分の怒りだけで突っ走って、アカリの傷を広げてしまった――そういって落ちこむわたしの背中を叩くとアカリは、せいせいしたわ、気にせんとき、といつものように笑った。それから婚約者とも別れて、ワーキングホリデーでニュージーランドにいってしまった。わたしもたまたまみつけた台湾の求人に飛びついた。わたしは、尻尾を巻いて逃げだしたのだ。アカリとちゃんと向きあうことからも。わたし自身の気持ちをみつめることからも。

わたしになにができるんだろう――。

だれにもきこえないような声でつぶやいて、右手を目の前で広げてみる。ギターを弾かなくなってすっかり柔らかくなった指先。アカリの背中をさすった手。ジュリの背中に届かなかった手。Tシャツの下に手を入れて、裸の胸にふれた。柔らかい指先から、熱が伝わっていく瞬間、かすかに高揚感があった。

十代のはじめのころから、行き場のない気持ちに包まれるとわたしはいつも体にふれる。ずっとだれかにふれてほしいと思い続けているのに、どの指も体の表面をなぞるだけだ。わたしにふれることができるのは、結局わたしだけなのかも――。そう感じながら、深いところをさがしてわたしは指を這《は》わせる。かすかな声が漏れる。かまわない。どうせジュリはヘッドフォンで耳を塞いでいる。

電気を消すと、さっきのジュリの、いっても絶対わかんない、という突き放すような言葉が頭のなかで反響している。雨はきっと一晩中降り続くのだろう。

＊　＊　＊

七月十八日（金）　晴時々雨　摂氏三十三度

日曜日が待ち遠しい。

朝、軒先の朝顔に水をやっているときに、賢三さんがちょうど出ていらしたので、日月潭への小旅行のことをお話しすると、美しい写真入りの観光案内を貸してくださった。龍之介に読んであげると、ぼく絶対にボートに乗るんだ、とうれしそうだ。

妙さんも仕事そっちのけで、お嬢さまを案内できるなんて夢のようですわ、とか、この景色懐かしい！　と写真をのぞきこんでいたので、しまいにはメイファァさんにしかられていた。普段、温厚なメイファァさんがぷりぷりと怒っているのがおかしい。お嬢さまは妙に甘すぎますよ、って。メイファァさんに留守をまかせるのがちょっと申し訳ない。お土産をたくさん買ってきましょう。

七月十九日（土）　小雨　摂氏三十三度

私も龍之介もずっとそわそわしている。午後、裁縫を始める。しかしほとんど手につかなかった。

夕方、幸福商店の丁稚《でっち》の小四《シャオスー》が、新しい洋傘と蚊帳《かや》を届けにきてくれた。両方ともこの間龍之介が遊んでいるうちに壊してしまったものだ。小四に、ごくろうさまね、というと、映画俳優のように片目をつぶった。龍之介とあまり変わらない年齢に見えるがませている。でも、子犬のようでちょっとかわいい。

少しだけ雨が降っているので心配だ。弟とてるてる坊主をつくって、お天気になりますように、とお祈りする。

お父さまは、お昼過ぎに出発された。台中駅から縦貫鉄道に揺られて五時間半ほどで台北につくという。私は、五年前に基隆《きいるん》からこの街に来たときに乗ったきり。

七月二十日（日）　晴後雨　摂氏三十三度

いつもよりも早く目が覚めてしまった。龍之介も寝不足なのか、目を擦りながら居間に下りてきた。眩しい朝日のなか、三人で台中駅まで。

駅では、芳ちゃんと、芳ちゃんのお父さま、お母さま、お手伝いのミエさんが待っていてくださった。芳ちゃんは、麦わら帽子をかぶって、上品な花柄の青いワンピースを着ていた。これなら私も学校の制服ではなくて、昔お母さまにいただいた白いワンピースを着てくればよかったと思ったが後の祭り。

帽子からのぞく芳ちゃんの髪の毛がカールしているように見えたので、それってパーマネント？　ときいたら、芳ちゃんは寝ぐせよ、寝ぐせと笑っていた。芳ちゃんは自由でうらやましい。

朝七時の直通列車に乗ると、車内は混み合っている。龍之介と芳ちゃんはトランプにすっかり夢中。私は、久しぶりの車窓からの景色に心奪われる。縦貫線の二水《にすい》駅から分かれて集集《しゆうしゆう》線に入ってからの景色は、たいそうのどかだった。鬱蒼《うつそう》とした芭蕉《ばしよう》畑が続き、遠くには緑の山々が見えた。


日月潭は透き通るような深い青が美しい。太陽の光が雲に遮られるたびにきらきらとその色を変化させる。緑の山に囲まれて、湖面にうっすら霧が漂っている。

妙さんのお話では、この湖の浮島にはタクラハと呼ばれる恐ろしい人魚が棲《す》んでいるそうだ。お嬢さまはおっとりしているから気をつけないと引きこまれてしまいますよ、と妙さんは笑っていたけれど、私はこの湖に棲むのなら、きっと美しい人魚にちがいないと思う。

ボートで玉島《たましま》神社に参拝せし後、対岸にわたってすぐに土砂降りになった。芳ちゃんと龍之介は残念そうだったが、私は食堂から雨の湖を見ているだけで十分満足だった。妙さんがすすめてくれた肉そぼろがかかったごはんがとてもおいしい。台湾の言葉で肉燥飯《バアソーブンー》というらしい。

湖岸の背の高い鳳凰木にはたくさん朱色の花が咲いている。雨はなかなか降り止《や》む様子がなかったので、私は持ってきたスケッチブックに何枚か鳳凰木の絵を描いた。龍之介がスケッチブックをのぞきこんで、ねえちゃん、歌は下手なのに絵は上手《うま》いんだな、と偉そうにいった。弟は弟で、雨が小降りになるたびに夢中になって巨大なさやに入った鳳凰木のタネを集めている。お土産もなにも買っていないのに、弟のリュックサックはタネでいっぱいだ。

大雨のなか妙さんはわざわざ生まれた集落までいって、私と芳ちゃんに、とお土産を持ってきてくださった。青色の生地に細かい刺繍がほどこされた美しい服。私が服のデザインが好きだと前にいったのを覚えていてくれたことに胸が熱くなった。ところが芳ちゃんは、こっそり私の荷物にその服を押しこむと「きれいだけど、こんな服着る場所もないわ」と小声でいった。いくら正直な芳ちゃんでもその言葉はいやだったから、私はなにも答えなかった。

帰りの列車は疲れて寝てしまった。帰り際の芳ちゃんとの一件がなければ、文句なしの一日だった。

帰ってすぐにお風呂に入りぐっすりと寝た。

七月二十一日（月）雨　摂氏三十二度

朝から強い雨。昨日、こんな雨ではなくてよかった。

大きな嵐が来ますよ、と妙さんがいっていた。私が、内地では台風のときに窓に板を打ちつけるのよ、といったら妙さんは、こっちではよく屋根が飛ぶんですよ、と笑っていた。ほんとう？

七月二十二日（火）大雨　摂氏三十一度

朝から暴風雨。外に出ることができないので、ひさしぶりにミシンで縫いものをした。龍之介がいたずらでペダルを踏んで、針を三本も折ってしまった。浴衣を縫ってあげていたのに。

夕刻、雨が止んだころ、また賢三さんがお届けものに。ピンポンでは龍之介を勝たせてくださった。いつも本気になって泣かせてしまう私とは大違い。

夜、お父さまが台風はもう通り過ぎて大陸に行ったとおっしゃった。屋根は飛ばなかったじゃないの、と妙さんにいうと、いまごろ廈門《アモイ》か福州《ふくしゅう》の屋根を飛ばしているんですよって。妙さんは、やっぱりおもしろい。

明日からいよいよ奉仕作業が始まる。兵隊さんの宿舎のお掃除やお料理、縫製などもするらしい。

防諜《ぼうちょう》のため、記録は厳禁。しばらく日記もお休みである。

名残惜しい気もする。

＊＊＊

5

少しだけ緊張しながらマンションの重たい扉を開ける。ジュリとの昨夜の気まずさもあって、学校で課題の添削をしていたら、すっかり夜になってしまった。

ジュリは、いつもと同じようにヘッドフォンをしていた。音はきこえないけれど、ゲームをしているようだ。廃墟《はいきょ》のような病院のなかで飛びだしてくるゾンビにマシンガンの最大火力で応戦している。

ときどき「ケェセッキ！」と舌打ちしている。韓国語の「クソ野郎」だ。ハルモニから習った語彙《ごい》にはなかったそうだけど、韓国ドラマでよくでてくるから覚えてしまったと前にいっていた。ゲームをしているときのジュリは別人かと思うくらい口汚い。

わたしに気づいたのか、ヘッドフォンを外す。

「遅いよ、待たせすぎ」

――よかった。元気そうだ。

部屋のなかの様子がどこか変わっているように感じた。よく見るとカウンターテーブルに、大きな茶色いものが置いてある。四角に真鍮の鋲が打ってあって、長い年月を旅してきたような――幸福古物商のあの革のトランク！

「それどうしたの？」

あいかわらずゾンビに向かって銃弾の雨を降らせながら、ジュリはうれしそうに頭を左右に揺らす。ふりむかずにいった。

「プレゼント。最近、ひとりでも外でてるの、ときどき。店のじいさん、さっちゃんのこと覚えてたよ。あげるつもりっていったら、うれしそうな顔で、そうか、そうかってすごく安くしてくれた」

プレゼントって、今日はなにかのお祝い、と口にした瞬間、はっとした。五月三十日、わたしの二十六歳の誕生日だ。

「忘れてたの？　生活ペースちがっても誕生日くらいはお祝いしたいって前にいったの、だれですか。あたし、このガイドブックの西門町《シーメンディン》の居酒屋いきたいからすぐ準備しなさい」

なんで命令口調？

重たい教科書の入ったカバンを床に置く。ジュリはわたしにスマホを差しだして「早く予約して、待ちくたびれた」と横柄な態度でいった。

「ジュリのほうが北京語うまいよ……」

「日本語通じるってガイドに書いてあるやん！」

苛立っているジュリが怖いので、すぐに電話する。

ふたりで予約したと告げると、取るものもとりあえずといった感じでジュリは、わたしの緑のスプリングコートを勝手にはおって玄関の扉を押し開けた。トランクはテーブルにそのままにして、わたしはジュリの背中を追って、ネオンが美しい夜の台北の街に向かって階段を下りる。

迪化街の古ぼけたレンガのビルディングの窓に灯《あか》りがともり、ファンタジー映画のオープニングのような雰囲気が漂っている。

「なんか、このコート、濡れた犬みたいなにおいでいや」

ジュリはわたしにコートを押しつけてTシャツ一枚になった。

失礼なこといわないで、といいながらこっそりにおいを嗅ぐとたしかにすえたにおいがする。

雨に濡れたまま放置してしまったのかも。わたしには、どうもそういうだらしないところが宿命的にあって、いつも学校ではシャンシャンにそれとなく注意されているがぜんぜん直る兆しもない。

淡水河のほうから涼しい風が吹いてきた。ジュリが着ている赤いTシャツの裾が風にひらひらと揺れて、白い肌がちらりとのぞいた。わたしにも小さいTシャツだから、ジュリにはもちろん短すぎるのだ。だけどジュリは少しも気にしていないようだった。

「風が気持ちいいし、西門町まで散歩ね！」

ジュリの声はいつになく陽気だ。大学生や観光客でごったがえす繁華街の西門町までは歩いて三十分くらいだろうか。

いつもはひとりの夜の街も、ふたりだとどこか新鮮だった。湯気の立ちのぼる軒先の蒸籠を見ながら、小籠包、叉焼包《チャーシューバオ》、水餃《スイジャオ》、割包《グアバオ》、蚵仔煎《オアチエン》、魚丸湯《ユーワンタン》——わたしがこの街で最初に覚えた食べ物の名前を口にしてみる。発音が悪くても、屋台や食堂で注文するのは食べ物しかないからだいたい通じる。北京語は歌のような響きで心地よい。

気がついたら、大学生のころによく歌っていたメロディを口ずさんでいた。

先を歩いていたジュリが急にふりむく。

「だれの歌？」

「ザ・ポーグスのザ・サニーサイド・オブ・ザ・ストリート。大好きなアイリッシュ・パンクバンドの曲なんだ。大学のころバンドでいつも歌ってたの」

「へえ――さっちゃんが好きなもの話してくれたのはじめてだな」

「食べ物の話とかよくしてるじゃん」

「あたし、まったくきいてないよ」

「ひどい！　ちゃんときいて！」

他愛ない話をしていたら、あっというまに西門町についた。ジュリは、煌々《こうこう》と瞬くビルのネオンのなかから「鶴橋」と書かれた一軒の看板を指差す。

予約の電話をかけたときにはジュリが怖くてつい伝えそびれてしまったけれど、そのお店には、シャンシャンと何回かきたことがある。高倉健《たかくらけん》のような顔をした饒舌《じょうぜつ》なマスターが経営するお店で、企業の駐在員や日本語教師にも人気がある。韓国料理全般とスタンダードな居酒屋メニューが揃《そろ》う店。

雑居ビルの三階の十畳程度の小さなお店には、まだ二組しか客が入っていなかった。店にはすきやきの割下の甘ったるいにおいが漂っている。

マスターは今日はお休みのようで、わたしが心のなかでカリメロちゃんと呼んでいるきのこみたいな髪型のバイトの男の子がテーブル席まで案内してくれた。テーブルにはすでにカセットコンロが置かれている。マンションではカウンターテーブルだから向きあって座ると、ちょっとだけ気恥ずかしい。

席についた途端、ジュリはメニューも見ず矢継ぎ早に、チヂミ、サムギョプサル、チャンジャ、白ごはん、と注文した。わたしの顔を見て、こういうとき、とりあえず生っていうんでしょ、とにやりと笑って、生ビールもたのんだ。ごはんはビールのあとだよ、とはいわずにおく。

すぐにコンロの上に厚い鉄板が置かれ、まだ半分凍っている厚切り豚肉とハサミが運ばれてきた。

「あたし今日、居酒屋デビューなんだよね」

ジュリは照れくさそうにそういうと、ビールのジョッキを掲げて、はじめてきくような陽気な声で、おめでとう、といった。

わたしは、外のお店でジュリとお酒をのんでいることがまだ信じられないような気分のまま乾杯する。ジュリは焼き上がった肉をつぎつぎにハサミで切ってお皿に入れてくれた。

「手際いいね」

「ハルモニのお店、お客いないとき、よくこうやって一緒に食べてたし。まあ、食べなよ！」

照れくさそうにそういうとサンチュで巻いたお肉をわたしの口に突っこんできた。口のなかに味噌《みそ》の甘味と豚肉の旨味《うまみ》が一気に広がっていく。

ジュリは最初の一杯で早くも顔を真っ赤にして、マッコリを注文する。ジュリは、お酒をのみはじめると酔い潰れるまで止まらない。それにどうしようもないからみ酒だ。運ばれてきたヤカンからマッコリをコップに注ぐとジュリは一息でのみほした。

わたしも大学生のとき、こんな感じだったのかな――。

あのころは、いつ死んでもかまわないという勢いでウィスキーをのんでいた。目を覚まして記憶が飛んでいたことが何回あっただろう。

ヤカンをさりげなくジュリから遠ざけると、ジュリがまた自分のほうに引き寄せてからむようにいった。

「子どもじゃない！　それより、さっちゃんの話きかせてよ。あたし、なんにも知らないし」

「たいしておもしろくもないよ。ひととちがったのは中学で学校いかなくなったことくらい」

ジュリが身を乗りだしてきて、続けて、と目で合図する。

「毎日、同じことの繰り返しよ。十時に目を覚ますと母さんはもう出勤してる。テーブルにあるものを食べて、テレビをつけて、すぐにお昼のバラエティがはじまって、ローカルテレビ局のB級映画、それが終わる午後三時ごろ、母さんが、昼の仕事から余りもののお惣菜《そうざい》パックを夕飯に持って帰ってくる。それから駅前のスナック『グラスゴー』に出勤。で、つぎの帰りは深夜ね。――わたしはずっと起きてるんだけど、母さんの足音がきこえたら布団に入って眠ったふりをする。それから、たったいま目が覚めた、みたいな顔をして母さんの晩酌タイムがはじまるのを待つの。その時間くらいしか、母さんとゆっくり話せないんだもん。朝は、スナックの店長のタツオちゃんに持たせてもらったフィッシュアンドチップスやだし巻きからはじまるんだ」

タツオちゃん、と口にだすと急に懐かしさで胸がいっぱいになった。

タツオちゃんはバブルのころに十代ではじめたパンクバンドを二十一世紀になっても続けている革ジャンリーゼントのアナクロおじさん。だけど、わたしにも敬語で話すくらい、距離感がわかっているからきらいじゃなかった。同じ歳のみんながミスチルとかジャニーズとかいってるなかで、わたしがザ・ポーグスやザ・クラッシュを好きになったのも、タツオちゃんの影響だろう。

一度、めずらしく酔っ払った母さんが、タツオちゃんねーわたしに惚《ほ》れてるのよね、といっていて、別にどうでもいいなと思っていたら、定時制の高校に通いはじめるころにはタツオちゃんが、猫のマグロちゃんも入れると四人目のうちの住人になった。わたしは下宿したくて必死でラブホテルの清掃バイトをした。でも、結局私立大学の高い学費の不足分は全部タツオちゃんがだしてくれたからいまでも足を向けて眠れない。

「——もうおしまい？　華々しい大学デビューとかバンドの話もして！」

わたしは酔ったジュリのテンションに圧倒されながら、遠くなりつつある記憶をたどる。

「わたし、歴史学科だったんだけど、学校の勉強あんまり興味持てなくてさ、いつも授業が終わったら、池袋《いけぶくろ》からのんびり丸《まる》ノ内《うち》線で終点の荻窪までいって、煙草くさいライブハウスでギターかき鳴らすの。成城《せいじょう》学園出身のお嬢さまのアイちゃんがフィドル、モッズマニアの陽気なケイタがドラム、あとはギターボーカルのわたしっていうちょっとめずらしい3ピースバンドだった。いつもライブのあとはお酒を浴びるようにのんで、すっかり酔いつぶれて、最後は線路沿いを歩いてぼろぼろのアパートまで帰るんだ」

話しはじめると、つぎつぎに大学のころの記憶が戻ってくる。ガラス張りのあたらしい高層ビルと、半世紀以上前に建てられたレンガの教室棟が同じ敷地内にひしめきあう、こぢんまりとした都市の大学だった。

お昼休みには、時計台のある中庭でよくアカリとお弁当を食べた。そのころ銀座《ぎんざ》のスナックと新宿《しんじゅく》の喫茶店を掛け持ちしていたアカリは、彼氏モラハラひどいし、ほんま別れたいねん、とかいいながら、いつもわたしにとびきりおいしいお弁当をつくってくれた。

さっちゃんが彼氏ならええのにな！　といいながら、いつもわたしにつらいつらいとこぼすアカリ。わたしは、アカリが求めているのはわたしじゃなくて、彼氏と別れろと説教しない友人だって知っていたから、たいへんだよね、とかいいながら、手のこんだお弁当を食べて、おいしい、おいしいとほめた。実際にものすごくおいしかったけれど、アカリはきっと彼氏にそういってほしかったんだ――。

急にジュリの手がわたしの前髪に伸びてきて、おでこにふれた。温かい手のひらに少しだけ鼓動が速くなる。

「さっちゃん、もてたでしょ？」

「どうかなあ」

ジュリの勘のよさにどきりとする。

ライブのあと、線路沿いの道を歩いて阿佐ヶ谷《あさがや》のアパートに帰るときは、いつだってだれかが隣にいた。そのままアパートに転がりこんでセックスすることもあれば、近くの公園で明け方近くまで騒いでいることもあった。バンドをやっている、だらしない、かわいらしい男の子を、どこか自分と似たもの同士のように感じていた。でも、ほんとうは、夜が寒くなければそれでよかっただけかもしれない。

――わたし、なにから逃げてたんだろう。

ぽつりと口にすると、急に得体の知れない感情が流れこんできて、わたしは身震いした。

中学生のころより体はずっと大人になって、女の子扱いされることにも慣れてきたけど、やっぱり普通の女の子みたいになりたくない、大学生のわたし。だれの彼女にもならないし、恋人もいらない。普通の女の子がやらないようなことをして、思いっきり自由に生きていたら、いつかもっと楽になるんじゃないかって思っていた。

だけど、四年生になるころには、わたしが感じていたはずの自由は、あっというまに指の隙間からこぼれていった。しぶしぶはじめた就活で似合いもしないスカートをはき、ＯＢ訪問では髪型やお化粧のダメだしをされた。メッセージはいつも暴力的なくらいシンプルだった。――もっとちゃんとした女の子になりなさい。

中学のときと変わらない息苦しさに日に日に元気を失っていったわたしとは対照的に男の子たちは、だらしないバンドマンで浮気がちでも、鮮やかに内定を決めると、結婚相手になりそうなかわいらしい彼女のもとに戻っていった。

わたしはメールの返信がこなくなるたびに、ぜんぜん恋すらしていないのに、だれからも必要とされていないという劣等感に打ちのめされた。アカリに、さっちゃんって都合のいい女やったんちゃうん、といわれたとき、あれだけ悩みをきいてきたつもりだったアカリにも理解してもらえないわたしの生を呪った。

――大丈夫？

ジュリの顔がすぐ目の前にあった。鉄板で肉の焼けるにおいに混じって、ジュリの髪のにおいがふわっと漂ってきて、急に抱き寄せたいという衝動にかられた。わたしは強く頭をふって、その衝動を追い払う。

「大丈夫。ちょっと酔いがまわったみたい」

ジュリは何回かゆっくり瞬きをする。それから、わたしのおでこにふれていた手を離すとお店のひとに会計をたのんで、わたしの目をまたのぞきこむように見た。

「サチコってずるいな。秘密ばっかり。ほんとは自分にしか関心ないのに、黙ってたらまわりが都合よく受けとってくれるんでしょ」

ジュリの突き放すような態度に、反射的に言葉が溢《あふ》れた。

「ちがう！　わたしは、ジュリのこと、もっと知りたいよ。ちょっと待って——わたしが大学生のころもててたのはほんとだよ。女の子は恋人にかまってもらえない癒しをわたしに求めてきたし、男の子は彼女のぐちをいいながらこっそりキスしてきた。わたしだって、ちょっといいかなと思ったらだれとでも寝た。でもね、それとジュリはぜんぜん別なの。わたしは、自殺掲示板を毎日のように見てたっていう、ジュリのことが心配だし、もっと理解したいの」

ジュリは目に敵意すら感じさせる光を浮かべて、わたしの目を見た。

「保護者になってなんてたのんでない！　自分の傷、あたしに重ねないでよ」

あまりにもジュリの目が冷たくて、わたしは息をのむ。

「お願いだからそんな目で見ないでよ！　なんにも話してくれないのジュリだって一緒じゃん。引きこもってたころのことだって、あのひどい映像のことだって、なんだってきかせてよ。わたし大丈夫だし。——ずっと傷ついてきたんだから。こんな遠くでまた出会ったのに、殴りあうこともできないなんてばかげてる」

途中からなにをいっているのかほとんどわからなかった。けれど、わたしはたったいま口からでてきた言葉で、自分でも気づいていなかったわたし自身の感情にはじめて出会ったように感じて、愕然《がくぜん》とした。

わたし、ぜんぜん平気じゃなかった。しっかり傷ついてたんだ――。

そう思った瞬間、急に涙がこぼれそうになって、ジュリから逃げるように立ち上がる。ジュリが途方に暮れたような声で、さっちゃん、といった。

お金を投げるようにわたして、わたしは店から飛びだした。

わかりたいといいながら逃げるなんて支離滅裂だ。そう思いながらも、わたしはジュリには見せたくなかった心の奥の淀みをぶちまけてしまったことが恥ずかしくて必死で走る。

6

迪化街のマンションにたどりついたとき、午前一時をまわっていた。

ジュリはわたしの少しあとに帰ってくると、もう無理、といって玄関で倒れるように座りこんでしまった。

水をのむためにキッチンに向かう。カウンターテーブルに置きっぱなしの茶色いトランクの存在感に一瞬どきっとした。冷蔵庫を開け、ミネラルウォーターのペットボトルをさがしていると、ジュリががさごそと動く音がきこえた。

「大丈夫？」

そういってふりむくとジュリがすぐ後ろにいた。

赤いTシャツを脱ぎ捨てて、スポーツブラ一枚だけになっていた。薄暗いキッチンの白熱灯の下で、剝きだしの白い肩が艶《なま》めかしい。

足がもつれているのか倒れるようにジュリがわたしに抱きついてきた。肩がカウンターテーブルのトランクにあたった。トランクが床に落ちる大きな音が響く。

アルコールの混じったジュリの吐息が首元にかかった。心臓の音がきこえそうなくらい、鼓動が高鳴っている。

ジュリ、どうしたの――。

わたしはジュリの背中をさするように肩甲骨に指を這わせた。指先にいくつもひっかかりを感じて、肩を抱くようにのぞきこむ。

ジュリの背中にはたくさんの小さな傷があった。うっすらとした赤い線のような傷跡から、よく切れない刃物ででたらめにえぐられたような黒い大きな傷跡まで数えきれないほどの傷。

胸の奥に突きささる痛みに、なにも言葉がでてこない。

しばらくして、ジュリは顔を上げる。

「驚いた？　やっとさっちゃんも思ってることいってくれたし、秘密ひとつだけ教えたげる。あたし、ハルモニの店に逃げこむまで、ずっと殴られてたの。オモニと離婚してから、あいつ、どんどんひどくなって。割れた瓶を投げられたことも一度や二度じゃなかった。何回も死ぬんじゃないかと思ったし、死にたかった。どれだけ呼んでもだれもきてくれなかったし」

もうやめて、と叫びだしたい衝動に必死で耐える。台北車站で動けなくなったとき、いや、もっと前にはじめてマンションにきた晩に、落ち着きなく動きまわる目と、いつでも扉を背にして逃げだせるように身構えるジュリを見て、うすうすその可能性に気づいていた。

それなのに、わたしは見たくなかった。こんなに愛らしいジュリを痛めつけた人間がこの世界に存在するという事実を、受け入れたくなかった。

やっと口からでたのは、ごめん、という言葉だった。

「さっちゃんが謝ることじゃない！」

「ちがうの。わたし、気づいてたんだよ。それなのにずっと逃げてた。心配してるなんていって、ほんとうは見たくないなんて最低だ」

「自分を責めたってだれもたすけてくれないの。ちゃんとあたしを見てよ！」

そういうとジュリは泣きそうな目をして、両手でわたしの頬を優しくはさんだ。ジュリの手は淡水でふれたときとはちがって温かかった。

瞬きする間もなく、ジュリが唇を重ねてきた。柔らかい唇の感触。吐息のアルコールのにおいに頭がくらくらして、体の奥のほうまで熱くなっていく。

——何秒過ぎたのだろう。肩にジュリの体の重みがかかってきたように感じて、どうしたの、ときいた。

なにも返事がない。ジュリは、わたしの体にもたれて、いつのまにか眠りこんでいた。

軽くため息をついて、ジュリの背中をぽんぽんと叩く。かすかな寝息がきこえる。これ以上ふれあえないことを残念と感じているのか、それとも安堵《あんど》しているのか自分でもよくわからない。

寝てしまったジュリをなんとかソファーまで引きずっていった。しゃがみこんでジュリの体を包むように毛布をかける。

——喉が渇いたな。

そう思ってキッチンに戻ると、視線の先に、さっき落ちてしまった焦茶色のトランクが見えた。落ちた衝撃で横引き錠が外れたのか大きく口が開いている。

トランクに閉じこめられていた、かびくさい古い書斎のようなにおいがあたりに漂っている。近づいてよく見ると、破れた内張の奥に封筒のようなものがある。おそるおそる手を入れて引っ張りだす。

封筒をカウンターテーブルに置いて、わたしはしばらくながめていた。ハードカバーの単行本くらいの大きさと厚みがあるから、なかには本が入っているのかもしれない。もう疲れ切っていたけれどそれよりも好奇心が勝った。キッチンの引き出しからパン切り包丁をだして、かすかに開いた綴《と》じ目から差しこんで、ゆっくりと封を開けていく。

封筒のなかから、油紙に包まれた一冊の本がでてきた。黒いクロスが貼られた表紙は、長年包まれていたからか白く粉を吹いたようになっていた。それでも、軽くティッシュで粉をぬぐってやると、クロスに金で箔押《はくお》しされた「恩寵高等女学校日記帳」という文字を読むことができた。

ざらざらした感触の表紙をめくる。表紙の裏側に、手書きの、決してきれいとはいえない文字で、三年生、桐島秋子と書かれていた。

女の子が書いた日記なんだ――。

かすかに開いた窓から部屋に冷たい風が吹きこんできた。

そのとき、この日記がトランクのなかで、わたしに開かれるのをずっと待っていたように感じた。

第二部　日記をたどる

1

ひさびさに激しい雨が降った。

迪化街を歩いていると、漢方薬のお湯に浸《つ》かっているような気分になる。わたしは濡《ぬ》れ鼠《ねずみ》のようになって、マンションの階段を駆け上がる。

昨日の夜更かしと二日酔いで、学校ではミスばかりだった。初級クラスでは、まだ教えていない文型《ぶんけい》で質問して学生にきょとんとした顔をされて、中級クラスではテストの前に解答プリントを配ってしまった。

心配するシャンシャンに、夜ちょっと遅くてね、とだけなんとかいったけど、それ以上なにも説明できなかった。色々ありすぎて、わたしの感情の整理もうまく追いついていない。過去の経験から、突然のキスは別れや断絶の予兆のようで、いつも不安になる。

ジュリはいったいどういうつもりだったんだろう――。

あそこまで感情的になったジュリを見るのははじめてだった。ジュリと恋愛やセクシュアリティの話をしたことは一度もない。そもそも思春期をずっと引きこもっていたジュリがだれかに恋したりする機会があったのかもわからない。

帰り道、占いの蘇おばさんを避けることばかり意識していたら、夕食を買うのを忘れてしまった。

重たい扉を開けるとジュリは定位置のソファーの上にはいなくて、カウンターテーブルにポスターのような紙を何枚も広げていた。左手にボールペンを持って、なにかを書きこんでいる。

わたしは深呼吸して、何事もなかったかのように声をかける。

「ごめん、買いだし忘れちゃった。外、すごい雨でね――」

ジュリはゆっくりと顔を上げた。

「風邪ひく前に早く着替えてきたら？」

ちょっとからかうような口調はいつもと変わらない。よかった。

さっとシャワーを浴びてバスルームからでても、まだジュリは紙を熱心に見ていた。

キッチンで湯沸かしポットに水を入れながら、ジュリが見ている紙をのぞきこむ。日付のあとに、あまり上手ではない手書きの文字が蟻《あり》の行列のように並んでいる。――昨夜の日記の拡大コピーだ。

そういえば、朝、日記をテーブルにそのままにしてでかけたから、たぶん、ジュリが近くのお店でコピーしてきたんだろう。いたるところに赤いボールペンで、「何年？」とか「いまもある？」といった書きこみがある。ききたいことはつぎつぎにでてきたけれど、とりあえず真っ先に気になったことをきく。

「ジュリ、こんなハンドライティング読めるの？」

ジュリはこくりとうなずいた。

「ハルモニの字もきれいじゃなかったし」

もう一度視線を日記のコピーに戻す。昨夜、ぱらぱらと見たときと同じ、たどたどしいという印象すら受ける文字。わたしは最初の二日分で早々にあきらめたのに。

ジュリがマーカーをつけているところを目で追うと、色あせて判読できない短い書きこみと認め印のようなものが押されているのが見えた。

「その印は？」

「先生の判子みたい。だから、この日記、学校の授業で書いてたのかも。インクの色が飛んで見えないけど、なにかコメントがあったんだと思う」

ひとに見られながら日記を書くなんていやだな——。

そんなことを考えていると、またジュリがいった。

「さっちゃん、史料調査の方法教えてよ。歴史学科なんでしょ」

内心どきりとする。わたしはゼミの宋《ソン》先生の恩情でなんとか卒論を通してもらったくらい歴史学科では落ちこぼれで有名だった。ちなみに卒論テーマは、「西荻窪におけるライブハウスの沿革史」。よく出演していたライブハウスできいた雑談をまとめただけの代物だ。

「いいよ。夕ごはん食べながらでいい？」

素直にうなずいてから、ジュリは手早く机の上に広げた紙をどけてスペースをつくる。わたしはカウンターテーブルの下の段ボールからカップラーメンをふたつ取りだして、カウンターに置いた。ジュリはいつも、藤椒麵《タンジヤオミエン》というトリップしそうなくらい刺激的で辛いラーメンを食べる。わたしはかわいくもない牛の絵が描かれた牛肉麵《ニュウロウミエン》にお湯を注ぐ。

待っている時間を使って、大学のころの記憶をたどりつつ、説明をはじめる。

「まず、学校名から同窓会誌とか当時の名簿をあたるって手がある。戦後も同じ学校が存続してたらって話だけど。昭和十六年は一九四一年で、その年の七月に高等女学校の三年ってことは、当時満年齢の十二歳で女学校に入学できたから、順調に進学していたとしたら十五になる年、一九二六年生まれかな。誕生日次第だけど、いまは八十六、七ってところね。連合軍の空襲とか、戦後の戒厳令の時代もあるからはっきりとはいえないけど、女性の平均寿命からいって生きていてもおかしくない――ああ、でも日本人だったら、敗戦で日本に引き揚げてるよ、きっと」

そこまで一気に話すと、ジュリはあっけにとられたような表情を浮かべて、くすくすと笑った。

「さっちゃんにも得意なことあるんだ」

「ばかにしないで。歴史学科なんだから台湾の近代史くらい覚えてるよ」

ほんとうは台湾にくる前に、ゼミの同窓会で宋先生に、長澤さんが勉強きらいなのは知ってるけど、台湾に住むのなら礼儀として近現代史くらい学んでいきなさいよ、といわれて映画で必死に勉強したのだった。

ジュリは笑いをこらえながら、カップの蓋を開ける。藤椒の鼻をつく香りが一気に部屋中に広がった。

「ごめんごめん、ほんとに感心したの。藤椒麵一口あげるし、機嫌直して、もうちょっと具体的な調査の方法教えてよ」

「むちゃくちゃ辛いじゃん。いらないよ」

わたしは、覚えている調査方法を思いつくままに説明する。

いちばん手っ取り早いのは、事情を知っていそうなひとをみつけて話をきくこと。そのためにまず図書館でその女学校の同窓会誌をさがしたり、当時の新聞や雑誌を見たりする。日本植民地下の台湾では、日本語新聞がでていたから、マイクロ化された史料を読むことができるはず——。

ジュリは真面目にメモを取っている。

——でも、日記の桐島秋子という女性の史料はたぶんみつからないだろうな。

いつになく熱心に話をきいているジュリに説明しながらも、漠然とそう思う。社会に女性の居場所がほとんどなかった時代に、一般人の女性が、公文書はもちろん新聞や雑誌などに取り上げられる機会はかぎりなく少ない。なにか犯罪でもおかしていたら別だけど。

わたしの顔をのぞきこむように見て、少しだけ不安そうにジュリはいった。

「みつからないと思ってる？」

「うん、まあ、やってみたら。ゼミの先生も、思いこみは歴史研究のいちばんの敵だっていつもいってたし」

ジュリは納得したような顔をしてうなずくと、ありがと、お礼に洗いものやってあげるね、といって、流しに箸とカップラーメンの容器を運ぶ。

わたしは、驚いてうまく返事を返せなかった。ジュリが、自分の洗濯以外の家事をするのは、この部屋にきてはじめてのことだ。

＊＊＊

九月一日（月）晴　摂氏三十二度

いつもより早く起床して、お部屋の掃除をする。

教室に行くと、担任の坂井《さかい》先生が、背の高い女の子を連れて入ってこられた。朝鮮の京城《けいじょう》からいらした、白川《しらかわ》歌津《かつ》さん。まだ中原淳一《じゅんいち》先生が描いていらしたころの『少女の友』の表紙のような、大きな目と艶やかな黒髪がお美しい。「台中に来て、まだ日が浅いから、ぜひ仲良くしてやってくれ」と先生はおっしゃった。

白川さんは一番後ろの席に座ることになった。離れた席になってしまって残念だ。隣の席のりっちゃんも興味津々といった様子で白川さんをふりかえっては、ねえ、お人形さんみたいに真っ白な肌ね、とか、きっといいとこのお嬢さんなんだわ、とか色々いっていた。

九月二日（火）晴　摂氏三十三度

教室へ入ると白川さんのまわりにみんなが集まっている。白川さんが笑うと白いヒメツバキの花が開いたみたいに華やかだ。

私は、白川さんのアルトの声をききながら、お友だちのりっちゃんと『女學生《じょがくせい》』の連載小説のお話などをする。
帰り道、山浦《やまうら》さんが、白川さんてな、きれいな日本語話してはるけど朝鮮人なんやって、とおっしゃった。
朝鮮人だからなんだというのだろう。それから色々と噂《うわさ》話《ばなし》をされていたけれど、私は上の空で白川さんの笑顔を思いだしていた。

九月三日（水）晴　摂氏三十二度
朝、お父さまが、そろそろお前も新聞を読むといいよ、とおっしゃった。りっちゃんの話では、昔、女は新聞を読まなくていい、といわれていたそうだから、わたしはいまの時代に生まれて幸せだ。
昨日の夕刊には、刃傷《にんじょう》事件の記事があった。「某市議宅の家庭争議」という文字を読んでいるときに龍之介が起きてきて、急いで新聞を隠した。まだ読めないだろうが、とても弟にできる話ではない。そういえば先学期で内地にお帰りになられた大槻《おおつき》先生は、『台湾新聞』は『台湾日日新報』よりもおもしろいとおっしゃっていた。

九月四日（木）晴　摂氏三十二度
このところ、ずっと晴れている。

夕方、メイファさんが買ってきてくださった茘枝を弟といただく。なんと爽やかで芳醇《ほうじゅん》な香りだろう。

九月五日（金）晴　摂氏三十二度

お父さまが居間に置いていかれた新聞を読む。喜樹《きじゅ》海水浴場で身元がわからない死体が見つかったらしい。おそろしいお話。それにしても、非常時だというのに、『台湾新聞』には、通俗記事が多い。大槻先生がおっしゃっていた「おもしろい」というのは、そういうことだったのかしら。

賢三さんが西瓜《すいか》を届けてくださったとメイファさんが教えてくれた。私はりっちゃんと寄り道をして帰ったからお話ができずに残念だった。

妙さんが切ってくれた西瓜の半分近くを龍之介が食べてしまった。ずっと庭にタネを飛ばして遊んでいるから、いい加減になさい、とたしなめた。弟がいうには、あとで拾ってタネのコレクションに加えるらしい。

九月六日（土）大雨　摂氏三十一度

朝から強い雨。ひさしぶりの雨だ。どうやらまた天気が崩れるらしい。土曜日だったので学校は早く引けた。

夕方、大雨のなか帰っていらしたお父さまが、これからお客さまがあるとおっしゃった。メイファさんと妙さんは忙しそうに晩餐の準備をしている。邪魔をしてはいけないので、龍之介と部屋で遊んでいた。

玄関先でひとの声がきこえたので、部屋を出てみると、長身の紳士と白川さんの姿が見えたので驚いた。それから櫻井家のご主人と賢三さんもいらっしゃった。大人のお話があるということで、私たちはお部屋で夕餉《ゆうげ》に。

白川さんは私の書棚を興味深そうにながめている。

「すてきなお父さまですわね」と私がいうと、白川さんは心地よいアルトの声で「あのね、ほんとうは叔父さんなのよ」とおっしゃった。

どういうことかしらと思って黙っていたら、うれしそうなお顔で「どうかお友だちになってちょうだいね」とおっしゃった。それから部屋の隅のほうで小さくなっていた龍之介を見て、こっちにいらっしゃいよ、と優雅な手つきで呼び寄せる。いつもはわんぱく小僧なのに、白川さんの前では借りてきた猫のようになっていておかしかった。

かるたで遊んでいると、賢三さんもこられた。大人は商売の話でつまらないといいながら、私の顔ばかり見て話していた。きっと白川さんを見るのが恥ずかしいのだろう。少しだけ悲しかった。

九月七日（日）嵐　摂氏三十一度

朝から暴風雨。

せっかくの日曜だがどこにも行けず、龍之介とかるたなどして過ごす。よく見ると、龍之介の机の上は植物のタネの入った紙包で埋め尽くされている。紙包には「西瓜」「桜桃」「朝顔」「茘枝」と美しい文字があるから、たぶんメイファさんが書いてくれたのだろう。無造作に置かれているように見えて、ちゃんと果物や野菜、花などで分類してある。弟も実は几帳面《きちょうめん》なのかもしれない。

＊＊＊

2

蛍光灯が点滅するマンションの階段を駆けのぼる。

「ごめん、遅くなったね」

部屋は真っ暗で、ジュリはいなかった。これまでこんなことは一度もなかったから、少しだけ鼓動が速くなる。

テレビをつけたくて壁のリモコンに手を伸ばすと、カウンターテーブルの上に置かれた、図書館にいってきます、夕ごはん、先食べててください、というそっけない書きおきが目に入った。

ほんとうに調べにいったんだ——。

調査方法を伝えてから数日間、ジュリは日記を丹念に読んでいるようだった。だけど、まさかほんとうに足を使った調査をはじめるとは想像もしていなかった。

わたしは、最近気に入っている鹽酥雞《イエンスーヂー》という台湾風のフライドチキンを独り占めできることを密《ひそ》かに喜びながら、テレビをつけて、ビールを開けた。テレビのなかで、テレサ・テンの昔の映像が流れている。台湾バジルの香りと白胡椒の刺激にビールがどんどんすすむ。

ふたりで食べるつもりで買ってきたチキンを全部食べたらさすがに胃がもたれた。

ひさしぶりのひとりきりの時間、それでもとくになにもすることが思いつかない。よく見ると冷蔵庫には刑事ドラマのように、ジュリのつくった日記のまとめと人物相関図が貼りだされていた。ジュリは日記の概要を、いくつかのトピックごとに整理して書きだしている。

わたしはフライドチキンの油で汚れた手をキッチンペーパーで軽くふいて、カウンターに立ててあった日記の原本を開く。史料をこんなふうに扱っていることが宋先生にばれたら、二度とゼミの同窓会にも呼んでもらえないだろう。

日記は一九四一年七月十日からはじまって、夏休みや病気での中断をはさみながら、十一月十二日まで続いていた。日記帳には半分以上のページが残っているから、急な引っ越しかなにか予期しないできごとで、トランクに入れたままになってしまったのだろう。日記がトランクの内張に隠されていたということは、弟がいたずらで隠したという可能性もある。ずいぶんわんぱくな弟のようだし。

桐島家は、父と秋子と弟という三人家族で、母は日記の何年か前に亡くなっている。お手伝いさんは、メイファさんと妙さんというふたり。

メイファさんの名前の横には「本島人？」というジュリの書きこみがあった。当時、植民地だった台湾で、総督府は「内台一体《ないたいいったい》」というスローガンを掲げながらも、日本人は「内地人」、台湾人は「本島人」と区別していたと台湾にくる前に、宋先生に教えてもらった。当然そこには、給料や待遇のちがいだけではなく、もっと直接的な差別もあったらしい。ジュリは得意の検索でもう知っているかもしれないけど、帰ってきたら説明しよう。

妙さんは「高砂族出身」とあるから、いまでいう台湾原住民。桐島家が当時の台湾のスタンダードな日本人家庭といえるかはわからないが、見事なほど植民地の権力関係を反映したような家のなかだ。

桐島家のまわりには、従妹の芳ちゃんと、頻繁に遊びにくるお向かいの賢三さんという好青年がいる。学校ではりっちゃんという友だちと仲良しだ。あと、九月の新学期には植民地朝鮮からの転校生の白川さんと仲良くなっている。

わたしはまだそのあたりまでしか読めていない。というのも秋子の手書きの文字は、ていねいに書いたという印象の夏休みをのぞいて、小学生のような字でとても読みにくいからだ。夏休みも、普段に比べれば読みやすいというだけで、右肩上がりのひどいくせ字。

ジュリはもう日記を最後まで読んでしまったのか、まとめには「父の再婚（九月末）」「白川さんとの友情（十月〜）」「アンニュイな日々（十一月〜）」と書きこんでいる。

まだ開いたことのなかったページをめくる。ジュリのまとめを手掛かりに、文字を目で追っていると、「どうにも気持ちがついていかない」という言葉が目に留まった。父親の再婚で家族が増えるときかされた日のようだ。そんな不安定な心境を反映しているのか、義母と義兄が引っ越してきてからは、やや日々の記述が少なくなっている気がする。あと病気で熱をだしてよく寝ていたようだ。

だけど、ざっと見たかぎりでは、あまり目立ったできごとがあるわけでもない、十代の女の子の日記だ。『アンネの日記』のような性の目覚めも、恋愛もまるで書きこまれていない。授業で書いていたのだからあたりまえか。

いったいこの日記のどこにジュリは惹きつけられてるんだろう。

朝、ロフトから下りてくると、ジュリがソファーで横になって日記をながめていた。

仕事も休みなので、優雅にコーヒーでも淹《い》れようと思って、ジュリのじゃまをしないように、こそこそと忍び足でカウンターのコーヒーメーカーに近づく。先週、通勤路のカフェで挽《ひ》いてもらったばかりのネパールコーヒーの粉を入れていたら後ろからジュリの声がした。

「コーヒー、あたしのもよろしく」

うん、と答えて、スイッチを入れる。すぐに香ばしいコーヒーの香りが部屋に広がった。

ソファーの前のテーブルにコーヒーカップを置くと、ジュリは甘えるように、ねえ、さっちゃん、きいてもいい？　といった。

わたしは、コーヒーを一口のんでうなずく。深煎りのコーヒーが朝の体に染みわたっていく。

「秋子ってどんなひとなのかな？」

「そうね、わたしジュリほどしっかり読めてないけど、わりとセンスいい子なんじゃないかって感じるよ」

「どうして？」

そうききながらも、ジュリはどこかうれしそうだ。

「筋が通っているっていうか、優しいだけじゃない強さがあるっていうか」

「そうだよね！　あたしもそう思った」

ああ、この感じ懐かしいかも——。

大学のころ、まわりのゼミ生たちもこんなふうに言葉を交わしていた。史料を見るって、そこに人間をさがすことです、と宋先生はいっていたっけ。ジュリはいまそのただなかにいるんだろう。

わたしの答えに満足したのか、ジュリはまた日記に視線を落とす。わたしも気になったことを質問する。

「書いてあること全部わかるの？」

視線は日記に向けたまま、ジュリは答えた。

「文字は読めてもわからないとこたくさんあるかな。たとえば……ほら、この『お母さまはほっとされているご様子だった』ってところ、どういうことかいまいちわからない。なにか書きたいことがあるのはわかるんだけど」

ジュリの隣から日記をのぞきこむ。

七月十六日。二歳で高熱をだして、足が不自由になった弟の龍之介の話だ。どこかで六歳と書いてあったから、弟が二歳ということは一九三七年のことか。

もしかして――。

「まちがってるかもしれないけどね、推理きいてくれる?」

ジュリは目を輝かせて大きくうなずいた。

「お母さんさ、弟の命がたすかったのがうれしいのはもちろんなんだけど、これで徴兵されないってほっとしたんじゃないかな。当時、目が悪いとか体が不自由なひとは、兵役に適さないって判断されたの。一九三七年は日中戦争がはじまった年だから、母親ならそう考えてもおかしくないかなって。でも、先生がチェックする日記に母親が徴兵をいやがってたってとらえられそうなことをはっきり書けないから、こういう曖昧な記述になったんだと思うよ」

「――すごい。さっちゃん、ただのサブカル女子じゃないんだね」

「ばかにすんなって。まあ、ほかにもわかんないとこあったらなんでもおねえさんにきいてよ」

ジュリの口調をまねて、からかうようにそういった。

「じゃあ、ここ教えて」

ジュリが指差す先を見る。弟の足のことが書かれたすぐあとのセンテンスで、昨日に続いて今日もいいことがあった、とある。

簡単だ。前日の日記にあるのは賢三のことだけなんだから、賢三と会えたってことだろう。

そのことを説明するとジュリは、しばらく考えてからぽつりとつぶやいた。

「あたし、ちょっとひととちがうのかな――人間の気持ちの動きとかぜんぜんわかんない」

ジュリは少しだけ悲しそうな表情を浮かべている。今朝のジュリがいつもよりずっと素直な気がして、わたしは内心どきどきしながら踏みこんできいてみた。

「ジュリ、恋ってしたことある？　経験しないと気持ちなんてわからないことだらけだよ」

予想外の問いだったのか、ジュリはしばらくなにかいおうともごもごと口を動かしていたけれど、急に不機嫌そうな声で、教えないよ！　といって、ソファーに顔をうずめた。


その後もジュリの調査にはあまり進展がなかった。

秋子が通っていた女学校に関する当時の記録は図書館にはなく、ジュリはネット上の親友のリンちゃんにも連絡を取って手伝ってもらったらしい。リンちゃんが、ネイティブであることを生かして調査した結果、恩寵高等女学校は台中市内にあったミッション系の私立学校で、おもに富裕層の女子が通っていたらしい。

リンちゃんの話によると、当時、公立の女学校には、下校途中の寄り道を禁じるような厳しい校則があったのに対して、恩寵高女は、生徒の自律性を育むという理念のもとで比較的自由だったという。

「でもねー、通っていた生徒のほとんどが日本人だったから、敗戦で日本に帰っちゃって、同窓会もなにもないんだって」

ジュリはほんとうに残念そうにそういった。

それでも、あきらめることなく、ジュリは日記のハンドライティングをわざわざパソコンでテキスト入力して、なにか気づいたら教えて、とわたしてくれた。

わたしはといえば、ジュリがうれしそうな顔をするから、つい話をあわせているけれど、正直なところ桐島秋子という少女にそれほど強い関心を持てずにいた。ひとの強い関心やエネルギーを前にすると、いつも自分にはない才能を見せつけられているようで、逆にどんどん関心が冷めてしまう。それは大学にいたころからずっとそうだった。

そんなふうに屈折した思いを抱きながらも、ジュリがプリントアウトしてくれた日記を日本語学校に持っていって、時間のある昼休みにはぱらぱらとめくった。

シャンシャンも肉まんをかじりながら、興味深そうに日記をのぞきこんできて、わからないことはすぐに台中に住んでいるというひいおばあさんにチャットできいてくれた。ひいおばあさんは、ちょうど秋子と同じころに、台中の女学校に通っていたらしい。ひいおばあさんの話によると、日記に最初にでてくる「川の向こう」は、柳川《やながわ》という川の対岸に開けた初音町《はつねちょう》遊廓《ゆうかく》のことを指すらしい。

「たぶん、女学校に通っている良家のお嬢さまが近づいたりする場所じゃなかったんだろうね。ばあちゃんも、お手伝いさんや先生にいくなっていわれたから見たことはないってさ」

シャンシャンのひいおばあさんと同じ時代に、お手伝いさんから同じことをいわれていた女の子の日記がいま部屋のなかにあると思うと、まったく切り離されていた時間がわたしのなかでつながっていくような独特の感覚だった。

部屋に帰ってジュリにシャンシャンの話を伝えるとさっそくネット検索で論文をみつけだした。

初音町遊廓は一九一四年に市中から移転してきた遊廓で、日本人経営の妓楼《ぎろう》だけでなく、朝鮮人や台湾人の経営する妓楼もあったという。

——いったい、どんなひとが働いてたんだろう。

ジュリはぽつりといった。答えを求めている様子ではないけれど、ジュリがその当時の朝鮮の女性のことを考えているのはなんとなく伝わってきた。

わたしの返事を待たないでジュリはまたヘッドフォンをつけて論文を読みはじめた。

＊　＊　＊

九月二十二日（月）晴　摂氏三十度
みんな昨日の日食の話で持ちきり。りっちゃんまで得意気で、病気なんて秋子さん、おかわいそう、ですって。こっちは熱で一週間どこにも行けずに静養していたというのに。
放課後、白川さんと大正町を通り過ぎて、台中公園まで。校門のところで白川さんの方から声をかけてくださった。
日月湖《にちげつこ》沿いの大きな木綿花の下のいつものベンチ。白川さんの持ってきたミルクビスケットをふたりでいただく。白川さんの好物だそうだ。白川さんはお約束通りに朔太郎《さくたろう》の詩集を貸してくださった。私は今度お返しに夢二《ゆめじ》の画集を持ってくるとお約束した。白川さんは、秋子さんはロマンチストね、とおっしゃった。犀星《さいせい》やヴェルレーヌがお好きという白川さんのほうがよっぽどロマンチストだと思うのだけど。

私がお休みしていた間に水泳大会があって、入賞されたとのこと。私、島育ちで毎日泳いでたのよ、とおっしゃった。京城のお嬢さまと思っていたから意外だった。

大鳥居の下でお別れするときに、白川さんのお家はどちら、ときいた。夕日がにじむ小学校を指さして、あちらの方よ、と少しだけいいにくそうな顔をされていたので、それ以上きけなかった。

夕方、賢三さんがお見舞いに立ち寄ってくださった。私が熱を出して寝ているときも、毎日のように卵や果物を届けにきてくださったと妙さんが後で教えてくれた。どうして賢三さんはここまで優しくしてくださるのだろう。

九月二十三日（火）秋季皇霊祭　晴　摂氏三十一度

朝方から体がだるいので、熱をはかると三八度九分の高熱。皇霊祭で台中神社に参拝の予定であったが、しかたなく家で過ごす。

妙さんがお母さまの料理ノートを見ながら卵酒をつくってくださった。飲むとすぐに体が熱くなって、顔が火照《ほて》った。龍之介が、ねえちゃん、ゆでだこみたい、といって大笑いしていたけれど、いいかえす元気もなかった。

九月二十四日（水）小雨　摂氏三十一度
病気。喉が燃えるように熱く痛い。一日寝て過ごす。
九月二十五日（木）雨　摂氏三十度
一向によくなる兆しがない。
メイファさんがお医者さまを呼んでくださった。お医者さまは、いま流感が広がっているから、それにかかったのだろう、とおっしゃった。早く学校に行きたい。
お家が近い山浦さんが、りっちゃんと坂井先生からのお見舞いの手紙をメイファさんに渡してくださった。りっちゃんは、早く全快してください、と書くつもりだったのか、「全決してください」と間違えている。笑うと咳《せき》が出た。
九月二十六日（金）大雨　摂氏二十八度
熱は三七度五分まで下がった。一日中雨で湿気ているが過ごしやすい。夜、お腹《なか》が痛くて眠れなかった。
九月二十七日（土）雨　摂氏三十度
体調が戻ったので、起きて過ごす。お部屋の掃除をした。

夕方、龍之介が泣きながら帰ってきた。お店でメイファさんがばかにされてたいそう悔しかったらしい。お坊ちゃんはお優しいから、とメイファさんが説明してくれたところでは、メイファさんの日本語がおかしいから注文がわからないといわれたそうだ。

もっと私が勉強できたらよかったのですが、とさみしそうにいうメイファさんを見ていると、私まで腹が立ってきた。メイファさんの家はもともと裕福な甘蔗《かんじゃ》農家だったが、日本の製糖工場ができて買取価格を一方的に決められるようになってから、年々生活が苦しくなって、メイファさんもせっかく合格した女学校を二年で中退するほかなかったという。

だんなさまもお嬢さまもお優しいし、私はここで十分幸せですわとメイファさんはいうけれど、勉強にあまり興味のない私なんかよりもメイファさんが女学校に行ったほうがよっぽど世のためになるだろう。

夜、布団のなかで、ぼく勇気が出なかったんだ、といって、龍之介がまた泣いていたから、しばらく話をした。悪いと思ったらちゃんと「だめ」っていうのよ、といったら、でもいうのが怖かったらどうするの、と龍之介。じゃあ、そのときは、先にねえさんが「だめ」っていうから、大丈夫、というと、安心したのかようやく眠りについた。

龍之介もどんどん成長しているようでうれしい。

九月二十八日（日）晴　摂氏三十度

ひさしぶりによく晴れている。洗濯物がよく乾くとメイファさんがうれしそうだ。明日、ようやく学校に行ける。りっちゃんや白川さんはお元気かしら。
夜、弟が寝たあとにお父さまから近々再婚するというご報告があった。それはおめでとうございます、とお答えした。お父さまがお決めになったのなら、私がなにをいうことができよう。弟もきっと喜ぶだろう。お相手の方は本島人だが内地留学されていたこともあって日本語が堪能でいらっしゃるそうだ。
驚いたことに前に酔月楼でお父さまがご挨拶されたあの朱色の長衫を着ていらした方だという。若くしてだんなさまを亡くされて、私よりも一歳上のお子さまがいらっしゃるとのこと。来月の初めには宜蘭《ぎらん》から引っ越してこられる。どうにも気持ちがついていかない。

九月二十九日（月）晴　摂氏二十八度
ひさびさの学校。りっちゃんに、お父さまが再婚されるというお話をしたら、お義兄さま、ハンサムな人だといいわね、ですって。
家に帰ると玄関先で賢三さんとメイファァさんがお話をしていた。メイファァさんもにこにこと楽しそうだ。

九月三十日（火）小雨　摂氏二十八度
お父さまから、新しいお義母さまの瑠璃子《るりこ》さんとお義兄さまの陽人《あきと》さんが、十月七日に引っ越して来られるとお話があった。はじめてお義兄さまの名前をうかがったとき、龍之介は、「秋子に陽人なんてお似合いだ」と笑い転げていた。最近ますますお調子者で手がつけられない。メイファさんと妙さんは、ばたばたと一階の書庫の掃除をしている。そこを片付けてお義兄さまに使っていただくそう。

教室の雰囲気が変わった気がする。病気でお休みをする前、みんなは白川さん、白川さんといっていたのに、いまではだれも白川さんのことを気にかけていないようだ。

白川さんは、秋子さんが元気になってほっとしたわ、とおっしゃった。白川さんはどう、ときくと、まあまあね、と憂いに満ちたお顔をされた。

今日で九月も終わり。これからどうなるのだろう。

＊＊＊

3

昼休みに講師控え室で学生からもらったちまきを食べているとジュリから電話がかかってきた。国立台湾図書館の外からかけているという。これまできいたことがないくらい興奮した声だ。

「新聞に秋子の名前があったの！　見出し読むから驚かないできいて」

そこで息を整えているのか、一瞬言葉が途切れた。

「日月潭に少女消える。心中の失敗か。目下同行者を聴取中――。つぎの記事読むね。美貌の少女、日月潭に姿を消す。怪しい同行者は財閥御曹司。『ボートから落ちた彼女に手を伸ばしたが間に合わなかった』」

ジュリの声をききながら背筋が冷えていくような感触を覚えた。

――つまり、秋子は死んでいたってこと？

あの日記に、死の影などみじんもなかったのに。弟や賢三さんと遊び、学校で友だちのりっちゃんと他愛のない言葉を交わし、白川さんと寄り道をして帰る、戦時下とは思えないほどのどかな日々。あの日常が心中という生々しい行為につながっていくとはとても思えない。

午前の授業を終えたシャンシャンが部屋に入ってきたのもかまわず興奮してきく。

「それいつだったの！」

「いつだと思う？」

「もう、早く教えて！」

わたしの声の大きさに、シャンシャンが驚いたような顔をした。

「一九四一年十一月十三日。詳細はまたあとでね。迪化街のカフェ明星《ミンシン》で夕ごはんは？　七時くらいに」

わたしが、わかった、というとすぐにジュリは電話を切った。

十一月十三日はあの日記の最後の記述の翌日だ。

秋子は日記をトランクに入れて持っていくつもりだったんだろうか。それとも、いつか取りに帰るつもりだったんだろうか。

結局、ジュリの電話を受けてから、午後はもう上の空だった。中級クラスで学生の質問を受けているときも、小雨のなかを駆け足で台北車站に向かっているときも、桐島秋子という少女のことが頭から離れない。昨日まで、ただの名前でしかなかったひとが新聞記事を通して急に生命を持った生身の人間として立ち現れてきたような奇妙な感触。


夕方の台北車站の雑踏をくぐりぬけて、地下鉄に乗りこみ、いつものように駅から歩いて迪化街へ。

猫があくびをしている裏路地をたどって、カフェ明星のガラスのドアを開けたとき、時刻は七時十五分をまわっていた。赤いビロードのソファーが並んだレトロな店内にひとはまばらだ。

顔馴染みの店員のキャシーが、ハーイと手をふって、ジュリが座っているテーブルを指差した。このカフェはもともとシャンシャンに教えてもらったお店で、キャシーは高校でシャンシャンの同級生だったらしい。カリフォルニア出身で緑色の目が印象的なキャシーは、ほんとうは高校だけの留学のはずが、すっかり台湾を気に入って、いまでは台湾人のボーイフレンドと暮らしているという。いつもコーヒーをたのむとちょっとしたお菓子をおまけしてくれる。

ジュリはソファー席でテーブルいっぱいに新聞記事のコピーを広げていた。

「ごめん、遅くなったね」

「猫さがしでもしてたの？」

「まあね。帰り際に陳《ちん》さんにむずかしい質問受けちゃってね。置いておくと置いてあるのちがいはなんですかって。ちゃんとした先生にきいてほしいよね」

「さっちゃん、そんなのあたしだってわかるよ。ておく、は準備することで、てある、は準備ができてるってことでしょ」

　わたしは驚いてジュリの顔をみつめる。

「ジュリってじつは賢いよね」

「そう？　さっちゃんが手抜きなだけだよ。それより、あたしドーナツね」

　わたしは、軽くうなずくとカウンターまでいって、ドーナツとツナのキッシュを注文してジュリの向かいに腰かける。ジュリの髪からはグレープフルーツの香料のにおいがするから、一度家でシャワーを浴びてきたんだろう。

　キャシーが持ってきてくれたドーナツをかじりながら、ジュリは待ちきれないといった様子で今日の発見を話しはじめた。

　新聞記事によると、一九四一年十一月十三日の夕方、豪雨のなか、警察駐在所にひとりの青年が、同行者が湖に落ちたと救助を訴えたという。青年の名前は櫻井賢三、日記に何回もでてきたお向かいの「賢三さん」だ。記事には、財閥御曹司という見出しがあるけれど、日記には父親は、秋子の父と同じ州庁で働いている、とあったから、たぶん事件をセンセーショナルにしたい記者の創作だろうとジュリ。

　ジュリが見せてくれた紙面のコピーには、少しピントのずれた賢三と秋子それぞれの写真が大きく写っていた。賢三は短く刈り込んだ髪に学生服という格好で、想像した通り優しい目をした青年だった。秋子は涼しげな目元が印象的だが、「美貌の少女」という新聞の形容よりも、もっと幼く、素朴な印象を受けた。

「清楚《せいそ》って感じの子だね」

わたしがそういうとジュリもうなずく。ふたりで写真をじっと見ていると、後ろでキャシーの声がした。

「What are you guys talking about?」

写真から顔を上げると、キャシーがキッシュののったお皿を持って、記事をのぞきこんでいた。わたしは、新聞をどけてお皿を置くためのスペースを空ける。

「We are researching about a missing girl in 1941」

なめらかに英語で説明するジュリの声をききながら、なんともふしぎなことをしていると感じる。七十年以上前に失踪した女の子をさがすというのは、どういうことなんだろう。それにしてもジュリは韓国語だけじゃなくて、英語まで話せるんだ——。

キャシーはよくわからないといった顔をして、記事の写真を見たり、見出しの日本語についてジュリに質問したりしていたけれど、店長に呼ばれてカウンターに戻っていった。ジュリはまた説明に戻る。

事件の日以降、多くの新聞記者が現地に入って目撃証言を集めた。当時、秋子の住んでいた台中から山あいの湖である日月潭へは、二水駅まで汽車に乗り、そこから集集線というローカル線に乗り換え水裡坑《すいりこう》までいき、さらにバスで一時間程度という長い行程だったそうだ。台中から歩いていったのでなければ、その途中の汽車やバスで必ず目撃者がいる——そこまでていねいに説明して、ジュリはめんどくさくなったのか声にだして記事を読みはじめた。

「櫻井青年は、どのように示し合わせて秋子と落ち合ったのだろうか。記者は、まず台中から二水駅までの区間に乗務せし車掌に写真を見せた。先日の嵐もあって人も少なかったという。車掌曰《いわ》く、この青年はたしかひとりで窓ぎわに座っていましたよ、女学生のほうは制服を着ていたわけじゃないでしょうからよくわかりません、着物を着た若い女性なら何人かいたように思いますが、とのこと」

ジュリはそこで言葉を切って、わたしを見た。

「まあ、この車掌はあんまりあてにならないの。『台中タイムズ』が取材したバスの運転手のほうが要領を得てるって感じ。運転手は記憶力に自信があったらしくて、水裡坑からバスに乗ったのは薄紅色の銘仙を着た女学生風の少女がひとりと、原住民の少女がひとり、行商人風の夫婦、あと賢三の五人だったたって。これ見て」

そういってジュリは記事の拡大コピーを広げる。そこにはバスの運転手のやや芝居がかったインタビューが掲載されていた。文字を目で追っていく。

——どうして上品な着物を着た女の子がお付きの人も連れずにひとりでいるのか心配になってね、お嬢ちゃん、だれか知り合いでもいるのかいってきいたら、お父さまが待っててくださるから大丈夫よって毅然《きぜん》としてるんであっしもこりゃ大丈夫かなって気持ちになったんですよ。どこか気品があって、いま思えば、あれが秋子嬢だったんでしょうな——。

運転手の話では、原住民の少女は終点の少し手前で降りて、最後の水社《すいしゃ》というバス停で降りたのは行商人夫婦と賢三と着物の少女の四人だったという。薄紅色の銘仙を着た少女が秋子だとすると、賢三と秋子は別々にきたふりをしてバスに乗って、降りてから合流したということになる。

「そうだ、さっちゃんにききたかったの。なんで別々にきたように見せなきゃいけなかったのかな？」

「うーん、戦時下だから？　たぶん、当時、女学生のデートなんて大スキャンダルだったんだと思うよ」

「それもそうか……もうひとつききたいんだけど、どうして運転手には、原住民の少女ってわかったの？」

しばらく考えてから、服装と顔立ちじゃない、と答えた。というか、そのほかに理由が思いつかない。でも、日本人の少女がひとりでバスに乗るのは気になっても、原住民の少女がひとりでも気にならなかったんだろうか。だいたい秋子は、どうしてわざわざひとの目につくような薄紅色の銘仙なんて着ていたんだろう。お忍びなら注目を集めないほうがよさそうなのに——。

そんなふうに疑問はつぎつぎにわいてきたけれど、とりあえず昼に電話を受けたときから気になっていたことをわたしはきく。

「結局、秋子がどうなったかわかった？」

ジュリは首を横にふる。

「今日は二週間後までの新聞に目を通して時間切れ。あしたはもう少しねばってみる。でも、あんまり希望は持てないよね。賢三の証言通りなら、雨で視界の悪い湖に落ちて、数日たってもみつからないんだもん。そういえば賢三の犯行をほのめかしてる記事もあったよ」

「なんでそんなことするの？」

日記に書かれた賢三は、とても殺人者のイメージに結びつかない。

「婚約者がいたから秋子と別れたかったとか？　記事によると事件で婚約が破談になったのは事実みたいなの」

わたしはただじっと机の上の秋子の顔写真を見る。なにも疑っていないような、幼いつぶらな瞳をした少女がかすかな笑みを浮かべている。

＊＊＊

十月十三日（月）雨　摂氏二十九度
朝、瑠璃子さんが、おはようございます、と挨拶をしてくださった。お義兄さまも居間で新聞を読んでいらした。引っ越しからもうすぐ一週間。龍之介はもう新しいお義母さまにも、お義兄さまにもすっかり馴染んでいるけれど、私はまだ緊張してしまう。

十月十四日（火）大雨　摂氏二十五度

学校の下駄箱《げたばこ》の前で通り雨が止むのを待っているとまた白川さんと一緒になった。しばらくすると雨が上がったので、台中公園の木綿花のベンチまで散歩。湖面に浮かぶ湖心亭《こしんてい》の雨に濡れた屋根が太陽にきらきらと美しい。親王殿下がお越しの際に休憩所として建てられたんですって、と由来をお伝えしても白川さんは心ここにあらずという雰囲気だった。

おもむろに、このごろはだれも話してくださらないのよね、と白川さんは憂い顔をされた。私も教室のなかで、白川さんを悪くいう噂を何回か耳にした。

白川さんに、私はなにがあっても味方ですわ、とお伝えした。白川さんは目に涙すら浮かべて、ありがとう、とおっしゃった。白川さんの手はとても温かい。涙を拭くと、白川さんは、はじめて身の上話をしてくださった。

白川さんは朝鮮のとても風が強い島で生まれた。台中ほどではないけれど暖かい島で、子どものころは毎日海で泳いだそうだ。もともと朝鮮の北方で生まれた白川さんのお母さまはとても美しい白い肌をしていたらしい。私の肌もお母さまゆずりなのよ、と白川さんはちょっぴり誇らしげだった。でも、十歳の時に、お父さまを肺の病で亡くされて、京城のご親戚の家に養子に出されたという。

そこまで話したところで白川さんは、ここからまた長い話になるから続きはまた今度ね、とおっしゃった。白川さんと私、共通点はなにもなさそう、と勝手に思っていたけれど、まさか白川さんも片親を亡くされていたなんて。

別れ際、大鳥居の前で、漱石の『こころ』を貸してくださった。私、登場人物のKの気持ちがわからないのよ、読んで感想きかせてくださる？　と。先生、お嬢さん、Kという三人の恋愛物語だという。それより私は白川さんのお話の続きが早くききたかった。

家に帰ると賢三さんがちょうど立ち寄ってくださったところだった。なんでも、内地のご親戚からおもちゃのキューピーさんが届いたので、龍之介にどうだろうかとのこと。弟はたいそう喜んでいる。

寝る前に貸していただいた『こころ』を開く。

Kの心境を私は想像してみる。突然、信頼していた先生に裏切られた。ほんとうに悲しかったに違いない。裏切られたことと同じくらいお嬢さんの気持ちが先生に向いてしまったことも衝撃だったろう。夜、寝床に入ってからもなかなか眠れなかった。うなされそうな暑さだ。

十月十五日（水）晴　摂氏二十五度

りっちゃんと口喧嘩《げんか》をした。白川さんのお家のことを賤《いや》しい商売といってばかにしたから、そんなことというもんじゃないわ、とたしなめた。少し反省するといいのだけど。白川さんへのみんなの風あたりが強い。先生からなにか注意していただけないものだろうか。

帰りは白川さんが校門で待っていてくださった。また足は自然と湖畔のベンチに向く。近頃はずいぶん過ごしやすい気温になった。白川さんは昨日のお話の続きをしてくださった。

京城のお家は、白川さんの生まれた島の小さな家とは違って、大きなお屋敷だったそうだ。きれいな着物を着た女の人が何人もいて――そこで急に白川さんは黙りこんでしまった。ごめんなさい、ちょっとうまくいえないわ。そういって申し訳なさそうな顔をされた。なにかが白川さんの言葉を奪っていってしまったようだった。

しばらくして、一枚の写真を見せてくださった。写真には棗《なつめ》のような目をした利発そうな女の人が、いまより少しだけ幼い顔をした白川さんと一緒に写っていた。あのね、大巻《おおまき》さんというのよ、京城の家でひとりぼっちだった私に彼女だけ優しくしてくれたの。白川さんはそれだけいって、私の手を取って、さあ日が暮れてきたし帰りましょう、とおっしゃった。

家では賢三さんが龍之介と遊んでいた。妙さんも一緒にかるたをはじめて、しまいにはメイファさんに怒られていた。

帰り際、賢三さんが玄関を出たところで、立原道造《たちはらみちぞう》の詩集を貸してくださった。前に読みたいといったのを覚えていてくださったのだ。メイファさんが家から出てくるとお別れの挨拶をしてお向かいに帰っていかれた。

そろそろ白川さんに『こころ』の感想をお伝えしなければ。もうほとんど読んでしまった。

Kのことをずっと考えている。床につくのは早かったけれど考えていたらいつまでも眠れなかった。気温もこのところ定まらない。スモモが無性に食べたくなった。

十月十六日（木）晴　摂氏二十六度

白川さんはお休み。お風邪とのこと。今日は教室での白川さんへの悪口にいたたまれない気分にならずにすむ。お友だちのりっちゃんとも仲直りした。もう悪口はいわないといっていた。

＊　＊　＊

4

翌日、シャンシャンにジュリの発見を伝えると、興奮した様子ですぐにひいおばあさんにチャットできいてくれた。

ひいおばあさんの通っていた台中第一高等女学校と、秋子の通っていた女学校は、同じ台中でも少し離れていたから直接の交流はなかったけれど、秋子の失踪は大きな話題になったそうだ。

「ばあちゃん、その子のことは直接知らないっていってたけど、『日月潭に消えた少女』っていったら、それは覚えてるって。結局、みつからないまんまで、かわいそうだったっていってたよ。でも、そのすぐあとに欧米との戦争もはじまって、戦時ムード一色になったから、とても事件どころじゃなくなったみたい」

たしかにそうだった。一九四一年といえば、十二月八日の真珠湾《しんじゆわん》攻撃から日本が総力戦体制に入り、報道統制もどんどん厳しくなっていく時期だ。

わたしは大学のゼミで見せてもらった当時の戦況を伝える号外を思いだす。真珠湾以来、毎日のように、戦闘機を何機撃墜したとか、戦艦を沈めたとか「戦果」報道一色になった。その多くが誇張か嘘だとわかったのは戦後のことだ。

戦時下というのは日常の抑圧とセットなんです、と宋先生はいっていた。つまり、秋子の行方がわからないことと当時の時代状況は無関係なようで、どこかでつながっているのかもしれない。

お昼休みに海鮮麵《ハイシエンミエン》の宅配を注文して、控え室で待っているとジュリから電話がかかってきた。今日も図書館にいるらしい。届いたばかりの海鮮麵をすすりながら話をきく。

秋子の失踪から一年分の新聞をチェックしたけれど、結局行方はわからないままだったという。シャンシャンのひいおばあさんもいっていた通り、太平洋戦争がはじまると事件報道自体が紙面から消えたらしい。

「もうちょいねばってみるし、今夜はごちそうして！」

ジュリの声は弾んでいる。

「いいよ、まかせといて。中山《ジヨンシヤン》のカリフォルニア・ダイニングは？　場所わかる？」

「あたしひとりで歩きまわるようになったの最近だよ。教えて」

たしかに、ジュリが普通に外出するようになってまだ一ヶ月も過ぎていないということをすっかり忘れていた。わたしが駅から一緒にいこうというと、ジュリはやっぱり弾む声で、「ＯＫ！」と電話を切った。

日の暮れた中山駅の二番出口をでたところでジュリが待っていた。

白いコットンシャツに、グレーのベレー帽をかぶったジュリは、どこか探偵のようなムードだ。目があうと、かすかな笑みを浮かべる。

街はこれから夕食にでかける若いひとで賑わっている。風が吹くと、色々な食べ物のにおいが漂ってきた。ジュリは店まで待ちきれないといった様子で、歩きながら今日の成果を話しだした。

日月潭で秋子が姿を消した日、悪天候でほとんど店が閉じているなかで、日の出食堂というどん屋の主人がふたりを目撃していたらしい。ジュリは歩きながら、いつになく興奮した声でスマホのメモを読みあげる。

「妹がどうしても玉島にいきたいというのですが、観光船はでていないのでしょうかと優しげな青年がきいた、と。これが賢三のことだね。玉島っていうのは湖に浮かぶ小島で当時は神社もあったんだって。この食堂の主人のコメントがとぼけてておもしろいんだ。——妹っていうにはね、あんまり似ていないもんだから、事情でもあるんだろうとは思ったんだけどよ……。だいたいあんな霧のなかでさあんた、ボート遊びなんて、いま思えばおかしいんだけど、そのときは女の子のほうがもう気になっちゃってさ。どんな少女だったかって？　それはもう凛《りん》とした佇まいで、あと数年たてばそりゃあんた、絶世の美女になるってとこをもったいない」

わたしは、記事を読むジュリの口調につい笑ってしまう。

「現代の週刊誌みたい。不謹慎だけど、話している人間が想像できておもしろいね」

うなずいてジュリは話を続ける。

そもそも非常時の燃料不足で観光モーターボートは便を減らしていて、その日は悪天候で運航を停止していた。それで賢三は、近くにいた原住民の少年にお金を払って丸木舟《まるきぶね》を借りたらしい。

「少年の日本語はおよそ流暢《りゅうちょう》とはいい難けれど、和装の少女と学生服の男に十五時ごろ丸木舟を貸したところ帰ってきたのは男だけであり、それは間違いない云々《うんぬん》――。つまり、秋子がボートから落ちたっていうのは賢三の証言しかないけど、ふたりで乗ってひとりで帰ったたって点に関しては証言があるんだ」

青になったばかりの信号をわたりながら、わたしはたったいま思いついた疑問を言葉にする。

「どこかほかの岸で秋子を降ろして、賢三だけ帰ってきたたって可能性はない？　なんのためにってきかれても困るけど」

「それも少年とバスの運転手たちの証言では無理なの。少年は丸木舟をちゃんと返してもらえるか不安でずっと湖岸から賢三を目で追ってたんだって。見失ったのは霧が深くなった数分程度って証言してる。日月潭の水社から汽車の停《と》まる水裡坑までいく路線バスの運転手のだれも、秋子らしい少女は見てないって。まさか歩いて帰るなんてできないでしょ」

「まあ、そうだよね」

通りの向こうに、ひときわ明るい商業ビルが見えてきた。アメリカのロードムービーにでてきそうな「California」という巨大なオレンジ色の電飾が点滅を繰り返している。

カリフォルニア・ダイニングは観光客っぽい一群と、大学生でほとんど満席だった。フライドポテトの香ばしいにおいが鼻をつく。大通りに面した窓際の席を確保すると、ジュリを残してカウンターに並んだ。ジュリは、コーラとフライドチキンというジャンクな夕ごはんにするという。

フライドチキンと巨大なベーコンチーズバーガーが入ったバスケットを持って席に戻ると、ジュリはテーブルの上に新聞記事のコピーを広げていた。

「ほかになにか発見は？」

「そうだね――さっちゃん、この賢三の証言の印象きかせてよ」

そういってジュリは、記事のコピーを指差した。わたしは巨大なハンバーガーを分解して、とりあえずゴマののったバンズをかじりながらその記事を読む。

「島の近くで秋子がふざけて立ち上がったとき、強い風が吹いたのです。それで秋子は丸木舟から落ちてしまって……私は泳げないので、必死で手を伸ばしたのですがもう届きませんでした。水のなかから私にたすけを求める秋子の白い手をいまだに忘れられません。その右手の指に光る指輪は、私が先月秋子にあげたものでした……心中するつもりなんてまったく。このご時世に不謹慎といわれても仕方ありません。櫻井青年の目に涙が光った。記者はその涙に嘘偽りがあるとは到底考えられなかったのである」

その記事を書いた記者は、賢三に対して同情的だった。でも、声にだして何回か記事を読んでみると、漠然とだがどこか違和感があった。

「なんか変だね。うまくいえないけど、冷静すぎるっていうか。このころの新聞記事っていい加減なものだから記者が勝手に創作した可能性も十分あるけど」

「うん、あたしもなんかおかしいって思った。さっちゃん、恋人が溺れてたら、泳げないのわかってても飛びこんだり、もうちょっと必死になるでしょ？」

「そう？　たぶん、そうでもないんじゃない？　だってわたし自分にしか関心ないし。ジュリ酔っ払ってそういってたじゃん」

ジュリには予想外の反応だったのか顔を赤くして皮肉めいた口調でいった。

「意地悪いわないでよ。お酒の失敗は許すのが日本人の美徳でしょ」

――あのときのキスも失敗だったわけね。

一瞬、そんな思いが脳裏をよぎったが、頭をふって追い払うと、わたしは思いつくままに可能性を口にだしてみる。

「たとえば恋人じゃなかったとか？　日記にも、そこまで強い好意を寄せてる描写ないし」

「あの日記、先生に読まれるんだよ。どんなに好きでもたぶん書けないよ」

「じゃあ日記は置いといて、秋子だけ夢中で賢三はそんなでもなかった、とか？　それか前にジュリがいってたみたいに秋子の存在が邪魔になったとか――」

言葉にしながらわたしは、それもまったく的外れだと感じる。こんなに目立つ事件を起こしてしまったら、賢三の将来も絶望的だろう。実際に婚約も破談になったと記事にあったというし。

やっぱりぜんぜんパズルのピースが足りない。

「チキンちょっと食べて。あたし、こんなに無理」

そういってジュリがチキンの入ったバスケットをわたしの前にどさりと置いた。

夜中に梯子がきしむ音がして目を開くと、ジュリがわたしの顔をのぞきこんでいた。わたしはまたあの誕生日の晩のことを思いだしてどきりとする。

「どうしたの？」

「――週末、日月潭いく？」

わたしも、まったく同じことを考えていた。そういえば、宋先生が、文献調査で行き詰まったり、わからないことがでてきたら、安易な気がしても現場にいくのはインスピレーションを得るひとつの手ですよ、といっていたっけ。

＊＊＊

十月二十三日（木）小雨　摂氏二十九度
熱はほぼ平熱に下がったが、用心のためにとお父さまがおっしゃるので一日寝て過ごす。
夕方、りっちゃんが学校の課題を伝えに家に寄ってくれた。悪い風邪がはやっていて、クラスでも何人かお休みしているとのこと。白川さんのことをきくと、いいにくそうにしていた。なにかあったのだろうか。龍之介としばらく遊んでいった。
賢三さんがお見舞いに内地から届いたという林檎《りんご》を持ってきてくださった。

十月二十四日（金）晴　摂氏二十八度
ひさしぶりの学校。

先週、教室で一悶着《ひともんちゃく》あって、白川さんはそれから学校をお休みされているとりっちゃんがこっそり教えてくれた。白川さんが大切に持っていらした写真をだれかが破いてしまったのだという。あの白川さんが涙をこらえて突然教室から出ていってしまったときいて、私は気が気ではなかった。大巻さんのお写真だろうか。

夕方、お父さまに白川さんのお宅にお電話をしていただけないかとお願いする。ご商売をされていて忙しいだろうから、都合のよいときにかけていただくようにお願いしておくとのこと。白川さんが心配だ。

夜、お義兄さまが部屋にいらして、なにか本を貸して欲しいとおっしゃったので、内地から届いたばかりの『講談倶楽部《こうだんくらぶ》』をお渡しした。

十月二十五日（土）晴　摂氏二十九度

従妹の芳ちゃんが泊まりにきた。

芳ちゃんとは日月潭の一件以来ちょっと疎遠になっていた。廊下ですれ違ったお義兄さまのことを、お部屋に入ってからすてきといっていた。たしかに映画俳優のような雰囲気かもしれない。しかし、私は上手く話すことができない。

夜、白川さんからお電話。声が元気そうで安心した。明日、新しい雑誌を買うために中央書局《ちゅうおうしょきょく》に行くとおっしゃったので、お父さまにお話しすると、あのあたりなら危険もないだろうし、おまえも行ってきたらいい、と許してくださった。うれしい。

十月二十六日（日）小雨　摂氏二十七度
白川さんと大正町の美山《みやま》商店の前で待ちあわせて、中央書局へ行った。白川さんも最近は立原道造の詩がお好きとのこと。

散歩の途中で雨が降りだした。第一市場の近くの軽食のお店で雨宿り。白川さんはよくご存知のようで、この肉圓《バアワン》というのがおいしいのよ、と注文してくださった。もちもちした半透明の皮に包まれた肉の餡は嚙むたびに旨味が染みだしてくるようで、ほんとうにおいしい。あっというまに食べてしまうと、またお店の人を呼んでおかわりを注文してくださった。

白川さんは台湾の言葉も勉強されている。国語以外の成績がすべてぱっとしない私は頭が下がる。

どうしてみんな白川さんのことを悪くいうのかしら――。そういうと白川さんは、しばらくお店の外を見てから、それはね、秋子さん、私が朝鮮人だからよ、とおっしゃった。

なんとお答えしていいかわからなかったので、私も外を見ていた。お向かいの仕立屋に、お義兄さまとメイファさんが入っていくのが見えた。そういえば、お義母さまが新しい服を注文されたといっていた。

白川さんとは、来週の日曜日もお会いしましょうと約束した。学校ではお話しできないけれど、こうやって一緒にお散歩できるなら、それでもいい。

お別れする前に、白川さんがお手紙を渡してくださった。どうかすぐには読まないで、と少しだけ恥ずかしそうな顔でおっしゃった。ほんとうはすぐにでも読みたいが、がまんして家まで帰る。

夜更けに手紙を開く。万年筆で書かれた美しい文字。便箋十枚も。涙が止まらなかった。お返事を書かなければ。

十月二十七日（月）晴　摂氏二十四度

音楽の試験。りっちゃんはぜんぜんできなかったといっていた。そういえば、最近りっちゃんとしか学校でお話をしていない。私も芳しくなかったけれど、病気で寝ていたのだからしかたがない。

学校から帰ってくるとメイファさんの姿が見えない。お義兄さまは、親族の急病で故郷の宜蘭に帰ったとおっしゃった。挨拶もせずに帰ってしまうなんて、メイファさんらしくない。

寝つかれないでいるとお義兄さまが、お部屋に入っていらした。また、本を貸してほしいとおっしゃって、内地の情勢など、取り留めのない話をされていた。街中でおすすめの店はないかとおっしゃるので、昨日白川さんといった軽食のお店のことをお伝えした。お義兄さまが遅くまでいらっしゃったので、白川さんにお返事を書くことができなかった。

十月二十八日（火）晴　摂氏二十五度

朝、居間にだれもいなかったのでひさしぶりに新聞を開いた。あまりおもしろい記事もなかった。

便箋を机の上に置いてお返事を書きはじめるが、すぐにいやになってやめてしまった。白川さんの美しい文字に比べると私の書く字はなんて汚いのだろう。恥ずかしい。白川さんは、どれだけの努力をして、あれほど美しい日本語で手紙を書けるようになったのだろう。

十月二十九日（水）晴　摂氏二十六度

特に書くことがない。

十月三十日（木）晴　摂氏二十六度

夕方に賢三さんがいらした。しばらくお見かけしていなかったけれど、ご病気でもされたのか顔色が優れなかった。龍之介にせがまれて何回かかるたの相手をしていってくださった。

＊＊＊

5

日曜日、台北は早朝から強い熱気に包まれている。

Tシャツにくるぶし丈のジーンズ、それに島ゾーリという軽装でわたしはマンションをでる。ジュリも前にわたしがあげた水色のTシャツに黒いショートパンツ、フクロウのキャップという涼しげな格好をしている。マンションの階段を下っているときから剝きだしの腕に熱いくらいの日差しを感じる。

地下鉄駅に向かう途中、露店を指さして、ジュリが朝ごはん、といった。プラスチックの椅子に座って、すぐに運ばれてきた海鮮粥を食べながら、ジュリもずいぶん変わったよね、といったら、少し照れくさそうに、まだまだだっすよ、と帽子で顔を隠した。

暗い部屋のなかでパソコンのモニターの前に毎日座りこんでいたときから考えたら、ジュリはほんとうに変わった。図書館に通うようになって、夕ごはんにちまきを買ってきてくれたこともある。日月潭までの計画もジュリが立ててくれた。まるで秋子の存在がジュリに活力を与えているようだ。

台北から日月潭まで直通バスもあるのに、ジュリは電車でいくことにこだわった。秋子が見たのと同じ景色をたどりたい、という。わたしもその気持ちはちょっとわかったので時間はかかるけど反対はしなかった。

日本語学校にあった黄色い表紙のガイドブックによると、鉄道でいくには、まず、台北からこちらの新幹線である高鐵《こうてつ》で台中までいき、そこで在来線に乗り換えて二水駅までというルートがある。あるいは、急行電車一本で台北から二水駅まで三時間以上かけていくことも可能だ。二水から集集線に乗って一時間、かつては水裡坑と呼ばれていた水里駅で降りる。さらにバスで三十分、やっと日月潭のバスターミナルにつく。

水里駅では、ジュリのネット上の親友のリンちゃんが待っていてくれるそうだ。ジュリの話では、リンちゃんは去年留学していた大阪から台湾に帰り、あらたな恋をみつけてすっかり元気になっているらしい。いまでは日月潭のおしゃれなカフェで働いている。

「あたしも今日はじめて会うんだ」

地下道を早足で歩きながら、ジュリはうれしそうな顔で、リンちゃんから届いたという、ちょっとピントのぼけた学生証の写真をスマホの画面いっぱいに拡大して見せてくれた。まだ子どものような顔をしているから、ずいぶん前に撮ったものだろうか。

台北車站でホームに入ってきた急行の莒光號《きょこうごう》に乗りこむと、車内にはお弁当の揚げものやコーヒーのにおいが漂っていた。空調が利きすぎていて、とにかく寒い。

座席番号をたしかめて、青いビロード風の生地でできたレトロなふたりがけの席に座った。中学生のころに母さんと乗った特急あずさみたいでちょっと懐かしい。

結局、あれが一回きりの家族旅行だったな――。

動きだした列車の外の景色をぼんやりとながめながら、わたしは遠い記憶に思いをはせる。あのときは、学校にいかないわたしを密かに心配したタツオちゃんが、母さんに有給をくれて、ふたりで茅野《ちの》までいった。わたしは白樺湖《しらかば》についた途端熱をだして、それでも母さんと一日過ごせるのが信じられなくて、大丈夫といいはって車山《くるまやま》のリフトに乗った。いまでもあの山いっぱいに広がったニッコウキスゲの黄色い花を思いだすと胸がじんわりと温かくなる。

ジュリも外を走る電車がめずらしいのか、窓に張りつくように座っている。

ジュリの肩越しに高層ビルが流れていき、そのうちどこまでも続くバナナの畑や背の高い椰子《やし》の木という亜熱帯の自然そのものの景色のなかを列車は走っていた。停車するたびに、アヒルが放し飼いの池や、果実に白い袋をかぶせたマンゴー農園といったはじめての風景が目に飛びこんできた。

ジュリはいつのまにか眠りこんでいる。


二水駅で集集線がくるのを少し待ったほかはとくに問題もなく、秋子が見たであろう景色をたどって、わたしたちは水里駅についた。

列車から降りると昼の強い日差しにすぐに息が上がる。ジュリを見ると、汗をかいた腕に水色のTシャツがはりついて肌の白さが透けるようだ。

ピンク色のかわいらしい駅舎を背に階段を下りながら、ジュリは少しだけ緊張したような表情を浮かべている。

「どうしたの?」

「リンちゃんね、この水里駅からメインストリートをまっすぐいったところの食堂で待ってるっていうんだけど、店の名前教えてくれないの。ジュリが最初に気になる店や、って。あの子、コナン大好きだから、たびたび謎かけみたいなことするの」

話をききながらやっぱりコナンが好きなシャンシャンのことを思いだした。自殺掲示板の話から想像していたよりも愛嬌《あいきょう》のある子なのかもしれない。

街のささやかな目抜き通りを歩きはじめてすぐに、その予感のようなものは確信に変わった。通りの左手に「鵝肉大王《ウウロウダーワン》」という巨大な看板を掲げた店があって、ジュリはその看板を見た途端にかすかな笑みを浮かべた。こっちでは「大王」は専門店くらいの意味らしいから、別になにもおかしくないのだけど、日本語文化圏で育った人間にとってはたしかにどこか気になる響きにちがいない。

ネギやニンニクを炒《いた》める香ばしい油のにおいが広がる店の奥の円卓に、ハリー・ポッターのような黒縁の丸メガネをかけた小柄な女の子が座っている。そばかすの残る鼻と、赤く染めたミディアムヘア、青いボーダーにデニムのペインターパンツという姿は美大生のようでもある。見せてもらった写真の面影がかすかに残っていた。その子はジュリを見てぱあっと目を輝かせた。

ジュリはこれまでわたしには見せたこともないような満面の笑みを浮かべて、リンちゃん、と手をふった。駆け寄って抱擁する。少し眠たげにも見える優しい目をしたリンちゃんと、意志の強そうな目をしたジュリは、顔のつくりはちがっていてもどこか姉妹のような雰囲気だった。

ちょっとうらやましい——。

一瞬そう思った。わたしの知らないジュリのことを知っているリンちゃんにちょっとだけ嫉妬しているのかもしれない。

隣のテーブルでテイクアウトを待っていたハイビスカス模様のシャツを着たおばさんが抱擁するふたりを興味津々という様子でながめている。リンちゃんが、そのおばさんに北京語でなにかいうと、おばさんは大きくうなずいて、なぐさめるようにリンちゃんの肩に優しくふれた。

「いま、なんていったの？」

わたしはつい気になってきいた。

「生き別れた日本の妹やねんって。うちらあのまま死ぬかもしれんかったし、嘘やないよね」

リンちゃんは茶目っ気たっぷりといった感じの笑みを浮かべる。とても自然な関西のイントネーションだ。

声の小さいリンちゃんは、食堂の喧騒にかき消されそうになりながらも、メニューにある料理をひとつひとつ説明してくれた。鵝肉というのはガチョウの肉であるらしい。

「アヒルは鶏よりも硬くて、ガチョウはそのアヒルよりも硬いお肉やねん。だからあんまり口にあわんかもー」

あっというまに、テーブルの上に肉燥飯《ロウザオファン》、切仔麵《チエザイミエン》、麵線《ミエンシエン》といった料理が並んでいく。どの料理も小ぶりの碗《わん》に入っていて、お昼にちょうどよさそうだった。

「安いもんばかりやけどおいしいよ。このアサリのスープ、絶品やし！」

そういうとリンちゃんは手際よく小さなメラミンの碗にアサリスープをついでくれた。アサリというより小ぶりのハマグリだ。細切りの生姜と貝というシンプルなスープ。

「なにこれ、むっちゃうまいやん！」

ジュリがひさしぶりに関西の言葉でいった。わたしもスプーンですくってのむ。アサリの旨味と生姜の香りが口のなかいっぱいに広がっていく。

——たしかに、これは「むっちゃうまい」がぴったしな味かも。

「まず、拉魯島《ラールータオ》が見える船からスタートね。サオ族の聖地やねん」

バスが日月潭の水社バスターミナルにつくと、リンちゃんはそういってバスから降りた。

数日前にジュリはリンちゃんに事件を伝える新聞記事のコピーを送ったらしい。リンちゃんの話では、記事にでてきた玉島は、いまはサオ族のひとたちがもともと呼んでいた拉魯島という名前になっているという。

バス通りから土産物屋やホテルの立ち並ぶ細い坂道を下ると、深い群青色の水をたたえた湖が目に飛びこんできた。

昨日までずっと雨だったからふたりは幸運や、とリンちゃん。土産物屋の液晶画面には、二十七度という気温が表示されていた。標高が高いから台北よりはるかに涼しい。

風にのって漂ってくる深い森のにおいに圧倒されながら、湖岸に向かう。背の高い鳳凰木が強烈な日差しを少しだけ遮ってくれている。咲き誇る朱色の花に、ふと淡水のベンチから見た景色を思いだした。あのときからたった一ヶ月とちょっとしか過ぎていないことが信じられない。

わたしたちは観光客で賑わう水社埠頭《ふとう》から小さな遊覧船に乗った。リンちゃんは言葉をさがしながら、湖に浮かぶ島の歴史の説明をしてくれた。かつては大きな島であったのが日本植民地時代のダムの完成でほとんどが水没し、さらに前世紀末の大地震でも被害を受けていまは植民地時代の神社の石段がかろうじて水面にでているのだという。

「日本がいなくなったあと、国民党がやってきて光華島《こうか》になって、やっと十年ちょっと前にもとの名前に戻ったんよ」

北部の基隆出身のリンちゃんがこの地域の歴史に詳しくなったのはバイトリーダーのチェンさんのおかげだという。

「チェンさん、サオ族の出身でな、ほんま色々教えてくれんねん」

少しだけ頬を赤くしてリンちゃんはそういった。

遊覧船が湖をすすみだすと急にあたりが静かになったように感じられた。それも束の間《つかま》、すぐにスピーカーから船長の北京語のアナウンスがものすごい音量できこえてきた。湖岸の大きなホテル群がどんどん遠ざかっていく。わたしたちは船尾のデッキに座って、ただ離れていく湖岸を見ている。ジュリは立ち上がってデッキから身を乗りだした。

「当時の記事では、櫻井賢三は、この遊覧船がでた水社のあたりから丸木舟をこいで島を目指したって」

わたしも立ってジュリが指差す島影に目を向ける。一キロくらいは離れているだろうか。ずいぶん遠い、そんな印象だ。とはいえ、神社が建っていたということは当時は、もう少しはっきりと見えていたのかもしれない。

「でも、大雨のなかで、わざわざあんな遠くの島にいくなんてことある？」

ジュリも同じことを考えていたのか、そうだよね、とぽつりといった。

「その賢三ってひとが、最初から丸木舟に乗っていない可能性はどうなん？」

リンちゃんが発着所の売店で買ったコーラをのみながらいった。

その質問にジュリが答える。

「記事送ったでしょ、リンちゃん。原住民の少年の証言があるんだ」

「賢三がお金払って証言たのむこともできたんちゃう？」

「それはどうかな。新聞記者は少年のことを日本語が流暢とはいえないって書いてるし、賢三が原住民の言葉を話せたわけもないだろうから、そんな複雑な偽証たのめないよ」

ふたりの会話が途切れた直後に大きなアナウンスがあったかと思うと、すぐに船のなかのシートに座っていた乗客がデッキにでてきた。

右舷には緑の木が茂る小島がすぐ近くに迫っていた。かつての神社の石段は反対側にあるのか遊覧船からはよく見えない。英語を話していた観光客の集団が、しきりに島の写真を撮っている。スマホで自分を撮影しながら韓国語で話し続ける青年もいる。

その瞬間、わたしははじめて、あの日記が書かれた時代と現代との巨大な時間の隔たりを意識した。秋子と賢三が日月潭にきた一九四一年、ここは日本の植民地で、やはり観光地だった。けれど、非常時の緊張感のなかで、こんなふうに色々な国の観光客たちがのどかに写真を撮るなんてことは考えられなかっただろう。ここまできていてなんだけれど、それだけの時間の隔たりをこえて、秋子の足跡をみつけるなんてやっぱり夢物語のような気がする。

船のすぐ近くで魚が跳ねた。青白くきらきらと輝く魚の影は、すぐに暗い湖に引きこまれるように消えていった。わたしは、ふと日記の一節を思いだした。

この湖に棲むのなら、きっと美しい人魚にちがいない、と秋子は書いていた。透き通るような肌をした人魚と秋子が水のなかを泳いでいくどこか幻想的なイメージが一瞬脳裏を横切る。人魚は秋子をいったいどこに連れていってしまったんだろう——。

考えているうちに遊覧船はあっというまに小島を通り過ぎた。新聞記事のなかで賢三は、島の近くで秋子が水に落ちたのだと証言していた。

水社の方角から漕《こ》いできたのならそれは島の北側にあたる。いまは、よく晴れているから水社埠頭も見えるけれど、雨が降っていたり、霧がでていたとしたら視界はもっと悪いはずだ。船の進行方向である南側の湖岸は島からもいちばん近いが、島の木々が目隠しになる。

ジュリがぽつりといった。

「——島が邪魔になって見えないんだ」

「わたしも同じこと考えてた。秋子はタイミングよく、死角になる場所で立ち上がったってこと？　あの上にあるお寺のあたりなら見えそうだけど……」

わたしたちの話をきいていたリンちゃんが、いまや眼前に迫った船着き場と高台のお寺を指さす。

「あのお寺ができたん、戦後やねん。一九四一年なら拉魯島にだれもおらへんかったら、目撃者はおらんやろなあ」

賢三はだれからも目撃されない場所を知っていて丸木舟に乗ったんだろうか。それとも、新聞記事にあった証言の通り、秋子がどうしても島にいきたいといったのだろうか。それを確認する方法は思いつかない。けれど、実際に遊覧船でまわってみて、わたしはひとつだけ気がついた。それは、相手をよっぽど信頼していなければ、雨のなかふたりで丸木舟に乗ったりはしないってことだ。

湖ときいたときに、大学のころによくいった井《い》の頭《かしら》公園の池を想像していたのが恥ずかしくなるくらい、日月潭は広大で、島は岸から離れていた。

＊　＊　＊

十月三十一日（金）晴　摂氏二十七度

今日で十月も終わり。早く日曜日が来てほしい。

十一月一日（土）晴　摂氏二十六度

朝から一階で大きな音がする。階段を下りると龍之介が蔵から引っ張りだしてきたトランクにタネの袋を入れて遊んでいた。トランクは埃だらけだが注意する気にもならなかった。五年前、このトランクを持ってこの街に来たときは、まだお母さまがいた。

どこまで行くの、ときいたら、ちょっと巴里《パリ》の都まで、とおどけている。巴里がどこにあるか知っているのかしら。

十一月二日（日）晴　摂氏二十七度
待ちに待った日曜日。

いつもの木綿花のベンチで待ち合わせる。白川さんはやっぱりおきれいだった。私が、お手紙読みましたわ、とお伝えすると少し不安げな表情をされたので、昨夜なんとか書き上げたお返事を、汚い字でごめんなさいね、といってお渡しした。

白川さんにお伝えしたいことが多すぎて、最初はうまく言葉が出てこなかった。妙さんに持たせてもらったお団子を食べていたら少しだけ落ち着いてきて、お手紙ほんとうにうれしかったですわ、とお伝えすることができた。

白川さんは満面の笑みを浮かべて、また京城にいたころの話をしてくださった。冬になるとため息まで凍りそうな風が吹く街。お家の人に注意されながらも、こっそり胡餅《ホットク》という焼き餅を屋台で買っていたそうだ。

私もその焼き餅が食べてみたいわ、というと、近々お持ちしますわね、と約束してくださった。最近の悩みを少しお話しする。たいそう心配してくださって、賢三さんにも一度ご相談されてみては、とおっしゃった。私もそう思うけれど、なかなかむつかしい。

十一月三日（月）明治節　晴　摂氏二十六度
朝、朱《あか》い実をつけた南天がたいそう美しかった。庭でしばし見とれた。外国製の水差しで水をやった。今年も冬が来る。私もまたひとつ歳を取る。いまは先のことは考えられない。

十一月四日（火）小雨　摂氏二十六度
最近はあまり勉強も手につかない。病気で休みが続いたから、試験の成績もよくないだろう。憂鬱だ。

十一月五日（水）晴　摂氏二十八度
特に書きたいことがない。

十一月六日（木）晴　摂氏二十八度
また熱が出たので学校を休んだ。
お部屋にひとりでいるのはいやなので妙さんにお部屋で裁縫をしてもらう。メイファさんがいないとやることが多くてたいへんだとぼやいていた。メイファさんはいつ帰ってくるのかしら。

十一月七日（金）晴　摂氏二十五度
平熱に戻ったので、龍之介の勉強を見たり、台所で妙さんにお料理の話をきいたりして過ごす。
夕方、賢三さんがまた内地から届いた林檎をお見舞いに届けてくださる。教科書でわからないところがあるといって、お話をきいていただいた。体調が優れないのか、青白い顔だった。寝つかれないので、ひさしぶりに白川さんの『こころ』を開いてみる。

Kなら、私のこの気持ちをわかってくれるだろうか。床についてしばらく考える。二度目なのであっというまに読めた。玄関で物音がするので気になって階段を下りると、妙さんが神妙な顔をしていた。妙さんは幽霊を見たという。いったい、だれが化けて出るというのだろう。

十一月八日（土）晴　摂氏二十八度

お義兄さまは台北まで父の出張についていって、月曜までお帰りにならない。はじめてお義母さまと居間でお話をした。若いころは神戸《こうべ》の高等女学校に留学されていたらしい。

明日はやっと日曜日。夜に白川さんから電話があり、こちらに遊びに来たいとおっしゃった。胡餅をつくってくださるとのこと。龍之介も白川さんがお越しになるといったらうれしそうにしている。

十一月九日（日）小雨　摂氏二十七度

朝、白川さんがあのハンサムな叔父さまと一緒にいらっしゃる。叔父さまは、ちょうどお向かいから出てこられた賢三さんとしばらくなにかお話をされていた。

白川さんにつくっていただいた胡餅は香ばしくてとてもおいしかった。薄い小麦粉の生地に黒砂糖の餡を包んだ焼き菓子だ。あっさりしていて何枚でも食べられそう。子どものころから、白川さんが好きだったという味を知ることができて、ほんとうにうれしい。

龍之介とピンポンをして遊んだり、みんなでかるたをしたり、白川さんは結局八時近くまでゆっくりしていってくださった。ひさびさに気持ちが休まる夜だった。

十一月十日（月）小雨　摂氏二十八度

夕方、お義兄さまとお父さまが帰ってこられた。

私はずっと妙さんの夕食づくりの手伝いなどをして過ごす。

幸福商店の小四が、今治《いまばり》のタオルを届けに寄る。半年前に頼んでいたものがいまごろ届くということは、内地も相当品不足になっているのかもしれない。お礼をいうと、またウインクをして帰っていった。

十一月十一日（火）晴　摂氏二十八度

お義兄さまからお土産の月餅《げっぺい》をいただいた。白川さんにつくっていただいた胡餅にはかなわない。

夜、やはりなかなか寝つけない。

十一月十二日（水）大雨　摂氏二十五度

昨夜から降っている雨は、いよいよ暴風雨のようになった。また熱が出たので妙さんにお休みの連絡をしてもらう。部屋で日記を読み返していると、龍之介がやってきて「ねえちゃん。ずる休みだろ」といった。弟こそ、お腹が痛いといって朝起きてこなかったくせに。妙さんが、学校をお休みしたくらいなんですから、お医者さまに来ていただかなきゃね、と意地悪くいったら、もう治ったといいはった。

夕方、賢三さんが立ち寄って、『女學生』を届けてくださった。さっそくひとりで読んだ。白川さんからもお電話をいただく。

明日、雨は上がるだろうか。

＊　＊　＊

6

日が傾くころ、水社の対岸、伊達邵《イーダーサオ》にわたった。リンちゃんの話によると伊達邵の近くにはサオ族のひとたちの集落があるらしい。湖畔には、水面に突きだすように古ぼけたホテルが立ち並んでいた。

わたしたちはリンちゃんが働いている「アネモネ」というおしゃれなカフェでエッグタルトとコーヒーをテイクアウトした。

リンちゃんからきいていたバイトリーダーのチェンさんはひときわ背が高くて、優しい目をしている。リンちゃんとよく似た丸メガネをかけて、同じような赤いボーダーシャツ。絵本のウォーリーにそっくりだ。台湾カステラをおまけで持たせてくれた。

リンちゃんは、ちょっとだけ照れくさそうな顔をして、チェンさんにお礼をいっていた。ジュリはなにか事情を知っているのか、リンちゃんの肩を軽くつついた。

リンちゃんの運転するボロボロの黄色いワゴン車で湖沿いの曲がりくねった道を少し走ると、オレンジ色の屋根が美しい文武廟《ぶんぶびょう》が見えてきた。

階段を上りながら、少し冷めてしまったコーヒーをのむ。視線の先の拝殿も、赤い祭壇もすべて夕日に赤く染まっている。上りきって階段に腰を下ろすと、湖から心地よい風が吹いてきた。西に沈んでいく太陽が反射して湖面がまぶしいくらいに輝いている。

ジュリがわたしの横に座って甘えるように肩にもたれかかってきた。ジュリの髪からはグレープフルーツのシャンプーと、かすかな汗のにおいがした。

「ジュリ、重たい」

「がまんして。歩き疲れたの」

たしかに疲れたね。そう答えてリンちゃんを見ると、コーヒーをのみながらジュリがコピーしてきた日記のページをゆっくりとめくっていた。ときおり、うーん、とか、ひとりごとをいっている。

強い風に湖岸の木々がざわざわとささやくような音を立てる。高い山々に囲まれた日月潭では日が暮れるのも早いんだろうか――。

「あっ！」

リンちゃんの大きな声に驚いて、エッグタルトを階段に落っことしてしまった。運よく下までは転がっていかなかったので拾い上げる。

なにもいわずリンちゃんは、ただ日記のページをじっとながめている。うなずきながらページをめくっていき、それから視線を上げてわたしたちのほうを見た。

「うち、わかったと思う」

わたしとジュリが期待のまなざしを向けると、リンちゃんは、はじめてコナンくんの気持ちわかったわ、と得意げにいった。日記のなかの一ページを指さす。十月十四日の日記だった。

その日、秋子は台中公園のベンチで白川さんから身の上話をきく。夕方に賢三が弟にプレゼントを持ってきて、夜は借りたばかりの『こころ』を読む――。わたしにはいつもと変わらない一日の記録に見えた。ジュリも首をかしげている。

「特別なこと書いてあるって印象ないよ」

リンちゃんは、高揚した声でいった。

「この日記、先生が内容チェックしてるんやろ？　ってことは、もし秘密書きたいとき、どうすればええ？」

「うーん、暗号とか？」

わたしがそういうとリンちゃんは、うちもそう思ったんよ、と目を輝かせた。

「この『こころ』の話、よく見るとちょっと変やない？　秋子は『坊っちゃん』持ってるから、たぶん読んだことあるんやないかな」

たしかに白川さんが秋子に最初に貸したのは朔太郎で、漱石を読んでいたのは秋子のほうだったはず——。もちろん『こころ』だけ読んでいなかった可能性もあるけれど、室生《むろう》犀星や立原道造が好きだという白川さんの趣味と少しずれている気もする。

「つまり、この『こころ』のエピソードが嘘ってこと？」

ジュリの言葉にリンちゃんは、にっこりと笑った。

「嘘かほんとかはわからへんのやけど、秋子が使いたかったのは『K』って文字やない？　この日の気温よく見て。この文もすごい変やで」

リンちゃんが指差したところを見て息をのむ。

日付の下に書かれたその日の気温は二十五度。涼しいというほどではなくても、それまでの真夏の熱気に比べれば、少し暑さがやわらいだと感じる日だったろう。それなのに秋子は「うなされそうな暑さだ」と書いている。

ただの日記だと思っていたものに、予想もしなかった秘密が隠されているような気がしてきた。鼓動が速くなる。ジュリも同じように感じているのか、軽く身震いした。

「な、ちょっとおかしいやろ？　『こころ』と気温。嘘がふたつ。秋子はいまなら中学生の歳やね。わたしが中学生のとき友だち同士で使ってた暗号ってとっても単純やった。『鏡の国のアリス』にでてくるアクロスティックってわかる？　センテンスの最初の文字だけつなげると言葉になるって暗号やねん。十月十四日の日記、Kのあと、最初の文字だけ読んでみて」

いわれるままにわたしは最初の言葉だけ拾って読む。

「K、突然、ほんとう、裏切られた、夜、うなされそうな——Kとほうようってどういう意味？」

「サチコさん、ほんま日本語ネイティブなん？　抱擁って抱きあうってことやん」

「いまじゃほとんど死語だよ」

悔し紛れにそういうわたしを気にすることなくリンちゃんは、待ちきれないといった様子で、十月十五日も読んで、といった。今度はジュリが日記のコピーを音読する。

「Kのことをずっと考えている。床につくのは早かったけれど考えていたらいつまでも眠れなかった。気温もこのところ定まらない。スモモが無性に食べたくなった——Kとキス！」

リンちゃんはうなずいてから、赤い髪をかきあげると、この十一月七日が怖いんよ、と横から手を伸ばしてジュリが持っている日記のページをめくった。また、ジュリが読み上げる。

「Kなら、私のこの気持ちをわかってくれるだろうか。床についてしばらく考える。二度目なのであっというまに読めた。玄関で物音がするので気になって階段を下りると、妙さんが神妙な顔をしていた。妙さんは幽霊を見たという。いったい、だれが化けて出るというのだろう——Kと逃げたい」

——なんてことだ。

背筋が凍りつくような感触に震える。Kと逃げたい、と書いた秋子がその日から一週間もたたないうちに賢三とたどりついたのがこの湖だった。秋子にも台中を離れたいという理由があったんだ。

いまわたしたちは、当時の新聞記者たちのだれもたどりつくことのなかった地点に踏みこんでいる、そうはっきりと思った。しばらく無言で、日記のコピーをながめる。この日記のなかに秋子が必死で残したメッセージがほかにもあるんだろうか。

リンちゃん、ありがとう、といってジュリが立ち上がった。気がついたら、帰りのバスの時間が近づいている。

わたしは夕焼け色の湖面を見下ろして、遠い昔にこの湖に姿を消した桐島秋子という少女のことを想像する。

はじめて日記を手にした晩よりも、はるかに身近に彼女のことを感じていた。

第三部　八月の光

1

　ナポリのベヴェレッロ港を午前十時に出港した高速船は、青い海をすべるようにすすんだ。観光客でいっぱいの船内に席を取ることを早々に諦めて、わたしはデッキにでる。

　ときおり大きな波に船首から水飛沫《みずしぶき》が上がった。わたしは潮のにおいを体いっぱいに吸いこむ。

　どこか陽気な響きのアメリカ英語、ドイツ語、イタリア語、スペイン語、韓国語、そしてちょっとだけ懐かしく感じる北京語がきこえる。声が小さいのか、そもそもわたしのほかに日本人が船に乗っていないのか、日本語はまったくきこえてこなかった。

　デッキからは、いま出発したばかりのナポリの街が見えた。山の上のカステル・サンテルモ、海岸沿いの卵城、巨大な要塞を彷彿《ほうふつ》とさせる都市が遠ざかっていく。ふいに心の奥にずっとしまいこんでいた記憶が顔をのぞかせる。

　あの街を、わたしはアカリと歩いたんだ――。

　上場企業に就職を決めた先輩にふられてしまったアカリの傷心旅行の行き先を決めたのはわた

しだった。『ローマの休日』みたいにさ、ジェラート食べながら街歩きしたら、あんな奴《やつ》のことすぐ忘れるよ、とわたしは適当なことをいって、アカリをなんとか連れだしたけれど、イタリアについてからは流暢な英語を話すアカリにたよりっきりだった。

高速船のデッキの手すりにもたれかかると、強い潮風にワンピースの裾がひらひらと揺れて落ち着かない。

バカンスを意識した格好をすること、というのがジュリから届いた最初のメッセージで、わたしはスパッカナポリの雑貨屋でつい買ってしまったAラインシルエットの青いワンピースを着ている。深い青じゃなくて、水色に近い空の色。ずっと避けていた女の子っぽい格好をしているのに、まぶしい太陽の下で風に吹かれていると、ふしぎと心は軽かった。

「Could you take a picture of us?」

赤い髪をした大学生くらいの女の子とドレッドヘアの背の高い女の子がわたしを見ていた。

もちろん、とうなずいて、重たいキヤノンのデジタルカメラを受けとる。太陽の反射で液晶画面がよく見えなくて、ファインダーをのぞきこむ。子どものころに母さんのビデオコレクションを引っ張りだして見ていた『赤毛のアン』そっくりの赤い髪が陽光にきらきらと輝く。ふたりで肩を抱きあうようにしてレンズを見ている。

何枚か写真を撮ってカメラを返す。あなたも撮ろうか、ひとり旅なの？　と赤毛のアンが微笑んだ。

そう、ひとり。でもあと少しでひとり旅は終わり。スマホをわたすと微笑んで何枚も撮ってくれた。

五月の淡水でジュリが夢中で写真を撮っていたことをふと思いだす。こんな遠くまでくるなんて、あのころは想像もしていなかった。

八月のティレニア海の太陽は、どこまでも明るい。海の反射がまぶしくて目を閉じる。また、開く。そんなことを繰り返していたら、透き通った青い海に突きだした岩山のようなカプリ島が見えてきた。高速船は速度を落としていく。

港から海に延びたマリーナ・グランデの桟橋《さんばし》に、ジュリの姿をみつけたとき、わたしは目頭が熱くなるような感触を覚えた。ジュリは目が覚めるような鮮やかな赤い膝丈のワンピースを着て手をふっている。

ひっきりなしにカモメが舞い降りる桟橋を見下ろして、最初は控えめに、それから思いっきり手をふった。

＊

蒸し暑い台北の六月も終わりにさしかかったころ、お昼休みに学校でお弁当を食べているときにジュリから電話がかかってきた。すっかり秋子の行方さがしにのめりこんだジュリからのレポートは、わたしのお昼休みの日常になっていて、シャンシャンもいつも隣できき耳を立てている。

「櫻井賢三、まだ生きてたよ！」

ジュリは興奮した様子でそれだけいって、すぐに電話を切った。

わたしはシャンシャンと顔を見あわせる。たしかに一九四一年に十代であるなら、二〇一三年のいまでも生きている可能性はあるけれど――。いったい、ジュリがなにを考えているのか電話を受けたときはよくわからなかった。

その晩、部屋に帰ると、わたしが買ってきた海鮮チャーハンには目もくれずに、ジュリは調査の成果を話しだした。いつもなら、わたしが座るのも待たずに食べはじめるのに。パソコンのモニターはつけっぱなしで、スピーカーからスパイス・ガールズの「Wannabe」が流れている。

「歴史研究業界でこういう発見なんていうの？　ブレイクスルー？　ニューエビデンス？」

ジュリは驚くほどテンションが高かった。

「うーん、ぜんぜん普通で悪いけど、新発見、じゃないかな。よく知らないけど」

事件を報じる新聞や雑誌の調査に行き詰まりを感じていたジュリは、この一週間ほど事件の関係者のその後を調べていたという。

とはいっても、日本植民地時代の史料はともかく戦後に日本語で書かれた公文書を台湾でみつけるのはむずかしいので、少し前にネットで知りあったジョニーとかいう日本の大学生に協力してもらって、チャットでやりとりしながら調査をすすめていたらしい。

「だれそれ？　知らない」

ジュリは少しだけ照れくさそうな顔をした。

「隠してたわけじゃないよ。前にあたしヘイトスピーチの動画で落ちこんでたでしょ。がまんできなくてツイートしまくったら、ほとんどひどいコメントばっかりだったけど、ジョニーの反応だけ素朴でまともだったの」

ジュリがツイッターをしていることすら知らなかった。すぐ近くのわたしじゃなくて、オンラインという広大な砂漠にジュリが心中を吐露していたことにかすかな胸の痛みを覚えた。もっとも砂漠と感じるのはわたしの生活の優先順位の問題で、ジュリには引きこもり時代から慣れ親しんだ日常なのかもしれないけれど。

チャットでジョニーと雑談をしているときに、ジュリが、台湾での調査が思うようにすすんでいないことを伝えると、よかったらおいらが調べましょうか、大学生ひまっすから、と返ってきたらしい。下宿のある四谷《よつや》から南北線でわずか一駅で国会図書館のある永田町《ながたちょう》だという。ほんとうに暇なようで、そのやりとりをした翌日からジョニーは国会図書館に入り浸ってつぎつぎに指示を求めるメッセージを送ってきた。

ジュリがチャットの画面を見せてくれた。

——国会図書館、まじ最高っす。理髪店から、なんでもそろうよろず屋まであるんすよ。サンダルとか洗濯バサミとかだれが買うんすかねえ。

言葉は軽薄だけれど視点がおもしろくて、ちょっぴり好感を持った。

ジュリの話では、その軽薄な印象からは想像できないくらい、ジョニーの調査能力はすばらしかったという。外務省関連の公報からさっそく櫻井賢三の父、敦《あつし》に関する記録を発見した。敦は事件翌月の十二月はじめには日本に戻り、外務省翻訳課に移っていた。

「きっと居づらかったんだろうね」とジュリはいった。

それもそうだろう。ほとんどの新聞が賢三を疑惑の人物として報じていたんだから。当然そのときに中学生だった賢三も日本に帰ったのだろう。

ジョニーはさらに調査を続けて、戦後、賢三も外務省に入り、外交官として欧州に赴任していたという事実を摑んだ。欧州各国の大使館職員を歴任したあと、最終的にいちばん長い赴任先であったイタリアに移住したという。

「ジョニーが新聞検索でみつけた、この小さいコラムによるとね、賢三の外交官時代のあだ名は『アペリティーヴォ』、イタリア語で食前酒って意味ね。お酒がきらいなのか食前酒の乾杯にしかつきあわないけど、だれからも好かれる人柄で、難しい交渉をいくつもまとめたって。それで、ここからが重要なんだけど、カプリ島の小さなレストランを買って、お店のオーナーになったの。ほら、写真もあるよ」

ジュリが見せてくれたスマホの画面のなか、白い壁の小さな建物の前にパナマ帽をかぶった男性が写っていた。建物の後ろは海が広がっている。日月潭の事件を伝える記事に写っていた青年の面影は、その優しそうな目元にしっかり残っていた。

「ふーん、そうなんだ」

写真を一瞥して、台湾ビールの缶を開ける。二〇〇〇年三月に書かれた記事には、七十五歳とあるから、いまは八十八、九というところか。

「ネット検索でレストランのSNSのアカウントまでみつけたんだ。あまり更新がないんだけどいちばんあたらしい書きこみが二〇一三年五月三日。さっちゃん、すごいことなんだよ。こんな大昔の事件にかかわったひとがまだ生きてて、直接話をきくことができるなんて！」

——本気で会いにいこうと思ってるの？

ジュリの勢いについていけなくて、あまり熱のない返事を返す。

「前にジュリが教えてくれた小説にあったよね。過去の未解決事件を掘り起こして解決するデンマークの——なんだっけ？」

「『特捜部Q』でしょ。そんなのどうでもいいよ」

「高齢だし、もうぼけてるかもしれないし、レストランのアカウントにメッセージでも送ってみたら？」

わたしのテンションが低いことに苛立ったのか、ジュリはわたしの手からビールをひったくるようにとって、一息でのみほした。

「あたし、イタリアいって話きいてくるから。サチコは、身の丈にあった凡庸な夏を楽しんで！」

そういいすてて、チャーハンのテイクアウト容器を摑んでソファーに戻ってしまった。

突然の感情の爆発に呆然《ぼうぜん》として、わたしはジュリの肩越しに画面のなかで踊っているスパイス・ガールズのヴィクトリアの姿をぼんやりと目で追う。

そんなに怒らなくても——。

ソファーでつまらなそうにチャーハンをかきこむジュリを見ていたら、急に腹が立ってきた。

「ちょっとチャーハン二人分だよ！　それに凡庸ってなによ。気にしてるのに……」

ジュリから返事はなかった。

戦線を拡大すべきか、矛を収めるべきか——。しばらく考えてわたしは、ため息をついて、冷蔵庫から昨日の残りの肉焼きそばを取りだした。

まさか昼間に電話をかけてきたとき、当事者に直接ききにいくなんて可能性があるとは考えてもみなかった。たしかにジュリのやっていることを歴史研究と考えれば、存命の関係者に話をききにいくのは基本だ。はるか大昔の事件で、たとえ殺人だとしても時効はとっくに過ぎているし、時間が経《た》っているからこそ、もう話してしまおうという気分になることもある。

わたしの考えを読んだのか、ジュリはソファーから身を乗りだして、こっちには新証拠の日記があるの、と大きな声でいった。

翌日、わたしが、夏休みちょっと早くしてもらったよ、というと、わかりきっていたかのように大韓《だいかん》航空の格安チケットを旅行サイトの買い物カゴに入れた。

賢三のいるというカプリ島には空港がないから、島への船がでるナポリに比較的近くて便も多いローマのフィウミチーノ空港まで。ソウルでのトランジットの一泊をはさんで、ミラノ経由で三十時間、帰りもミラノ経由で二十二時間、時間はかかっても往復七万円というのはなかなか魅力的だ。

そんなこんなで、わたしは八月一日の早朝に大学生以来のローマに降り立つことになる。

会社勤めではないジュリは、わたしより一週間早くイタリア入りして、一足先にカプリ島にわたっている。なんでも長時間のフライトを隣あって過ごすのは緊張するから片道はひとりでいきたいのだとか。いまさら、という気もしたが、ジュリにはジュリのペースがあるのだからしょうがない。

2

その代わりということなのか、ジュリは暗号のようなメッセージをチャットにつぎつぎと送ってきた。メッセージをたどって、わたしがジュリのいる場所までたどりつく、というシナリオを期待しているらしい。出発前に夢中になって見ていたスパイ映画の影響だろうか。

ジュリの指示は細かい。空港で機内預け荷物のレーンにスーツケースが流れてくるのを待っているときにスマホの電源を入れると、大量のメッセージが届きはじめた。

「空港エリアは危険スポットよ。きょろきょろしないで、鉄道の空港駅までいって、駅売店の売り子に『ビリエット・ペル・テルミニ、ペル・ファボーレ』と呪文のように告げること。『ペル』の発音は『春先』っていうときの『る』を十倍くらい強調して！　テルミニ駅はローマの中心にして玄関。ただし空港駅ホームには、テルミニにいかない鈍行も停まるから注意が必要ね」

「切符自販機は狙われたり、お釣りがでないこともあるので、人間のほうがいいの」

「でもね、人間相手でも大きなお釣りがでないように。百ユーロ札は厳禁！」

それからも三分おきにメッセージが届く。語尾もいつものジュリとちがうし、お節介を通り越してちょっと異様だ。とはいえ、細かすぎる指示が幸いしたのか、なにひとつトラブルもなく、切符を買って、空港駅のホームから列車に乗りこんだ。巨大な用水路の遺構をくぐって、懐かしいローマの街が車窓いっぱいに広がったとき、静かに心躍った。

ひとりで歩くローマの緊張感はどこか新鮮だった。

二年前、台北移住が決まったときに、元バンドメンバーのアイちゃんから餞別《せんべつ》でもらったお下がりのリモワの銀色のスーツケースをころころと引っ張って、テルミニ駅前のホテルまで。

街はバカンスの陽気をたたえていて、歩くひとの足取りも浮かれている。ただし、それはイタリアを訪れるわたしのような観光客にかぎった話で、観光シーズンだというのに多くのレストランが「八月末までバカンスでお休み」という告知をシャッターに貼りつけて店を閉めていた。

第二のメッセージ群はホテルに荷物を置いて外にでた瞬間に届いた。もしかしたらわたしの鞄《かばん》にGPSでも隠しているのかもしれない。

「郷に入っては郷に従え。機内食のパンの残りはサンタ・マリア・マッジョーレ教会の鳩《はと》にでもやって、バカンスでも開いているヴィミナーレ通りのポルケッタ屋さんにいって、感想を二〇〇字でレポートせよ。ポルケッタとはいわゆる伝統的な豚の丸焼きなり」

「店主は気まぐれでたびたび店を閉めて散歩しているので気長に待つ。ローマは一日にしてならず」

そこでメッセージは途切れた。わたしは、機内食の残りのパンとスーパーのジュースで朝食をすまそうと思っていたことを見透かされたような気分になって、恥ずかしかった。ホテルのすぐ裏手にある巨大なサンタ・マリア・マッジョーレ教会には、たしかに鳩の大群が集まっていて、わたしがパンを投げると、一瞬で粉みじんになって消えた。

ジュリの指示にあったお店は幸運にも開いていた。

新聞を読んでいた店主に小さな声で挨拶すると、チャオと微笑んでくれた。いつかアカリと一緒に見た古いギリシャ映画の俳優のような味わい深い顔だ。こぢんまりとした店のなか、カウンターのガラスケースにこんがりと焼かれた豚の丸焼きが黄金色に輝いている。

店主は器用にナイフで肉をそぎ切りにすると、小ぶりのバゲットのようなパンにはさんでわたしてくれた。

はじめて食べるポルケッタは信じられないくらいおいしかった。外側はぱりぱりと香ばしいが、柔らかい豚肉は驚くほどジューシーで口のなかでとろける。

すぐにジュリに、ローズマリーの香りにニンニクの旨みが染みこんだ豚の丸焼きは絶品よ、とレポートを送る。返事はすぐに届く。

――三十点。文字数不足。パンについても書かれたし。

点数は低くても、わたしは朝からハウスワインでいい気分になって、ひさしぶりの街を歩きまわる。

前にこの街を歩いたのは、大学二年生の春休み。チケットが安い冬の二月を狙って航空券とホテルつき添乗員なしで五万という格安パックツアーだった。ホテルは郊外の雰囲気もなにもないツアー客向けの巨大ホテル。毎朝スリに警戒しながらバスに乗って四十分近くかけて市内までくるのはたいへんだったけれど、アカリとの街歩きは楽しかった。

そのときと同じようにテルミニ駅前で路線バスの一日パスを買う。そして、六十四番のバスでヴェネチア広場まで。そこからは、フォロ・ロマーノを歩き抜け、真実の口の教会、テヴェレ川の対岸トラステヴェレ、川沿いの遊歩道をサンタンジェロ城まで、というローマ徒歩観光のモデルコースをたどる。気がつけばアカリと過ごした時間を追いかけるようにわたしはひたすら歩き続けていた。

あっというまに夕方になった。やっぱりジュリの指示で、観光客で賑わうトレヴィの泉からクイリナーレ宮殿に向かって坂道を上り、ピノキオのマリオネットが何体もぶら下がっているお土産物屋の角を右折する。あまりイタリア語っぽくない名前のスカンデルヴェグという小道をまっすぐすすんでいくと、小さな広場のような場所にでた。

その一角に一軒だけオレンジの灯りがともるお店があって、広場に並べられた四つのテーブル席はすべて埋まっている。黒地に金色の文字の「Ristorante La Rosa」という看板がでていた。ジュリのメッセージにあったお店だ。

ちょっとだけ緊張しながら店の扉に手をかけると、後ろから声をかけられた。

「サチコさんでしょ。お待ちしてました！　ローマの夏、すてきっすよね」

テラス席のいちばん端っこのテーブルに座った、アニメのルパンを彷彿とさせる痩せた若い男だった。

立ち上がって中折れ帽を取ってていねいにお辞儀をして、ジョニーっす、とちょっとだけ照れくさそうにいった。短く切りそろえた髪に、もみあげだけおしゃれにカットしている。わたしは、ジョニーの風貌にどこか懐かしさを覚えた。

すすめられるまま、赤いチェックの布がかかったテーブルにジョニーと向きあって座る。

「事態がよくわからないんだけど、ジュリがあなたを招待したってこと？」

「そんなわけないじゃないすか。西洋史ゼミの夏合宿なんすよ。ゼミの先生がこっちで夏のあいだアパートメント借りてるんで、航空券だけ買ったら格安で過ごせるんす。おれ、彼女も同じゼミなんで。ようはバカンスっす」

ジュリにチャットのメッセージを見せてもらったときとほとんど同じ軽薄な印象に、わたしはつい笑ってしまった。

つられてジョニーも笑いながら、黒いスーツに身を包んだ背の高いウェイターを呼び止めた。二、三言葉を交わしてから、わたしの顔を見る。

「白でいいすか。コース重たいんでアラカルトでたのもうかと思うんすけど」

わたしはジョニーの面倒見のよさにアカリのことを思いだしながら、うなずく。ジョニーはなめらかなイタリア語で注文してくれた。

「イタリア語できるんだ」

「大学六年目で第二外国語いつも再履修なんすよ」とジョニーは少し照れくさそうな顔をした。

すぐに白ワインのボトルが運ばれてくる。ジョニーは、テイスティングは断って、ワインをなみなみと注いだ。

「ぜんぜん普通のプーリアの白なんすけど、はずれなしっす」

ワインは台湾の市場で売っている茘枝のような香りがした。ジョニーは、口調は軽薄でも、身のこなしや言葉の選びかたにふしぎな気品のようなものを漂わせている。

大学六年目ってことは、家は金持ちなんだろうか――。

そんなことを考えていたら、スイカのように切った大きなメロンの上に豪快に生ハムをかぶせた日本では見たことがない生ハムメロンが運ばれてきた。はじめてこの街にアカリときたときは、ひとり一皿ずつたのんで、それだけですっかりおなかいっぱいになってしまった。あの晩は、メインのミラノ風カツレツをアカリがパンにはさんで持って帰ったんだっけ。

あまり甘くないメロンに、生ハムの塩味がとてもよくあっている。続いてアマトリチアーナが運ばれてきた。玉ねぎとベーコン、ピリ辛のトマトソースが爽やかな白ワインにぴったしで、どんどんお酒がすすむ。

すぐに二本目をジョニーが注文してくれた。今度は、エミリア・ロマーニャ州のピノ・グリージョとのこと。なんだか呪文のようだな、と思っていると、葡萄《ぶどう》の種類っす、ドライでもなんか芳醇な甘みを感じるんでいいんすよ、とていねいに説明してくれた。

酔いがまわるとわたしも緊張がとけてきたのか、自然と言葉がでてきた。

「ねえ、ジョニーってあだ名、ピストルズのジョニー・ロットンから？」

「いえ、本名っす。橘《たちばな》ジョニー、父さんは会ったことないけど、横須賀《よこすか》の米兵だったたって母さんがいってったっす」

「ごめん、無神経な質問だった」

「慣れてるっす。日本生まれ、日本育ちなんで。でも、ハーフに見えないっていったら罰金っすよ」

わたしがジョニーの調子にあわせて、何ユーロ？　ときくと、ジョニーは、そうすね、バスの刻印忘れが五十ユーロすから、百ユーロくらいっすかね、と真顔で答えた。

「わかった。じゃあ、失礼な質問したし今夜はおごる」

ジョニーは少しあわてたように、「だめっす、ジュリさんからお金もらってるんで、それはだめっす」といった。

その様子を見ていたら、ジュリがジョニーを気に入った理由がなんとなくわかったような気がした。ジョニーは会ったばかりのわたしでもわかるくらいお人好《よ》しだ。それに軽薄に見えても繊細な話はちゃかさないで繊細なまま扱うセンスもある。

お酒がまわるとジョニーはいっそう饒舌になった。自分のことを開けっ広げに話すことを少しもおそれていないようだ。母親は横浜《よこはま》で成功した貿易会社のお嬢さまだったけれど、きびしい家をきらって家出を繰り返し、茅ケ崎《ちがさき》のバーで知りあった米兵とつきあうようになってジョニーが生まれたという。けれど、その父親は、湾岸戦争のときに失踪してしまい、途方にくれた母親がたよったのは、結局きらっていた実家だった。

「真面目な話、ジョニーって名前、ロックンロールでもパンクでもなくて、『ジョニーは戦場へ行った』からきてるんす」

「あのダルトン・トランボの？」

「詳しいっすね！　さすがサブカル女子ってジュリさんがいってただけある」

「ばかにしてんの？　トランボって『ローマの休日』の脚本も書いてるんだし、ぜんぜんサブカルじゃなくてメインストリームでしょ。ジョニー、言葉軽すぎ」

まるで自分自身の知識であるかのように、アカリからきいた話を口にしていた。あの晩、トレヴィの泉の前で酔いがまわったアカリの話はいつまでも終わらなかった。——あんなあ、日本のひとは『ローマの休日』ゆうたら、ヘップバーンがかわいいってふうにしか思わんかもしれんけどな、ほんまはマッカーシズムの嵐のなかで命懸けでつくられた作品なんやで、わかっとる？

映研のアカリは、酔っ払うと映画の蘊蓄《うんちく》を壊れたレコードみたいに繰り返すからはっきりいってめんどくさかったけれど、わたしはアカリの声を通してずいぶんたくさんの映画を見た。『ローマの休日』とマッカーシズムからはじまった話は、トランボがいかにすばらしいかという語りにつながって、『ジョニーは戦場へ行った』の話がでてきたのはトレヴィの泉からようやくバス停までたどりついたときだった。恋人に別れを告げて第一次大戦にいった主人公が、塹壕《ざんごう》戦で両手両足と顔、聴覚、すべて失って故郷に戻ってくるという壮絶な話だ。

「あの映画、最後のシーンで、動かせる頭だけ使ってモールス信号で、殺してくれ、殺してくれってメッセージを送るんすよね。一度しか見てないっすけど、鬱なラストっすね」

ジョニーの言葉にアカリをめぐる回想が途切れた。

たしかに主人公は、自分の体を戦争の悲惨《ひさん》さを伝えるために公開してほしいという最後の希望が絶たれて、殺してくれとメッセージを送る。でも、わたしはアカリからラストシーンの話をきいたとき、メッセージを発していると気づいた看護婦がいたというところだけは、希望のように感じた。

「じゃあ、これあしたのナポリいきのチケットっす。早いんで乗り遅れないようにしてくださ
い」

そういってジョニーは、封筒をひとつわたしてくれた。ローマからナポリまで高速鉄道でいき、そこから船でカプリ島まで、というルートらしい。

わたしは白のボトルを三本空けて、すっかりいい気分になっている。まだまだこのままのんでいたかったけれど、夜十時をまわってレストランはそろそろ店じまいのようだ。ウェイターは黒いスーツを脱いで、カットソーにジーンズという格好で帰っていき、ラピュタにでてくる空中海賊のようなおばあさんが、店内であくびをしている。

「もう帰るの？　二軒目は？」

わたしは、甘えるようにいった。

ジョニーをどうして懐かしく感じたのか、いまはすっかり気づいていた。わたしの大学時代のアイドル、ザ・ポーグスのボーカル、シェイン・マガウアンに似ているんだ。粗野で田舎っぽくて、でも微妙に優しそうな雰囲気がいい。

「そろそろ彼女と約束した門限なんす。なんで、すいません」

「わたし、そんなのどうでもいいんだけど」

ジョニーはハリウッド映画にでてくる俳優のように大げさに肩をすくめると、サチコさんがよくても、おれが困るんす、と笑った。

「わたしのホテルでのもうよ。一緒に寝てもいいよ」

悪い癖がでているな、と思いながらも自分を止められない。

ジョニーは少しだけきつい口調でいった。

「遠慮しときます。こっちに興味持ってないひとと寝るなんて人生の浪費っす」

その言葉は、酔いがまわっていても胸に直接突き刺さってきた。痛みをごまかすようにわたしの言葉もきつくなる。

「わたしに説教すんの」

「そんなつもりないっす。さみしいからってひとを巻きこむなってことっす」

わたしはどんな表情をしていたのだろう。全部見透かされている気がした。くやしくて唇を噛む。ジョニーは申し訳なさそうな顔をすると、また穏やかな口調に戻った。

「サチコさん、わりと好みだし同じサークルにいたら二番目に気になるタイプっすよ。でも、おれ、ブラックホールみたいなひとはちょっと遠慮したいんで」

「思いっきり失礼だよ、ジョニー。……もういいや。ああ、つまんない」

わたしは、そういいながら、大学生のころと変わっていない自分に心のなかでため息をつく。

泣きたい気分だ。ジョニーに見抜かれてしまったように、別になにも求めていなくても、お酒をのむと、いつも無性にだれかに側にいてほしくなってしまう。

――でも、もう今夜は終わり。

ジョニーに、いい夜をね、といって立ち上がる。大丈夫、足はもつれていない。

「大丈夫っすか」

心配したのかジョニーはトリトーネ通りのバス停までついてきてくれた。ジョニーがいなければまちがいなく道に迷っていただろう。

わたしがバスに乗りこむのを見送って、お元気で、というと、ジョニーは地下鉄の駅に向かって歩きだした。すぐに人波のなかに消えた。

バスのなかは、ラスタカラーの鮮やかなTシャツを着た男たちが、一日の商売を終えたのか、帽子や、偽ブランド品の入った大きなビニール袋を膝にかかえて座りこんでいる。だれも話してはいない。わたしは急に、ひとりっきりになったような気がした。

テルミニ駅のひとつ前のバス停で降りた。夜風が気持ちいいから少し歩きたかった。

そういえば、アカリはそんなふうにいって、酔って降りる場所をまちがえたのをごまかしていたっけ。わたしはそのことに気づかないふりをして、アカリの愚痴をききながら歩いた。あたし、もう結婚できひんかもしれへんわ――。真っ赤な顔で目じりに涙すら浮かべるアカリを見て、わたしは、アカリはそんなことをいっても、あっというまに結婚して、会えなくなってしまうんだろうなと漠然と思った。

浮かれた観光客が大きな声で話す明るい路地の隅っこを、酔いがまわった足で、ザ・サニーサイド・オブ・ザ・ストリートを口ずさみながら、ホテルへの道を歩く。いつかアカリと歩いた道を夢見心地で歩く。

ジュリに会うという目的がなかったら、わたしは、思い出のなかで迷子になってしまいそうだ。

3

桟橋で駆け寄ってきて、ジュリはわたしを強く抱きしめた。体中に熱が伝わっていく。

最初、迪化街の部屋にきたころジュリは、なにかにふれることをおそれているようだったのに、いまジュリとわたしの距離はかぎりなく縮まっている。わたしはひとり旅の緊張がほどけていくのを感じながら、ジュリの変化にさみしさとも喜びともつかない感情を抱く。

「ケーブルカー、行列できる前にいくよ！」

そういうとわたしの銀色のスーツケースを持って、ケーブルカー乗り場へ走る。

桟橋では客引きが「グロッタ！　グロッタ！」と呪文のように繰り返している。港を背にしばらく歩くと真っ赤なケーブルカーが見えてきた。

ケーブルカーの先頭に席をみつけて座りこんだジュリに、グロッタってなに、ときくと、ガイドブック読んで、と冷たくいわれた。

でも、あきれたような表情を浮かべながらも、「グロッタ・アズーラ。青の洞窟。相手次第で値段が変わるからなんともいえないけど百ユーロくらいで洞窟まで連れてってくれるの」と教えてくれた。旅の指南メールもそうだけど、ジュリは思っていたよりずっと世話焼きだ。

「もういったの？」

「いくわけないでしょ。観光じゃなくて、櫻井賢三に会いにきたんだよ」

そうだった。ひさしぶりのイタリアにすっかり旅行気分で忘れていた。わたしたちは、あの日月潭の事件の真相を求めてここにきたんだった。

動きだしたケーブルカーのなかで、ジュリはこの数日の成果を伝えてくれた。

島に到着してからジュリは、新聞のコラムに写った小さな写真とＳＮＳの情報を手がかりに賢三がオーナーをしているレストランをみつけだし、近くのバールに入り浸って情報を集めていたらしい。

そのレストラン自体は七月後半からバカンスに入っていて、ひとの出入りはなかったけれど、毎日バールの同じ席に座るようにしていたら、そのうち、ひとり、またひとりと話しかけてきて、それなりに情報が集まったという。賢三はレストランのすぐ近くの古い農家の建物を買い取ってひとり暮らしをしていて、週に一、二回ほどハウスキーパーの女性がきている、ということまで突きとめていた。

話をきいているとケーブルカーはあっというまに終点の高台についた。

小さな時計台を取り囲むように、白や青の鮮やかな天幕が広がり、色とりどりの野菜や花々が売られている。観光客でごったがえす広場には、断崖に張りだしたバルコニーがあって、そこからはさっき船のついた港が見えた。八月の海はどこまでも透き通っている。

真っ青な海から心地よい風が吹き上がってきて、わたしは体を伸ばして深呼吸をする。

「賢三もいいけどさあ、わたし、おいしいもの食べたい。せっかくイタリアきたんだよ」

「さっちゃんって食いしん坊だよね。ゲストハウスのフロントに荷物預けてランチいこう」

なんだかんだいってジュリも旅行気分のようでほっとした。


広場から小路を抜けて、坂を上った先にこぢんまりとしたゲストハウスが立っていた。

受付の金髪の女の子はスマホをのぞきこんでいたけれど、ジュリが挨拶をすると、チャオ、と弾けるような笑顔を返した。

ジュリの話では、その女の子はジュリエットという名前のニュージーランドの大学生で、夏のあいだだけ祖母の経営するこのゲストハウスの受付をしながら、バス路線から離れた場所の住人たちに野菜や日用品の配達をするアルバイトをしているという。

ジュリエットにわたしのスーツケースを預けてジュリは、「ランチ、ちょっと遠いけどジュリエットが教えてくれた場所いきたい」といった。

「いいよ、島のことなにも知らないし」

ほんとうはアカリと一緒に日帰りでこの島にもきた。でも、それはいわなかった。どうして、ジュリに隠したいのかわからないけれど、わたしは、あのころのわたしのことを、あまり話したくないようだ。

島の住人と観光客でいっぱいのバスに乗ってたどりついた小さな広場で、ジュリはチケットをわたしてくれた。チケットには、「Seggiovia Monte Solaro」という文字が書いてある。

「まだ、どっかいくの？」

「リフトであともうちょっと」とジュリは微笑んだ。

そういえば、アカリときたときもこの小さな広場から、スキー場みたいなひとり乗りのリフトに乗った。あのときは二月の身を切るような風が吹いていた。葡萄畑や民家の洗濯物の上を、ゆっくりゆっくりソラーロ山を上っていく。わたしは、はしゃぐアカリの背中を見ている。前に座ったら好きなときにふりむいて見ることができるのに、後ろに座ったらふりむいてくれるのをただ待つしかない。つぎに乗るなら絶対に前がいい――。

そこまで思いだして、やってきたリフトにジュリを追い抜くように飛び乗った。ジュリが、子どもなの、とあきれたような声でいった。

ゆっくりと上りはじめたリフトから、たわわに実る緑の葡萄の房をながめる。デラウェアのような小ぶりの果実が、整然と並べて植えられた葡萄の木の枝から垂れ下がっている。カラカラという滑車と遠いカモメの声に混じって港のほうから汽笛がきこえてきた。それもすぐに風の音にかき消される。時間が止まってしまったんじゃないかと感じるくらい静かだった。

ふりむいたらジュリが写真を撮ってくれた。後ろに座るのはいやだと思っていたのに、前は前で落ち着かない。わたしはひとの背中をながめているほうがじつは向いているのかもしれない。

リフトは十分程度で山頂駅についた。

切り立った断崖のはるか下、深い深い瑠璃色の海に無数のボートが浮かんでいる。この世のものとは思えないような絶景だった。背の高い松の木の下に置かれたベンチを指差して、ジュリはちょっと待ってて、と白いパラソルがおしゃれなカフェに歩いていった。山の下から気持ちいい風が吹いてくる。

しばらくして、ジュリはお盆にコーヒーとおいしそうなパニーニをのせて帰ってきた。

「この景色見ながらのランチがこの島ではいちばんの贅沢ってジュリエットがいってたの。これでいい？」

「もちろん」

生ハムとレタスがはさまれたパニーニを頬張りながら、ジュリはぽつりと、懐かしい味、といった。

「前にきたことあるの？」

「まさか。あたし、生まれ育った日本の外にでたのって、韓国と台湾だけだよ。ヨーロッパ旅行なんていける家じゃなかったし。ハルモニが散歩帰りにときどき知りあいのおっちゃんがやってるパン屋で買ってきてくれたの」

ジュリの口から漏れたハルモニという言葉が、少し懐かしいような気がした。この数ヶ月、ずっと日記の謎解きばかりで、ジュリ自身の話をほとんどきいていなかった。長いあいだ引きこもっていたジュリにとって、ハルモニはたったひとりの信頼できる大人だ。ハルモニの話をきけばジュリのことがもっとわかるのかもしれない。

「ねえ、ジュリ。どんなハルモニだったかきいてもいい？」

ジュリはわたしの問いがうれしかったのか、長い話になるよ、と茶目っ気たっぷりの顔をした。

「いいよ。だって今日はオフでしょ」

ジュリはうなずいて、言葉をさがしながら話しはじめる。

「――梁貞順《ヤンジョンスン》って名前でね、半世紀近く小さな鉄板焼き屋やってたから、貞順さん、貞順ハルモニってまわりでは結構有名だったんだ。愛嬌あって、話きくのも上手でね、ハルモニの顔見たくてやってくる常連さんもたくさんいて、朝鮮学校の女の子たちまで帰りにやってきて恋愛相談とかしてるの。なんかあるとすぐに、そんな男やめときやっていって大笑いして――あたしは二階でその会話をきいてよく笑ってたな」

「わたしの生まれ育った多摩ニュータウンとは別世界だね。母ひとり子ひとりで、ずっと地域でも孤立してたからちょっとうらやましいな」

ジュリは、コーヒーをおいしそうにのみながら、わたしの顔をじっと見る。

「――そうだね。さっちゃんとは別世界だと思うよ。はじめて会ったひとが同郷ってわかったらあっというまに打ち解けたり、反対に摑みあいの喧嘩になったり。ハルモニ、いつも親戚の話するみたいに、お客さんの話してくれるの」

「お店に下りていきたくならなかったの？　朝鮮学校の子たちのなかに同い歳くらいの子もいたでしょ」

「でも、公立の中学いってたし、あたし――ちょっとみんなとちがってたから」

そこで言葉を止めると、ジュリはしばらく考えているようだった。わたしは、いまジュリのいった言葉の意味をききたい気持ちを抑えて、話の続きを待つ。

コーヒーを一口のんでから、またジュリは口を開いた。

「ハルモニ、一度も外でろっていわなかったの。すごい苦労してきたひとでね。十八歳で結婚したハラボジが山っ気のあるひとで、京都で安く店が手に入るって引っ越してきたら、自分は賭け事と女で家に帰らないで、結局ハルモニがほとんどひとりで店やることになってさ。最初はまわりに同郷のひとがぜんぜんいなくて、外にでるのも心細かったって。うちが苦労話はじめたら一晩じゃあよう終わらへんで！　って口癖だったなあ」

わたしは顔も知らない貞順ハルモニが、ジュリの口を通して語っているように感じた。きっと鉄板焼き屋の二階で何度もきいた話なんだろう。

「お客さんであたしの学校のこととか心配してくれるひともいたらしいんだけど、ハルモニさ、学校なんていつでもいけるんやし、いまはのんびりしとき、うち四十こえてやっと中学卒業したんやでって」

「戦争の時代だったもんね」

急に視線を上げてわたしの目を見て、ジュリは小さいけれどはっきりとした声でいった。

「ハルモニね、四・三事件のサバイバーなの。十歳のときに済州島《チェジュド》から小さい船で逃げてきて、優しいおばちゃんにたすけてもらってなんとか大阪まできたんだって——ああ、でも、さっちゃん、四・三事件なんて知らないか」

「ごめん、授業できいた気はするんだけど……」

ジュリは、軽くため息をついた。

「日本の敗戦後、朝鮮半島が、北はソ連、南はアメリカって分断統治になったのはさすがに知ってるよね？」

わたしはうなずく。

「一九四八年に南だけの単独選挙が強行されることになって、済州島では四月三日に選挙に反対の島民が蜂起したの。単独選挙なんてしたら南北分断が決定的になるから……まあ、結局そうなったんだけど。それで、その島民たちを、軍隊や軍政警察が『共産暴動鎮圧』って名目で、ほとんど無差別に殺していったのが四・三事件。ハルモニの生まれた村も焼かれて、行方がわからなくなったひともたくさんいたって――」

ジュリの説明で、ようやく大学のころの記憶が蘇ってきた。そもそも宋先生のお母さんも七歳のときに済州島から逃れてきたという話だった。ゼミの飲み会でその話になったとき、宋先生は、ほんとうにやりきれないという表情で、虐殺の担い手だった軍政警察で「活躍」したのは、日本植民地時代の特高や総督府警察ですよ、最悪の置き土産ですよね、といっていて、わたしはなにもいえなかった。

考えに沈みこんでいると、遠くで船の汽笛が響いた。

そのとき、ジュリがベンチから立ち上がった。どうしたの、と顔を見ると、目を逸らして少しだけさみしそうな表情を浮かべた。

「ちょっと話しすぎたね。散歩しようよ。せっかくカプリ島でいちばん見晴らしいいとこにきたんだし」

ジュリの声はかすかに震えていて、わたしの反応に怯《おび》えているようにすら見えた。

どうして急に話をやめてしまったんだろう——。

わたしも立ち上がってジュリのあとを追って歩きだす。太陽は暖かかったけれど、吹きつける潮風でコーヒーはすっかり冷め切っていた。

帰りは夕刻になった。ソラーロ山からの下りのリフトは、ひともまばらだ。地中海の太陽は、水平線のずっと上にあって、夜はまだこない。それでも、風は冷たくなっていて、日がもうすぐ沈むということを感じさせる。

わたしは足をぷらぷらさせながらリフトに乗っているジュリの背中を見て、やっぱり先に乗るんだったと後悔する。だれかの背中を見ていると、わたしの前から去っていったひとのイメージばかり浮かんでくる。

写真でしか知らない父さんというひと。ライブハウスで出会った男の子たち。ニュージーランドにいってしまったアカリ。

みんなすぐにいなくなってしまう——。

わたしも結局ジュリと同じようなことを考えている。

葡萄畑の上を、きたときと同じように、カラカラという音を響かせながら、リフトは下っていく。西日が海面に反射してまぶしい。瞬きを繰り返すと、ジュリの背中がストップモーションのように、景色のなかをゆっくりと動く。

ジュリがふりむいた。澄み切った目でわたしを見ている。

「さっちゃん、夕ごはん、なんにする？」

その声があまりにもいつも通りで、感傷に浸りきっていた自分のことが恥ずかしくなった。わたしは大きな声でいう。

「パスタ！　わたしまだ魚介も食べてないし」

ジュリがうれしそうに笑った。

4

「桐島秋子さんについて、お話をうかがいたいのですが……」

ジュリがインターホンに向かってそういうと、長い沈黙があった。

毎日のように、広大な葡萄畑を見下ろす高台にある賢三の家を訪れていたが、まったく人気《ひとけ》がなかった。それが滞在最終日の朝、ようやく屋敷の門のなかに古いフィアットパンダが停まっているのをジュリがみつけた。

しばらくしてから、遠い昔のことです。すまないが、体調も優れないから、と掠《かす》れた声がきこえた。強い拒絶の意思を感じさせる声。スピーカーからは、ときおり咳《せ》きこむような音もきこえる。

「わたしたち台湾からきたんです。少しでもいいので」

ジュリの言葉には、なにも返事がなかった。

わたしはインターホンの前にでるとカメラの位置を確認して、鞄のなかから日記のコピーを取りだした。ジュリは、さっちゃん、と小さな声でいった。まだこれをだすのは早いと思っているのかもしれない。いや、いまがそのタイミングだ。

「わたしは長澤サチコといいます。台北の古道具屋で買った古いトランクのなかに、秋子さんの日記をみつけたんです。持ってきているのはコピーだけですが、ちょっとこれを見て、お話きかせていただけませんか」

ジュリは不安げな表情を浮かべている。わたしの耳元でささやく。

「さっちゃん、警戒心なさすぎじゃない？　犯人かもしれないんだよ」

たしかに賢三は、当時いちばん疑われていた人物にはちがいない。だけど、とっくに時効も過ぎた事件のために、あらたに罪を重ねるというのは現実的ではない気がした。

そのとき、鉄の門の鍵が開くカチリという音が響き、すみません、なかにどうぞ、という声がインターホンからきこえた。家に入れてもらうという第一段階はとりあえずクリアしたようだ。

仕立てのいいグレーのヘリンボーンのジャケットを着た老人が、玄関の扉を開けてくれた。

カプリ島でのレストラン購入を伝える二〇〇〇年の新聞記事のときからもずいぶん歳を取って

いる。優しげな老紳士、それがわたしの第一印象だった。

古い煉瓦《れんが》造りの農家という外観とは対照的に、家のなかはきれいにリノベーションされていて、大きな天窓からは、あたり一面に明るい光が降り注いでいる。掃除のいき届いたフローリングに置かれた大きなソファーにわたしたちを案内すると、軽く咳をして賢三はいった。

「さきほどはすまなかった。どうしていまごろあんな昔のできごとなんだろう、とよくわからなかったんだ。いまお茶でも淹れよう」

優しい瞳と、柔らかい物腰から、わたしは若いころはもてたんだろうなと漠然と思った。ジュリは部屋のなかを見まわして、すてきなおうちですね、とぽつりといった。

「わたしは結婚しなかったし、子どももいないから、終《つい》の棲家《すみか》にと思って、退職したあと少しはりきってさがしたのさ」

そこで言葉を切ると、賢三はまた咳きこんだ。

「でも、こんなに大きな家にするんじゃなかったと後悔しているよ。どうにもさみしいし、掃除も大変だ。近くに住む親戚に毎週きてもらってるんだ。それがなければとてもひとりではね」

わたしは、無言でうなずく。少し言葉をきいただけでも、賢三の正直な人柄が伝わってくるようだった。

「独身だったのは、あの事件があったからですか？」

急にジュリがそういって、わたしは息をのむ。ジュリは社交辞令は飛ばして、いきなり本題に入るつもりなんだ。

賢三は目に一瞬驚きの色を浮かべたが、すぐにごまかすように笑った。

「どうだろうね――。まあ、あんな騒ぎを起こしたわたしがひとり幸せになるなんて虫がよすぎるよな」

鉄観音茶《てつかんのん》のにおいがしたような気がして、わたしは話題を変えようと、「台湾のお茶ですか?」ときいた。

賢三はほっとしたような表情を浮かべる。

「ああ。茶葉をあっちから取り寄せているよ。インターネットで全部手配できるなんて、ずいぶん便利な時代だね」

たしか賢三は事件のあと一ヶ月も経たないうちに日本に帰ったはずだ。おそらく自分の意志とはかかわりなく台湾を離れることになった賢三にとって、幼い日を過ごした台湾は懐かしい場所なんだろうか。それとも忌まわしい記憶が残る土地なんだろうか。

そんなことを考えながら、わたしはテーブルをはさんで向かい側の椅子に座った賢三に、日記のコピーを手わたす。

信じられないといった表情を浮かべて日記を手に取ると、賢三は震える手でページをめくる。

龍之介くん、妙さん、メイファさん――。

心の声を漏らすようにひとりごとをいいながら、目にうっすらと涙を浮かべて賢三は日記を読みすすめていく。賢三の目の前には、桐島家の軒先に咲く朝顔や、秋子や龍之介とかるたをした晩の光景が浮かんでいるのだろう。

高級な香りのする鉄観音茶をのみながら、リビングの大きな窓の外の景色に目をやる。海へと落ちこむ斜面に開かれた葡萄畑が見える。バカンスシーズンのバイトだろうか、体格のいい金髪の青年が大きな袋を手に葡萄の木々のあいだを歩きまわっている。

テーブルのお茶がすっかり冷たくなったころ、読み終わったのか賢三は日記を置いて深々と頭を下げた。

「ありがとう。心から礼をいう。生きているうちに、またみんなに会えるなんて――」

そこまで口にすると、感情が溢れてきたのか、賢三はジャケットのポケットからハンカチをだして、何度も涙をぬぐった。

「日記のことは知らなかったんですか？」

ジュリの声に、賢三は首を横にふる。

「たしかにわたしの学校でも課題で日記を書くこともあった。でも、秋ちゃんから日記の話をきいたことはなかったよ」

そうだ、秋ちゃんって呼んでたんだ――。

その親しげな呼びかたに、新聞記事からは読みとれないふたりの関係があると感じた。わたしには、過去を懐かしそうに回想する賢三が殺人者であるとはとても思えなかった。

また隣でジュリの声がした。

「あの日、なにがあったのかほんとうのことを教えてください」

穏やかだった賢三の表情に、再び緊張が走る。

「記者にいったことと同じだよ。湖にいかなければよかったんだ。あんなに雨も降っていたんだから」

長い沈黙があって、賢三はやっと口を開いた。

「きみたちには、想像もできないだろうが、あのころ日本は世界中を相手に戦争をはじめる直前だった。それなのに燃料も不足していて、日用品はどんどん配給になって、普通の生活すら日に日に難しくなっていったよ。街中に戦意高揚の張り紙が溢れ、夏休みはなくなって小学生まで兵舎の掃除にかりだされる。——あとになれば異常な時代だってわかるが、子どもにはそれが日常だった。でも、息苦しくてしょうがなかった。だから、ふたりで日月潭までいくっていうのが刺激的な冒険のような気がしたんだ」

そこで賢三はいったん言葉を切って、軽く咳きこんだ。わたしは、不躾《ぶしつけ》だと思いつつもこの事件に最初にふれたときにでてきた疑問を言葉にする。

「失礼な質問かと思いますが、秋子さんとは交際されていたんですか？　当時の記事に指輪を贈ったと書いてあったと思うんですが」

「秋ちゃんの気持ちはわからないが、わたしは妹のように思っていたよ。指輪は、秋ちゃんのお母さんの形見だから、記者の創作だろう」

その言葉には嘘はなさそうだった。そうすると当時の新聞記事がふたりを恋人として報道していたのは、やっぱり誇張だったのだろうか。

「秋ちゃんはおっとりしているように見えて、意志が強くてね、あの日どうしてもボートに乗るときかなかったんだ。湖畔にいた少年に無理をいって丸木舟を借りて湖に漕ぎだしたのはいいが、わたしもはじめてだったからコツを摑むのに時間がかかった。島の近くまでいったとき、秋ちゃんがわたしも漕いでみたいって立ち上がったんだ。そうしたら急に強い風が吹いて……——気がついたときには、秋ちゃんは水に落ちてもがいていた。いまでも、右手にその指輪が光っていたのをはっきりと思いだすよ」

その場面を再現するように手を伸ばす仕草をする賢三を見ながら、わたしは釈然としない感覚を抱いた。賢三自身が同じ話しかできないといっていたけれど、これでは当時となにひとつ変わらない。どこかつくりものめいている。

でも、その感覚をうまく言葉にできなくて、たすけを求めるようにジュリの顔を見た。

ジュリはゆっくりと首を横にふって、「賢三さん、もう嘘つかないでいいでしょ。ずっとつらかったんじゃない？」といった。

「ほんとうのことだよ」と賢三はかすかに声を荒らげた。

わたしもジュリがなにをいっているのかわからなくて顔をのぞきこむ。

「どういうことなの、ジュリ？」

「あたし、何度も日記を読み返して気づいたの。秋子さんって左利きだよ。夏休みと、普段の日記見比べてて、夏休みの右肩が上がる文字どこか見慣れてる気がするって思ったの。ああ、左利きのあたしの字に似てるんだって。当時、左利きは徹底して矯正されたでしょ。だから授業のときは右手で書いて、先生がいちいちチェックしないってわかってた夏休みの日記は楽して左手で書いたの」

だから筆跡がちがっていたのか――。

だけど、どうしてそれが嘘をついているという理由になるのだろう。賢三は無言でジュリの言葉をきいている。

「賢三さん、ほんとうにふたりでボートに乗ったの？　溺れそうでなにかに摑まろうとするとき、利き腕と反対側の手を伸ばさないいんじゃない？」

ジュリの言葉にはっとした。わたしが記事を読んだときに覚えた違和感の正体もその「手」にあったんだ。溺れそうになって必死でもがいているひとが伸ばした手に指輪が光っていたなんて、そんなに冷静に見ていられるわけがない。幼いころから秋子と親しかった賢三が秋子が左利きであることを知らなかったとは考えにくいけれど、水に落ちた場面を想像したときに、そこまで意識がまわらなかったと考えると辻褄《つじつま》があう。つまり、賢三は、秋子が水に落ちた場面を実際に見ていないし、そもそも水に落ちたというできごと自体がなかったんだ。

――そうなると秋子はどこにいったんだろう。

賢三は青い顔をして黙りこんでいた。指先がかすかに震えている。

しばらくして口を開くと、すまないけど、そろそろ親戚がくるから、とだけいった。それからはなにをいっても賢三は答えなかった。ただ、なごりおしそうにテーブルの日記のコピーに視線を向けていた。

わたしは、時間をつくってくれたことに礼をいうと、動こうとしないジュリを引っ張るようにして立ち上がった。いまにも崩れ落ちてしまいそうな賢三から無理に言葉を引きだす気にはなれなかった。

自分で歩けるから！　とわたしの手をはねのけると、ジュリは賢三の顔を見た。

「ねえ、どうして嘘つかなきゃいけないの？」

いたたまれない様子の賢三を見ていられなくなって、わたしはジュリの背中を押した。ジュリは、睨むようにわたしを見る。それから、日記のコピーの上に、手早く携帯電話の番号を書きこむと、この日記置いていくので、なんでも思いだしたらかけてください、といって立ち上がる。

賢三は玄関まで見送りにきて、また深く頭を下げた。

そのとき、ちょうど門の外に新型の黄色いフィアット500が停まった。コンパクトカーだけれど、賢三の旧型パンダに比べるとひとまわり大きい。

運転席から降りてきた若い金髪の女の子をよく見ると、ゲストハウスのジュリエットだった。ジュリエットはズッキーニやトマトが入った大きな野菜籠を持って、わたしたちに笑顔で、ハーイ、と手をふってくれた。

後部座席のドアが開いて、白髪のアジア系の女性が大きな檸檬《レモン》が入った籠を持って降りてきた。長い髪を後ろでひとつにくくり、背筋がぴんと伸びている。賢三のいっていた近所に住んでいる親戚だろうか。

その場を離れようとしないジュリの肩を叩くと、不機嫌な顔をして、小さく「ケェセッキ！」と舌打ちした。

「ジュリ、口悪いよ！」

やりとりを門の外で見ていたその女性は、驚いたような顔をしてジュリになにか声をかけた。韓国語のようで、ジュリは二、三言葉を返す。

そのひとはソフトボールくらいある大きな檸檬をひとつ籠からだすと、軽くウインクしてジュリに手わたした。

ジュリはお礼をいって、広場へと続く道をひとり先に歩きだす。

「ねえ、なんていったの？」

「知りたかったらちょっとは勉強したら」

冷たい目をしてそれだけいうと、ジュリはわたしをその場に残してどんどん坂を下っていく。

――しまった。日記のなかの「K」という暗号のことをききそびれた。

そう気がついたときには、もうゲストハウスのチェックアウトの時間が迫っていた。

5

大韓航空のボーイング777型機は、夜のフィウミチーノ空港から、定刻通りに離陸した。

すぐに運ばれてきた機内食は、往路と同じでピビンパだった。カップ焼きそばのような容器にもられたナムルとひき肉の上に、チューブからコチュジャンを絞りだしてかき混ぜると香ばしいにおいが漂った。

カリフォルニアのシャルドネの小さいボトルをジュリは一気にのみほした。

「なにか見落としてる——賢三が嘘をついてる確信は持てたんだけど、その理由がわからない。もっとねばったら、なんかわかったかもしれないのに」とジュリはわたしに非難の視線を向ける。

「賢三さんすごくいいにくそうにしてた。七十年以上守り抜いた秘密を、会って一時間も経たないわたしたちにきかせてくれるわけがないじゃない」

弁解するようにそういいながらも、どうして自分があの場を離れたほうがいいと強く思ったのかはっきりとはわからないでいる。決して踏みこんではいけないような気がしたのだ。

水色の制服を着たキャビンアテンダントがばたばたと食器やワインの空ボトルを下げていって、わたしたちの会話は一瞬途切れる。ワゴンが離れていくと、ジュリはまた口を開いた。

「なにもききたくない。これ、ひとりごとだから。イタリアまできて、せっかく賢三に会えたのに、わかったのはなにか嘘をついてるってことだけなんて、ばかみたい。さっちゃんはいつも自分のことばかり。秋子のことなんてどうでもいいんでしょ。これもひとりごとだし」

「わたし、あの山の上でジュリの話きけてすごいうれしかったけど」

「最悪！　さっちゃん、なにもわかってないし」

ジュリはそういうと、テーブルの上に突っ伏して、顔を隠すように毛布をかぶる。

しばらくすると、かすかな寝息がきこえてきた。

ため息をついてイヤホンに手を伸ばす。ジュリを起こさないように手元のコントローラーでモニターの電源を入れ、リストからまだ見たことのないハリウッド映画を選んだ。

モダニズムの時代に毎晩豪華なパーティを繰り広げるディカプリオを見ていたら、中学生のころに見た『タイタニック』を思いだした。大きく傾いたタイタニックからふり落とされる乗客のイメージに続いて、青い湖に沈んでいく秋子と、ボートの上で悲しげな表情をした賢三の姿が脳裏に浮かぶ。おそらく実際にはそんな場面はなかったのだ。

いったい、賢三が嘘をついている理由はなんだろう——。

結局、問いはそこに戻っていった。ジュリが質問していたように、ふたりで丸木舟に乗っていないという可能性はないだろうか。でも、そうなると原住民の少年の証言と矛盾がでる。だいたい路線バスの運転手が帰りに秋子を見ていないのだ。十代前半の少女が親元から離れて、どうやって生きていけたというのだろう。

考えが行き止まって、わたしは、また映画をながめる。字幕がない映画の筋はほとんど追えていない。でも、きっとディカプリオが莫大な財産やきらびやかなパーティといった目くらましで注目を集めるが、結局悲惨な結末を迎えるという話だ。最後まで見なくてもだいたいわかった気がしてわたしは、モニターの電源を切った。

その瞬間、たったいまぼんやりと考えた言葉が、はっきりと意識に浮かんできた。

——目くらまし。

賢三は自分を守るために嘘をついているんじゃなくて、なにかを隠すために、目を逸らさせるために、嘘をついているとしたらどうだろう。あの湖のできごとにまったくちがった意味があるとしたら——？

そのとき、機内の照明が消えて真っ暗になった。いまから朝食まで睡眠の時間ということらしい。イヤホンを外すと、隣でジュリが小さな声を上げた。

「ごめん、起こした？」

横を向くと、ジュリの目がわたしのすぐ近くにあった。

暗闇のなかでも存在感のある大きな透き通った目でわたしをみつめている。迷いや苛立ち、なにかがジュリのなかで渦巻いている、そんな印象の目だった。なにもいわずにかぶっていた毛布をわたしの頭にもかぶせる。ジュリの吐息が頬にかかる。かすかに白ワインのにおいがした。

暗すぎるよ、そう抗議の声を上げた瞬間、秘密をささやくようなジュリの声がきこえた。

――キスしていい？

胸の鼓動が急激に速まる。無言でうなずくと、ジュリは暗闇のなかで、頭をかかえるようにわたしを抱き寄せて、唇を重ねてきた。

第四部　秋の日のラプソディー

1

長い夏が過ぎて十月に入ると迪化街にもようやく秋めいた風が吹くようになった。露店のちまきや肉まんの蒸籠から立ちのぼる湯気もどこか冬を呼んでいるように感じられる。いつものように、水餃子をテイクアウトしてわたしは帰路を急ぐ。

イタリアから帰ったあと、ジュリは、すべてのエネルギーを使い果たしたのか、あまり外にでなくなった。事件の謎を解くために、自分にかなり負担を強いていたのかもしれない。ジュリに引っ張られてイタリアまでいったわたしも、賢三の話をきいたことで、もう十分という気分になっていた。

賢三がなにかを隠しているのはまちがいないけど、それをききだすことはできないだろう。それにジュリがあれだけ必死にさがしてもでてこないということは、史料ももうこれ以上ないのだ。でも、それはしょうがない。いつか宋先生が、女性たちの名前や行動が歴史のなかに記録されるのは記者の関心が向いた一瞬だけ、といっていたように、桐島秋子という少女の名前は失踪事件の直後にはじまった太平洋戦争という大波にすっかりのまれてしまった。

マンションの階段から迪化街のぼんやりとしたネオンをながめて、大きく息をはいてから覚悟を決めて、ただいま、と扉を開けた。

返事はない。

部屋の照明をつけるとジュリはソファーの上で、毛布にくるまって目をつぶっていた。肩が小刻みに動いているから眠っているんだろう。

起こさないように注意しながら、キルティングコートと青いボーダーシャツを脱ぎ捨てる。シャワーを浴びて、髪を拭いていたら、ジュリがテレビをつける音がした。わたしは、髪を乾かすのもそこそこに洗面所をでて、ジュリに声をかける。声が不自然に震えている気がする。

「水餃子買ってきたよ。まだ温かいんじゃないかな」

ジュリは立ち上がって、冷蔵庫からビールを取りだすと、ありがと、とだけいって、またソファーに座りこむ。

「冷めちゃうよ」

「――あんまりおなかすいてないし」

不機嫌そうにそれだけいって、ヘッドフォンをつけた。最近はもっぱらこんな感じでまともに会話すらできていない。

わたしはため息をついて、カウンターのスツールに座る。

ヘッドフォンをつけたら、ジュリはひとりきりの世界に入る。わたしも、ひとりで餃子を食べる。まだ温かい水餃子は、香菜がたっぷり入っている。でも、舌先が麻痺《まひ》したみたいに味を感じない。食べ終わると旨味調味料のしつこい甘みだけ口のなかに残っていた。

ジュリが見てもいないテレビ画面には、どこかの国のコンテスト番組が映っている。真っ赤なリップの女のひとと、喜劇俳優のような表情が大げさな司会者が、あどけない顔をした歌い手の女の子になにかいっている。女の子はうれしそうな表情を浮かべて、それから顔をくしゃくしゃにして泣きだした。

演出過剰な感動、ほんとつくりものだよね――。

わたしは気づけばひとりごとをいっている。そして、ちょっと前のジュリだったら、でも、かわいいよ、とか答えてくれたかなと考えて悲しい気分になる。

ダブルワークで忙しい母のもとで育ったから、ひとりは慣れている。だけど、母さんは、絶対にわたしを無視しなかった。時間の隙間をみつけては映画のレイトショーに連れていってくれたし、わたしが、ねえ、テレビでね、こんなニュースあったんだよ、とか話しかけたら、必ず相槌《あいづち》を打ってくれて、忙しいときは、いま忙しいからあとでね、とわたしの目を見ていった。だからわたしは、ひとりだったけど、孤独じゃなかった。言葉が返らないこと、空間に消えていくことがこんなにもさみしいとはじめて知った。

あのキスはなんだったの――。

五月の誕生日の晩は、ジュリはすっかり酔っ払っていたから衝動的なものかもしれない。でも、飛行機でのキスはまちがいなくセクシュアルなものだった。それなのにイタリアから帰ったあとの日々は何事もなかったかのように過ぎていく。

それどころかジュリはよそよそしくて、わたしはいまやその反応に怯えている。賢三の家から帰るときに急《せ》かしたことをいまだに怒っているんだろうか。それとも、わたしがなにかジュリを傷つけるようなことをいってしまったんだろうか。

ひとりで考えてもまったく答えがわからなくて、胸が苦しい。泣きだしてしまいたい気持ちを抑えるように、テーブルに突っ伏した。

どうせなにをしてもジュリは見ていない。

ジュリに理不尽なことで怒られる夢を見ていたら、すっかり寝過ごした。

授業開始ぎりぎりに学校につくと、シャンシャンが国語辞典を何冊もかかえて教室に向かうところだった。

「わたしのころは、この紙の辞書を何回もひいて単語を覚えなさいって厳しくいわれたの。でも、最近の子たちはすぐに手を抜いて翻訳アプリだから困っちゃうね」

いつもシャンシャンは口癖のようにそういうけれど、そのシャンシャンもネットの動画で日本語の会話表現をどんどんブラッシュアップしてるんだから、十分に最近の子だ。

「そうだ、サチ、週末時間ある？」

うん、大丈夫よ、と答えると、シャンシャンはうれしそうに笑った。

「じゃあ、わたしの故郷に遊びにいかない？　よかったらシェアメイトの子も誘って」

故郷という響きがどこか懐かしい。死語ではないけれど、日本では日常的にはほとんど使わなくなった言葉だ。

後ろから学生が元気よく「さっちゃん先生、おはよう！」といってきたので、とりあえずシャンシャンには、ジュリにきいてみるね、とだけ答えて、教室に入った。

午前中は中級クラスで、テキストの会話はまたひどく古かった。前時代的なテキストを陳さんと黄《こう》さんにペアになって朗読してもらう。

「田中《たなか》くん、愛妻弁当かね。新婚さんはうらやましいね。うちなんてコンビニ弁当さ」

「恐縮です」

「それは手作りハンバーグかな」

「いえ、メンチカツです」

いったい、どこでこんな会話が役に立つの、とつっこみたい気持ちを抑えながら、用意してきた教案を使って質問をする。

「陳さん、どちらが上司でどちらが部下ですか」

優等生なのにのび太《た》くんを彷彿とさせる丸メガネの陳さんは、自信を持って、田中さんが部下です、敬語を使います、と答える。

つぎの質問は黄さんに、愛妻弁当とはなんですか、ときく。わたしは、内心、死語です、と答える。

勉強にあまり興味のない黄さんは、「愛妻スーパーのお弁当ですよ」と適当に答えた。わたしは、笑いをこらえながら、ちがいます、とだけなんとか答える。心のなかでは、愛妻弁当という言葉のナンセンスさを一刀両断《いっとうりょうだん》した黄さんに拍手を送る。なんでも愛妻スーパーで買ってすませていいくらい自由な社会なら、わたしは日本を離れる必要もなかった気がする。

「黄さん、今度ひとつわたしにも買ってきてね」といったら、ばつの悪そうな笑いを浮かべていた。

授業を終えて、講師控え室でお弁当を食べていると、シャンシャンが重たそうな国語辞典をかかえて戻ってきた。最近の子は、国語辞典の引きかたをスマホで調べだした、と笑いながらいった。


深夜にシャンシャンから待ちあわせについての連絡があった。

台中まで電車でいくと思っていたのだけれど、車で迪化街のマンションまで迎えにきてくれるらしい。目印を簡単に説明する。

シャンシャンの車は、ボルボの白いSUVだ。いまの日本語学校の安月給で買えるとはとても思えないから、もしかしたらわりといい家のお嬢さまなのかもしれない。でも、そうだとすると、どうしてシャンシャンは娘を置いて、ひとり台北で働いているんだろう。結局、わたしは、シャンシャンのこともほとんど知らない。

ジュリは夕方からずっと寝ていて、一緒にいくかどうかきけなかった。

でも、外にでたくないだろうし、いまのジュリが楽しく過ごせるとは思えない——。

そんなふうに一方的に決めつけて声をかけることすら避けるわたしは、ほんとうに臆病だ。

2

ソファーで体を丸めて寝ているジュリをそのままにして、外にでる。

秋の早朝のひんやりした空気が肌に気持ちいい。カウンターテーブルに、台中のシャンシャンの実家にいってきます、夜には帰るね、とメモを残してきた。

そういえば台中は秋子の暮らした街だ。あとでジュリにいやな顔をされるかもしれない。そんなことを考えながら階段を下りると、もう白いSUVが停まっていた。

「シェアメイトは？」

「ちょっと用事があってこれないって」

わたしは息を吐くように軽い嘘をついた。

「それは残念。また今度ね」

まだ車の少ない市街を驚くほどなめらかな運転で走り抜け、白いSUVはあっというまに中山高速公路に乗った。

あ、忘れてた、といってシャンシャンがカーオーディオをつける。

すぐにミスチルのちょっと甘い歌声が車内に響いた。高級車の防音は大したもので、高速を走っているのに、まるで部屋でオーディオをきいているみたいだ。シャンシャンが日本語学習をはじめた十代前半に流行《はや》っていた曲らしい。その後もどんどんあたらしいJ－POPが台湾にも入ってきているのに、趣味は更新されていかないのだから、思春期にきいた音楽というのは独特の存在感を持って人生に居座るのかもしれない。わたしもいまだに十代のころにタツオちゃんにきかせてもらった音楽をときどき口ずさむ。

台北市街を離れると景色は一面の畑と椰子の木、あとはぽつりぽつりと点在する小さな家屋ばかりになった。時速一〇〇キロでSUVは軽快に南下を続ける。わたしは、のどかな風景、とだれともなしにつぶやく。

シャンシャンは、左側の山の稜線《りょうせん》を横目でちらりと見て「わたしのご先祖さまは、あの山のほうに住んでいたんだって。それが清の時代に山を離れて、日本統治時代に畑を耕すようになって、いまじゃ台中郊外の大きな家に住んでる」といった。

なにを伝えようとしているのかわからなくて、つぎの言葉を待つ。

「たぶんわたしが小説家なら歴史ドラマが書けそう。ねえ、サチのファミリーヒストリーをきかせて」

そうだね、とだけいって黙りこむ。三歳のころに失踪した父親の出身地が四国《しこく》の山奥だとはきいたことがある。大江健三郎《おおえけんざぶろう》の小説を読みながら母さんが、あのひと結局森の奥に帰っちゃったのかしら、といったのは遠い中学のころの記憶だ。大学生になって大江の小説を読んではじめてそのとき母さんが父親のことを考えていたのだとわかった。実家と不仲だった母さんから家のルーツをきいたこともない。

「ごめん。なにも知らないかも。東京のニュータウンで育って、近くに親戚もいないから。父さんの顔も写真で見た記憶しかないし」

シャンシャンは、かわいそうな生きものでも見るような表情を浮かべる。

「驚かないでね。わたしの実家、ひいばあちゃんから姉夫婦まで住んでるの。わたし、ひいばあちゃんから日本統治時代の話きいて育ったのよ。だから現代の日本がどうなってるのか知りたくて留学したの」

「すごいなあ。わたし、大学に入るまで台湾のことなにも知らなかったよ。ウォン・カーウァイの映画とか好きだったけど」

「それって香港《ホンコン》のひとでしょ」

「そっか、ごめん――」

わたしは恥ずかしくて、下を向く。

前を走るトラックの車列を追い抜こうと車線変更してから、冗談めかしてシャンシャンは「日本人がほかのアジアの文化や歴史に興味がないのは戦争に負けたから？」と笑みを浮かべる。

そうかもね、とシャンシャンにつられて笑った。

たしかにシャンシャンのいうようにわたしたちは悲しいくらい歴史を知らない。それなのに根拠のない優越感という負の遺産だけ引き継いでいる。いまでは遠くなった五月の晩に、打ちのめされたような顔をしてヘイトスピーチの動画を見ていたジュリの様子をぼんやりと思いだす。

「ごめんごめん。わたし歴史の話がしたかったんじゃなくて、サチの人生をちょっとシェアしてほしかっただけなの。いつもあんまり話してくれないし。でも、今日一日あるからまた台中で続きね」

　そういうと車の窓を少し開けた。冷たい風が吹きこんでくる。

　シャンシャンがわたしを知りたいといってくれたことが、ちょっとむずがゆいような、うれしいような気がした。わたしのことを知りたいといってくれるひとが思春期にひとりでもいたら、わたしはもっと自分を受け入れられたのかもしれない。

　シャンシャンの穏やかな声をきいていたら、瞼《まぶた》が重たくなるのを感じた。


　九時過ぎには台中に入った。

　シャンシャンは、碁盤の目のような街路を走りながら、街の観光名所を一通り案内してくれた。東京駅によく似た赤煉瓦造りの駅舎は日本植民地時代の一九一七年に建てられていまだに現役であるらしい。古い建築がどんどんピカピカの商業施設に置き換わっていく日本とは対照的に、ここでは街路樹の一本一本まで歴史を呼吸しているようだ。

　旧台中州庁舎の白い大きな柱を見た瞬間、秋子の日記の一節を思いだした。台中州庁にギリシャの白亜の神殿のイメージを重ねて、秋子は、お父さまのことが誇らしいと書いていた。宗主国である日本からわたってきたお嬢さまである秋子の目には、この土地は、ここで暮らすひとたちは、どのように映っていたのだろう。

　シャンシャンが、大通りで車を停めたので、どうしたのかなと思ったら、すばやく屋台で、肉圓を買ってきてくれた。サツマイモの粉でつくった弾力のある皮に豚肉の餡が入っている、わたしの好物のひとつだ。

「昔から好きなんだよね」と肉圓を口いっぱいに頬張る童顔のシャンシャンは、中学生のようにすら見える。

市の中心部を離れてしばらく走ると車の数も少なくなっていき、そのうち椰子の木とバナナの木が生い茂る一本道にでた。ほどなくして三階建ての真っ白い建物が見えてきて、その前でシャンシャンは車を停める。さっき街中で見た植民地時代の重厚な建物にも引けをとらないような豪邸だった。

手榴弾《しゅりゅう》のような真っ赤な果実が庭の低木からぶら下がっていて、わたしが見ていると車を駐車場に停めて戻ってきたシャンシャンが、ドラゴンフルーツよ、あとでお土産にあげるね、といった。バナナもたわわに実り、マンゴーの木まで生えていた。

白髪の小さなおばあさんが、玄関からでてきてわたしの手を取った。わたしはシャンシャンから話をきいていたひいおばあさんだとすぐにわかった。

「こんにちは、サチコさんね。ようこそおこしくださいました。楊桂花《ようけいか》と申します。日本時代はみんな桂花さん、桂花さんって呼んでくれたわ。わたしのクラスメートにもサチコさんってかたがいたのよ。中山サチコさん、とっても絵がお上手でいらしてね。懐かしいわ。戦後、帰ってしまわれたけど、元気でいるかしらねえ」

あまりにも自然なイントネーションに、わたしは思わず、日本語ほんとうにお上手ですね、と口にしていた。すぐに桂花おばあさんが植民地時代の教育を受けたことに思いいたって、恥ずかしくなった。そんなわたしの様子を気にするふうでもなく、桂花おばあさんはクスッと笑って「だってわたしが生まれたころ、ここは日本だったんですもの」といった。

「あの時代のこと色々教えてくださってありがとうございます。結局、秋子さんがどうなったのかわからないんですが、またお話きかせてくださいね」

わたしがそういうと、シャンシャンがわたしの耳元で「桂花ばあちゃん、話長いから覚悟して」とささやいた。

桂花おばあさんは「さあ、長旅でつかれたでしょう、お茶でも召し上がってくださいな」と、かたくて厚い手でがっちりとわたしの手を握ると家のなかに案内してくれた。

居間の天井は広い吹き抜けになっていて、大きな竹でできたカウチに桂花おばあさんよりはひとまわり以上若く見えるおじいさんが座っていた。

おじいさんは、ジェスチャーでわたしに座るようにすすめると、小さなおちょこのようなコップに湯気が立ち上るお茶を注いでくれた。鉄観音の深い香りを感じながらのみほすと、すぐにまた注いでくれる。賢三の家でのんだお茶と同じ香りだ。

「祖父は無口なの。どっちにしても戦後生まれだから日本語も話せない。お茶、のんでいたらいつまでも続くから、外のテラスいこうよ。バーベキューの準備できてるよ」

わたしはおじいさんにお礼をいって、シャンシャンのあとを追って立ち上がる。

庭に張りだしたウッドデッキの中央にはバーベキュー台が置かれ、穏やかな秋の太陽の下、赤い炭火がぱちぱちと音を立てている。肉の焼ける香ばしいにおいがする。

「環島《ファンダオ》」と胸に大きくプリントされたTシャツを着たおばさんと、黄色いTシャツからほとんどはみだしそうなくらい大きなおなかをしたおじさんがプラスチックのカラフルな椅子に座っていて、そのまわりを三、四歳くらいの女の子がふたり駆けまわっていた。ウッドデッキの巨大なクーラーボックスには、台湾ビールの缶が大量に入っている。

「すごい盛大ね。今日はだれかのお祝いなの？」

シャンシャンは、ふしぎそうな顔をして、ちがうよ、サチがくるからみんな集まってパーティするのよ、といった。わたしは、少しだけあっけにとられたような気持ちで、ひとが続々と集まってくるテラスをながめる。十脚以上あった椅子はすぐに埋まった。

缶が空になると、すかさず隣の「環島」Tシャツのおばさんがあたらしいビールを手わたしてくれた。シャンシャンのいちばん上のお姉さんだという。わたしの膝の上には愛くるしい一重の目をした静《ジン》ちゃんがちょこんと座っている。シャンシャンの一人娘だ。

主賓というわりには、それほど構われることもなかった。でも、みんなさりげなく気を遣ってくれたりもする。

わたし、ここにいてもいいんだ――。

そう感じた瞬間、鼻の奥がじーんとしびれるような感触があって、あわててビールをのむふりをして上を向いた。

イタリアから帰ってから、抜け殻のようになってしまったジュリと過ごすなかで冷え切った気持ちが、ゆっくり解凍されていく。わたしはまた自分の心に呼吸させることを忘れていたみたいだ。

　たったいま到着したばかりの五十代くらいのおじさんが台湾ビールを片手にわたしの前まできた。岩石を想起させるような顔でぎこちなく笑うと、北京語でなにかいって、乾杯、という仕草をする。わたしもそれにあわせて缶を掲げる。

　隣でシャンシャンが「無理してのまないでね」といった。

「いま、おじさん、なんていったの？」

「あなたがきてくれてとてもうれしいって」とシャンシャンはわたしの肩に優しくふれた。

　涙腺が一気に緩んできて、わたしは膝の上の静ちゃんの髪の毛に顔を埋《うず》めた。涙が頬を流れていくのを感じる。大丈夫？　と心配そうにきくシャンシャンの声が頭の上できこえた。

　しばらくして落ち着くと、シャンシャンが台拭きを手に、ほら涙拭いて、と冗談ぽく笑った。

「これ台拭きじゃん」

　そう答えると、なんだか気持ちが少しだけ軽くなった。

　わたしのことを密かに心配してか、まわりのみんなはつぎつぎにお皿に焼けた肉や野菜を置いていってくれる。もう十分おなかがいっぱいになっていたけれど、すすめられるままに食べ続ける。

「サチ、写真を見にいかない？」

　シャンシャンは前に秋子の話をきいたときからこの家に眠るアルバムが気になっていたらしい。

居間のテーブルに、すでに何冊か取りだして並べていてくれた。わたしは背表紙に「昭和十四―昭和十七」と書かれたアルバムを手に取る。

白黒の写真は、桂花おばあさんの女学生時代を中心にすすんでいった。おばあさんの少女のころの顔立ちは重たげな一重瞼がシャンシャンによく似ている。学校の講堂のような場所で、大きな日の丸の前で写された写真もある。誇らしげな表情で写っていた。

「これね、卒業式の記念写真なんだって。桂花ばあちゃん、だれよりもきれいな日本語を話せたのが自慢なの。でも、成績いちばんだったのに、スピーチは四番目の日本人の子が選ばれたって、いまでも悔しそうにいうのよね。当時の台湾人女学生の回想記を読むとそういう差別はわりとよくあったみたいよ」

そのシャンシャンの言葉に、わたしは台湾に住むようになってから、たびたび感じていたことを思いだした。

「ねえ、どうして桂花おばあさんはわたしに優しくしてくれるの？　わたしは植民地時代にはもちろん生まれてもいなかったけど、そのころ台湾で苦しい思いをしたひとがたくさんいるのは知ってる。それなのに日本からきたわたしに台湾で出会ったひとはみんな優しくしてくれた。いつもふしぎに思ってたの」

シャンシャンはアルバムから視線を上げてわたしを見た。

「その質問にわたしが台湾人を代表して答えるのは難しいわね。だって、色んな感情を持っているひとがいるから。日本の軍隊で差別されたり、警察に拷問を受けたり、家族を連れていかれたひとはいい感情を持っているわけはないわ。でもね、あの時代に教育を受けたひとは、多かれ少なかれ支配者の日本人のメンタリティに強い影響を受けていたんだと思うの。桂花ばあちゃんなんていまだに『支那人』って言葉使うのよ。ほんとうは自分たちも『本島人』って差別されてたのにね」

そこでシャンシャンは一度言葉を切って、わかる？　と確認する。わたしがうなずくと話を続けた。

「わたしが日本語勉強するっていったとき、すごい喜んでくれたの。女学校の同級生もみんな歳をとって集まりの回数もどんどん減ってたから、さみしかったんだと思うの。でもね、これはサチにわかっててほしいからいうんだけど、いいところだけ見ないでとも思うの。わたし、ばあちゃんの世代のひとたちから何回も、日本人として教育を受けたのに、日本に捨てられたんだってきいたのよ」

そういうとシャンシャンは、積み上がったアルバムから背表紙に「民国三六年」と書かれた一冊を抜きだして、わたしの前で開く。桂花おばあさんが幼い子どもをふたりかかえて写っている写真はどのページにもあるのだけど、その周辺は不自然なくらい広い空白になっている。

「ここにはね、わたしも会ったことがない、ばあちゃんの弟夫婦の写真が貼られるはずだったの。民国三六年、つまり一九四七年ね。その年は、その時代を生きた台湾人には忘れられない時期なのよ。もちろんわたしが生まれる前だけど、そのことは代表していってもいいわ。サチにも前に話したから知ってるでしょ」

ああ、そうだ。二・二八事件の起こった年だ。わたしが迪化街の部屋に決まったと話したときに、シャンシャンはその地域が台北でももっとも古くから栄えていた大稲埕《ダーダオチエン》と呼ばれる場所であったこと、そこで闇タバコ売りの女性が、取り締まりの役人からひどい暴行を受けたことが二・二八事件のはじまりだったと話してくれた。役人の不正や汚職に怒りを爆発させた民衆を、日本の敗戦後に台湾を統治していた蔣介石《しょうかいせき》の中華民国政府が徹底して弾圧し、およそ三万人もの犠牲者がでたともきいた。

「うん、覚えてる。そのアルバムがどう関係してるの？」

シャンシャンはアルバムの空白を指でなぞりながらうなずいた。

「桂花ばあちゃんの弟ね、新聞社で働いてたんだけど、いきなり憲兵に連れていかれて結局帰ってこなかったの。ここに貼られるはずだった写真は、そのとき全部持っていかれた。だから、わたし、ばあちゃんの弟が大人になってからの写真、一枚も見たことがないの。戦時中には、日本の兵隊として戦ってなんとか命からがら帰ってきたのに、光復後の台湾で殺されるなんてほんとうにかわいそう。日本政府にたすけを求めたひとたちもいたらしいけど、もうそのときには日本人にとって台湾人は外国人だった。もともと『本島人』なんてどうでもいい存在だったのかもしれないけれどね――。ねえ、とても一言ではいえないでしょう？」

わたしは、無言でうなずく。アルバムの空白は、なにも知らないで見ればただの空白だけれど、そこにいるはずだったひとたちの生にふれたひとにとっては、おそろしい痛みの記憶だ。

わたしは、どれだけのことを知らないできてしまったんだろう――。この土地に暮らすひとたちが、歴史を思い返すときに避けようのない、葛藤や混乱、その複雑さをなにも知らないでただ優しさに浸りきって生活していた。

　シャンシャンが、わたしの肩を叩いて、さあ、歴史の話はおしまい、今日はパーティなんだから、といって立ち上がる。

　外にでると、午後のまぶしい太陽に照らされたウッドデッキはまったく別世界のように賑やかだった。ちょうどスペアリブが焼けたところで、静ちゃんがいちばん大きな肉をお皿に入れてわたしてくれた。


　帰りの車に乗るころには、すっかり酔いがまわっていた。

　わたしと同じくビールで顔を真っ赤にしたシャンシャンの代わりに、ヤンさんという近所に住む親戚の大学生の男の子が運転してくれることになった。台北に住んでいる恋人に会いにいくつもりだったからちょうどよかったのだという。シャンシャンは倒れるように助手席に乗りこむ。

　夕暮れに染まるテラスに立ち上がって、みんな思い思いに手をふっている。

　桂花おばあさんは、パイナップルとドラゴンフルーツ、それに乾燥ビーフンが入った重たそうな段ボールを車のトランクに入れて、しっかり食べて元気だしてね、とわたしの背中をさすってくれた。心配をかけてしまったみたいで恥ずかしい。

　走りだしてしばらくして助手席のシャンシャンがふりむいた。

「楽しかった？　なにか悩みでもあるの？」

「すごい楽しかったよ。だけど、優しくされるのあんまり慣れてないんだ」とあわてて答える。

「よかった。でも、日本人ってふしぎ。教科書には、細かい気配りとかおもてなし文化とかたくさん書いてあるのに、みんなだれにもたよれなくて、ひとりでがんばってるみたいね」

「わたしもずっとがんばってたのかも」

シャンシャンは、たいへんだね、と微笑むと、オーディオのスイッチを入れた。

今度はミスチルの「Tomorrow never knows」が流れてきた。子どものころ、漠然と感じていた社会に漂うバブル時代の残り香のようなポジティブな言葉が、疲れた体に染み入ってきて、わたしは目を閉じる。サビをハミングするシャンシャンの声が子守歌のようだ。

革張りの心地いいシートにもたれてうつらうつらしていたら、シャンシャンの声に連れ戻された。

――ねえ、サチ。シェアメイトってどんなひとなの？

眠い目をこすりながら言葉をさがす。

「そうだね、いつも勝手に部屋のソファー占領して、食べるばっかりで、あんまり片付けもしないし。このところずっと機嫌が悪くて寝てばかりなの。でも、前に淡水いったときはずっとわたしの写真撮ってた。わたしがいつかいなくなるからって――」

そこまで話すと胸がいっぱいになった。わたしがまた泣きだすと思ったのか、シャンシャンは今度は台拭きではなくて、ポケットからハンカチをだしてわたしてくれた。鼻水ついてるかもしれないけど気にしないで、とくすっと笑う。

しばらくして、シャンシャンは、またふりむいて、ちらっとわたしの顔を見た。

「その子が大好きなんだね」

わたしはうなずく。シャンシャンの前ではわたしは素直だ。

すれちがう車のヘッドライトがまぶしくて目を閉じた。

3

迪化街のマンションについたとき、時刻は午後七時半をまわっていた。

ヤンさんが、SUVのトランクからお土産が詰まった段ボールを取りだすのを手伝ってくれた。助手席でシャンシャンは眠りこんでいる。軽くクラクションを二回鳴らして、白いボルボは台北車站の方角へ走っていった。

段ボールをかかえて部屋に入ると、雰囲気がいつもとどこかちがっている。

ジュリはクローゼットの前で青いミレーのバックパックに、書類や衣類を詰めているところだった。幸福古物商に通いはじめた最初のころに買ってきたもので、自分ではまったく使わないから、その存在もすっかり忘れていた。

わたしは、急に不安になってきく。

「ジュリ、どこかいくの？」

ジュリはわたしの顔も見ずに、ちょっと、数日ね、といった。

「ちょっと待ってよ。どこにいくのか説明して」

ジュリは適当にごまかそうとしていたけれど、わたしが必死でねばるとしぶしぶ教えてくれた。

じつは一ヶ月ほど前からジュリは、桐島家側の生き残りがいないか調査をはじめていたという。リンちゃんにも手伝ってもらって、台湾の公文書まで調査範囲を広げて。リンちゃんにだけ相談していたことに胸がちくりとした。

その調査で、まず、戦時中の死亡者に関する記録から秋子の父親と義母、それと弟の龍之介が一九四五年五月の台北大空襲のときに亡くなったということが新たにわかった。一家がそのときどうして台北にいたのかはわからなかったが、その記録に義兄の桐島陽人の名前がなかったことに疑問を持ったリンちゃんは、当時の公文書から陽人のもともとの名前が李陽修《リーヤンシウ》であるということを突きとめた。

その情報を手がかりにしてジュリがインターネットを駆使してさがしてみると、驚いたことに李陽修が戦後、国際的な実業家エドワード・リーとして、警備会社の経営や、警備用品の開発で成功をおさめていたということが判明した。ちなみにエドワードはキリスト教の洗礼名であるらしい。

「昨日、リンちゃんから電話があって、エドワード・リーが経営する警備コンサルタント会社の住所が、金門島《きんもんとう》に登録されているってことまでわかったんだ。年齢も年齢だからもう実業家としての第一線からは引退しているみたいだけど、まだそこで一応仕事はしているらしいから、あたし、ちょっと様子見にいって、うまくいったら話きいてくる。金門島なら便も多いし台北から一時間程度でいけるから」

ジュリの声は少しうわずっている。ひさしぶりにきくその不自然な声のトーンに、ジュリはなにかを隠していると感じた。でも、なにを隠しているのかはよくわからない。

「わたしもいきたい。仕事の休み調整するから、ちょっと待っててよ」

わたしがそういうとジュリは、しばらく逡巡するようにバックパックのなかのTシャツを丸めたり伸ばしたりしていたけれど、やがてなにか決意したような表情でわたしの目を見た。

「ひとりでいく」

わたしは突き放されたことに驚いて大きな声できく。

「どうして？　イタリアも一緒にいったのに」

ジュリは迷いを断ち切るようにバックパックのファスナーを閉めてから、冷たい声でいった。

「あたしがいやなの。保護者ぶって色々いうけど、あたしの気持ちなんてぜんぜんわかってないでしょ。あたしは秋子がどうなったのか本気で知りたいの」

ショックで言葉がうまくでてこない。ジュリは立ち上がって、これも貸して、といってわたしのパーカーをはおると、バックパックを持って玄関に向かう。

わたしは、急にジュリがこのまま帰ってこないような気がして、玄関に座って靴をはいているジュリの肩にふれる。

「わたしなにかジュリを傷つけるようなことしたの？　いかないでよ」

そういった瞬間、わたしは自分の感情をはっきりと意識した。

最初のころはずっとジュリのことが心配だったのに、いまはジュリがでていってしまうのをなによりもおそれている――。

「さっちゃんにいってもわからないよ。ひとりでいくし、もう放っといて！」とジュリは荒々しくわたしの手を払いのけた。

胸の痛みに、いうつもりもなかった言葉がふいに溢れでた。

「じゃあ、なんでキスしたの？　わたしの気持ちはどうなるの？」

ジュリは、しばらく無言で扉のほうを見ていたけれど、大きく息を吸ってから扉を開けた。迪化街の漢方薬のにおいのする冷たい風がさあっと部屋のなかに吹きこんできた。

ふりむいてわたしの顔を見ると、バイバイとぎこちない笑みを浮かべた。

階段を駆け下りる足音がきこえなくなって、わたしは自分の行き場のない感情を叩きつけるように、重たい扉を力いっぱい引っ張って閉めた。大きな音が部屋に響いた。そのまま床に座りこむ。

追い縋《すが》った自分のことが恥ずかしくてしょうがなかった。大学のころあれだけ自由に憧れていたわたしが、こんなありきたりの言葉でジュリを責めるなんて。

やっと顔を上げてシャンシャンの家でもらった段ボールを持ち上げる。パイナップルのいいにおいがした。段ボールのなかには大きなパイナップルが四つも入っていた。

――こんなにたくさんひとりでどうやって食べたらいいの。

4

仕事から帰ってくると、やっぱり部屋にジュリはいなかった。部屋に立ち寄った形跡もない。今日で二日目。

部屋にはパイナップルのにおいが息苦しくなるくらいに充満している。毎日たくさん食べているけれど、徐々に発酵がすすんでいるような気すらする。

この数日、わたしの気持ちは、心配と不安と、突き放された痛みのあいだを揺れ動いている。ジュリが部屋にこもっていて、わたしがごはんを買ってきたり、いちいち気をもんだり世話をする。そんな日常が、あっさりと崩れ去ってしまった。

わたしは二日前の晩、ジュリが殴りつけるようにいった言葉を、まだうまく受け入れられていない。大きなため息がもれた。

「ジュリ、そろそろ帰ってきてよ」

そうつぶやいたとき、テーブルのスマホが急に震えた。ジュリからの電話だろうかと期待して画面を見ると、前に日月潭にいったときに連絡先をきいたリンちゃんからだった。

リンちゃんがわたしに――？

電話を取ると、少し不安げなリンちゃんの声がきこえた。

「ジュリに連絡取れへんの。サチコさん、どこにおるか知っとる？」

胸に急に不安が広がっていく。リンちゃんの話では、このところ毎日チャットをしていたのに昨夜から一切返事がないらしい。三日前に日記に関してリンちゃんがみつけた新情報を伝えたからかもしれない、という。それは、あの晩にジュリからきいた話とも一致する。だけどあのときジュリはあきらかになにかを隠そうとしていた。

「なにを伝えたの？」

「日記にメイファァさんが帰ってこないって書いてあったん覚えとる？　秋子の失踪のちょっと前に」

たしかにそういう記述があった気がする。秋子は、メイファァさんはいつ帰ってくるのかしら、と書いていた。秋子自身の失踪に気をとられて、あまりそのことは意識していなかった。

わたしが、そういえばそうね、と答えるとリンちゃんは少し意地悪い声でいった。

「ほんまは気にしてへんかったやろ。秋子もほとんど書いてないし。当時の日本人にとって、台湾人は半分透明人間みたいなもんやから」

わたしはかすかに恥ずかしさを感じながら、ごめん、気にしてなかった、と答える。

「うち台湾人やし、やっぱりメイファァさんのこと気になって調べてみたんよ。そしたらね、メイファァさん、秋子がいなくなった一ヶ月くらいあとに遺体で発見されててん」

うまく息ができなくてあわてて深呼吸する。

ジュリはそのことを隠していたんだ。わたしの直感は、その事件が秋子の失踪とかかわるものだと告げていた。

「大丈夫、サチコさん？」

うん、と答えるとリンちゃんも大きく息を吸ってからいった。

「十二月八日にね、メイファさんが台中郊外の廃倉庫のなかで発見されたって記録があったんよ」

リンちゃんの話では遺体は腐敗がすすんでいたけれど、桐島家あての郵便を持っていたことで身元がわかったという。

「どうしてジュリはこれまで気づかなかったの？」

「理由は簡単。日本語の新聞ではそもそも記事にもなってへんねん。『本島人』のお手伝いさんがひとり状況がわからないまま亡くなったところで、大したニュース価値はなかったんやと思う。それにサチコさん、歴史学科やったら、一九四一年十二月八日がなんの日かわかるやろ？」

真珠湾の日だね、とわたしが答えると、リンちゃんは相槌を打って話を続ける。

「うち、北京語で書かれた台中出身の学者の日記見ててほんま偶然発見したんよ。真珠湾の日の印象的なできごとやって。たぶん、その学者は日本の植民地支配も戦争も反対やったと思うの。だから戦争のことやなくて、若い台湾人の女性が殺されたってこと、それがニュースにすらならないことに腹を立てて書いたんやと思う」

リンちゃんの話をききながら、わたしは、頭のなかでジュリの推理の道筋を想像する。秋子の失踪、メイファさんの死、賢三がなにかを隠すために嘘をついているということ、すべてが桐島家の周辺のできごとだ。

わたしより早くメイファさんの死を知ったジュリが、エドワード・リーを訪ねて金門島にいったということとは、ジュリはメイファさんの死の真相を、桐島家のたったひとりの生き残りである陽人、つまり現在のエドワードが知っていると考えたということだろう。

リンちゃんに、また状況がわかったらかける、と通話を切ってすぐにジュリにメッセージを送る。

——元気？　この前はごめんね。話したいし、連絡ちょうだい。

数分待ってもなにも反応は返らなかった。

きっと準備のいいジュリのことだからネットで航空券も確認した上で出発したはずだ。金門島のホテルに泊まったと仮定すると、つぎの日の午前中には、エドワード・リーの事務所についていたかもしれない。わたしに連絡するのが気まずくても、リンちゃんに一言も連絡していないなんて、やっぱりどこかおかしい。

「ひさしぶりっすね。サチコさんからまた連絡もらえるなんて思ってもいなかったっす。あのローマでの誘いまだ有効っすか？　先週彼女と別れちゃったんですよ」

どこか間の抜けたジョニーの声をきいていたら、少し緊張がほどけてきた。ジョニーはとっくに夏休みが終わって日本に帰っているらしい。

わたしは、舌がしびれるようなパイナップルをかじって適当に返事をする。

「うん、それはまたお酒入ってるときにね。ジョニーまだ四谷に住んでる？　ちょっと調べてほしいことがあるんだ」

カチカチというライターの音がして、それから息を吐きだすような音がきこえた。

「まあ、いいすよ。ジュリさんにしても、サチコさんにしても人使い荒いっすよね」

わたしはリンちゃんの電話を受けてから、どこか記憶の底のほうに引っかかっているものがあった。

しばらく考えて引っかかっていたのは、「真珠湾」と「学者の日記」という言葉だと気がついた。大学生のころ、先生の名前は忘れてしまったけれど「エゴドキュメントのアジア史」という講義で、真珠湾攻撃の日に書かれた色々なひとたちのプライベートな記録を読んだ。記憶が正しければ、そのなかに当時台中で働いていた日本人の日記も入っていたはず――。

そこまでジョニーに伝えるとやる気がでたのか、あした朝いちばんからいきますね、といってすぐに電話を切った。

わたしは安堵の息を吐く。不真面目な学生だったわたしの記憶にはぽっかりと穴が開いているけれど、そこにとても重要ななにかが書かれていた気がする。

翌日、出勤は午後からだったので、ロフトでごろごろしていると、十一時ごろにジョニーから電話がかかってきた。図書館の外からかけているのか、ときおり車が通り過ぎるようなノイズが入る。

「なんだ、寝てたんすか。二日酔いのイエティみたいなひどい声してますよ」

「うっさいなあ。イエティに会ったことないでしょ。心配で寝られなかったの」

それはほんとうのことだ。

「こっちは大急ぎで調べてたんすからね。日記、みつけましたよ。あんな少ない情報でみつけたのをちょっとほめてほしいっす。出版は一九八九年。最初のページに、著作権継承者は不明だが戦時下の市井《しせい》の人々の暮らしむきを伝えるという史料的価値を鑑み公刊する云々、とありますね」

そういうとジョニーはポイントをかいつまんで説明してくれた。

わたしの記憶の片隅にひっかかっていた日本人は、名前は竹山熊三《たけやまくまぞう》、歯科医で当時の台中日本人界隈《かいわい》では名士として通っていたらしい。台中駅からほど近い日本人街に病院を経営していたが戦後の足取りはよくわかっておらず没年も不詳……そこまで話すとジョニーは一息ついた。

「それでジョニー、どうだったの？　メイファさんや、桐島家についての記述があったの」

「結論からいうとたいへん残念ながら――」

そこでジョニーは、また言葉を止める。わたしはその芝居がかった語り口でもうジョニーがなにか摑んだと確信した。

「そういうのいいし、みつかったのね」

「粋じゃないっすね。がんばったんだからもうちょっとほめてくださいよ。まあ、ビンゴでしたよ。桐島家とのつきあいもあったみたいで、ちらほら会食とかの話もでてくるんすけど、たぶんいまいちばん重要なのは、十二月八日の日記でしょ」

わたしは、すっかり目が覚めて思わずスマホを握る手に力が入る。

「実は十二月八日は忙しかったみたいでほとんどなにも書いてないんすけど、翌日の十二月九日の日記、真珠湾についての雑感のあと、こんなことが書いてあります。桐島家秋子嬢の失踪に続いて昨夜本島人女中メイファァ遺体で発見さる。警察より連絡あり。げに不可解なり。巡査の話では、楊《ヤン》メイファァ、十六歳、新竹《しんちく》出身、男がらみの悪い噂もなく――」

「ちょっと待って！」

頭のなかに秋子の日記の一節が浮かび上がってきて気づいたら大きな声をだしていた。

日記をすぐに確認したくてジョニーにちょっとだけ待ってと告げる。ジョニーは、まだ続きがあるんすけどね、と不満げな声を上げた。

ロフトを駆け下りて、日記のコピーファイルに手を伸ばす。急いでページをめくっていくと、十月二十七日にメイファァさんに関する書きこみをみつけた。

――学校から帰ってくるとメイファァさんの姿が見えない。お義兄さまは、親族の急病で故郷の宜蘭に帰ったとおっしゃった。

その文字を見た瞬間、手が震えてスマホをテーブルに落としてしまった。

陽人だ――。

日曜日に陽人がメイファァさんとふたりでいるのを見かけた秋子が、翌日にメイファァさんの行方を尋ねると陽人は、故郷の宜蘭に帰ったといった。宜蘭は陽人の故郷だ。だから、たぶん反射的に口からでてしまったのだろう。つまり、そこになにか隠さないといけないことがあったんだ。

ジョニーの話では、竹山という歯科医の日記には、もうひとつだけメイファさんの情報があって、それによると亡くなった時期は遺体の傷み具合から見て、秋子の失踪以前だろう、ということだった。

これまでの情報がすべてつながった。

まず、メイファさんの失踪と不審死があり、それから秋子が失踪した。メイファさんの行方については陽人が嘘をつき、秋子の失踪にかかわった賢三もまた嘘をついている。同時期に同じ家のなかでふたつの事件が偶然起こることは考えられないから、ふたりにはなんらかの関係がある。どちらか一方の犯行、それかふたりが共犯と考えるのが自然だろう。

でも、ジュリは陽人が嘘をついていたということを知らない。ただの失踪事件ではなくて、連続殺人の可能性すらあるのに——。

そう考えると一気に不安が増してきた。

ジョニーにお礼をいって電話を切ると、寝間着のジャージからジーンズにはきかえて、青いキルティングコートをはおる。それから、キッチンの戸棚のパスポートを引っ張りだして、大学生のときから使っているグレゴリーの黒いリュックに放りこんだ。

持っていくか迷ったけれど、秋子の日記もタオルでていねいにくるんでリュックのなかに入れた。最後にカウンターテーブルに並べていたパイナップルを冷蔵庫の隙間に押しこむ。いまならまだ金門島に飛ぶ午後の便にも十分間にあうはずだ。

桃園《とうえん》空港に向かうバスのなかから職場に電話をかけて、シャンシャンに無理をいって仕事を代わってもらった。事情を話すと、心配そうな声でいった。

——気をつけてね。帰ってきたら焼肉でもおごってよ。

第五部　幽霊たち

1

午後三時、わたしの乗るプロペラ機は、金門島の尚義《しょうぎ》空港に静かに着陸した。タラップを下りて、コンクリート打ちっぱなしの灰色の空港の建物に向かう。桃園空港からたった一時間のフライト。キルティングコートを着ていても少し肌寒いくらいだった。

――島の風だ。

台湾本島だって大きな島なのにわたしはそんなふうに感じた。潮風がすぐ間近から吹きつけてくるような、海のなかに浮かんでいるような、独特の感覚。雨が近いのか、風のなかにも水滴が混じっているようだ。空には黒い雲が重たく垂れこめている。

昨夜、リンちゃんと電話で話したときから、いま見ている雲のように、漠然とした不安が胸にじわじわと広がるのを感じている。ジュリのことも心配だけど、それと同じくらい、わたしとジュリが見ていたものがまったくちがったのかもしれないということが不安だった。

リンちゃんにいわれたように、わたしはずっとメイファァさんのことを見落としていた。

ジョニーから、メイファァさんの年齢が十六歳だときいたとき、見ていなかったことをつきつけられた気がした。秋子ともほとんど変わらない年齢の少女が、桐島家の家事全般を担わされている。秋子や龍之介がピンポンで遊んでいるあいだも。メイファさんが学業を断念せざるを得ない状況をつくったのは、日本の植民地政策なのに。

つまり、わたしは植民地支配という言葉を知っていても、その過酷さを、肌感覚としてはまったく理解していなかった。ジュリがイタリアからの帰りの飛行機のなかでいっていたように、わたしはなにもわかっていなかったのかもしれない。

沈みこんでしまいそうな気持ちを紛らわせるように、空港のコンビニであまりおいしくなさそうな緑のパッケージのカップラーメンを買った。手洗い横の給湯器からお湯を注ぐ。胸騒ぎはぜんぜんおさまらない。だけど、どっちにしてもまったく知らない土地で空腹のままひとさがしなんてできるはずもない。

一面ガラス張りのロビーのシートに座って熱いカップラーメンの蓋を開ける。想像した通り、麺もスープもなにひとつ個性がない味。でも、わざわざレトルトパウチになっていた辛いザーサイを一口食べると一気に体が温まってきた。頭をふって憂鬱を追い払う。

「落ちこんでいてもしょうがないよね」

空港の案内をたよりに外にでると、タクシー乗り場には何台もタクシーが停まっていた。

のんびり食事をしていたのが悪かったのか、つぎの飛行機が到着したばかりなのか、タクシー乗り場は長い行列だった。順番を待ちながら、リンちゃんに教えてもらった、エドワード・リーの警備コンサルタント会社の住所を書いたメモをジーンズのポケットから取りだす。

金門島の北東に位置する山西《シャンシー》という集落にほど近いところ。桃園空港のWi-Fiで地図の航空写真を拡大してみても、どの建物がその会社なのかははっきりとわからなかった。まわりに緑の木々が生い茂った、比較的あたらしい家々が立ち並ぶ集落だった。

その周辺には、美人山《メイレンシャン》、面前山《ミエンチイエンシャン》、獅山《シィーシャン》といった特徴的な地名が書かれていたので、試しに検索してみると、金門島がまだ大陸との最前線だった時代には、民間人は立ち入り禁止の軍事施設が立つ丘陵地であったらしい。

動画サイトには、使われなくなった駐屯地や薄暗い坑道を探索する動画まであげられていた。二〇〇四年には坑道に残されていた爆弾が爆発する事故まで起こったというから、現在も管理されていない廃墟が、無数にあるのかもしれない。

「小心《シャオシン》、小心！」

大きな声にはっとする。

前に立っていた観光客風の黄色いウィンドブレーカーの二人組が、タクシーに積みこむために、大きなトランクを持ちあげているところだった。黄色いタクシーは二人組を乗せると、思いっきりエンジンをふかして走り去る。

しまった、とまわりを見まわす。ぼんやりしているうちに順番を抜かされて、乗り場のタクシーはすべて出発してしまい、わたしの後ろに並んでいるひとはひとりもいなかった。

——さっちゃん、いっつもぼんやりしすぎ。

ジュリの憎たらしい声を一瞬思いだした。急がなければいけないのはわかっているのに、わたしはどうして肝心なところで気を抜いてしまうのだろう。

「你要去哪里？」《ニーヤオチーナーリ》

声がしたほうを見る。どこかロビン・ウィリアムズを彷彿とさせる小太りのおじさんが道路をわたって歩いてきた。

わたしは、少しだけ警戒しながら住所が書かれた紙をわたす。

おじさんは、しばらく考えてから、四百《スーバイ》、ＯＫ？　といった。

四百元は千二百円程度か。そもそも相場がわからないわたしには判断ができないし、ここで値切り交渉をしている場合ではないことくらいわかる。わたしは、好的《ハオダ》、と大きくうなずく。

おじさんは、よしよし、という調子で微笑んでから、通りの向こうに停めていたボロボロの青いライトバンの助手席のドアを開けて、そこにいて、と身ぶりで示した。

ライトバンに乗りこんで窓からながめていると、おじさんは、空港の入り口からでてくるひとに、同じように声をかけている。

乗りあいの白タクか――。

わたしは、早くも自分の選択が正しかったのかわからなくなっている。おじさんは、何回か冷たく断られたあと、少しだけしょんぼりした顔で帰ってきて、運転席に座った。

大きなエンジン音を上げて走りだした車のなかで、おじさんはスマホをのぞきこんで、なにか操作している。それから、わたしに画面を見せた。シャンシャンが毛嫌いしている翻訳アプリだ。

――あなたは、観光客ですか？

状況のシュールさに一瞬吹きだしそうになった。おじさんの質問はかなりとぼけている。警備コンサルタント会社に観光で訪れるひとなんているのだろうか。詳しく説明もできないので、知っている語彙だけ使って、わたしの友だちがそこにいる、と答える。

「我的《ウオーダ》朋友《ポンヨウ》在《ザイ》那里《ナーリ》」

わたしの拙い発音でも意味が通じたのか、おじさんは、好的、好的、とうなずいて、アクセルを踏みこんで一気にスピードを上げた。

加速するたびに上半身がライトバンの擦り切れたシートに押しつけられる。まるでアクション映画のカーチェイスのように、車線を変えて前の車を追い抜いていく。車の窓からは大学一年の夏に旅行で訪れた沖縄の景色とも似た青々とした木々と、コンクリートの背の低いビル、赤瓦の家々が見えた。

おじさんは、なにも話さないけれど、景色が開けた場所に差しかかるたびに窓を開けて、あれを見ろ、というふうにドヤ顔をする。道路の脇でマントをつけたシーサーそっくりの背の高い石像がこっちを見下ろしていた。

わたしは、なんとなくこの車でよかった、と感じている。


おじさんに肩を叩かれて目が覚めた。

窓の外、黄金色の穂が風に揺れていた。空を覆っていた雲はどこかにいってしまい、重たげに頭を垂れた穂が、西に傾いた太陽に照らされて、キラキラと輝いている。冷たい風が大きく開いた運転席の窓から吹きこんできた。どこか清涼感のあるにおいがする。

「なにあれ！」と思わず日本語できいた。

おじさんは、やっぱり自信満々といった表情のまま、またスマホをいじって、わたしに画面を見せてきた。

——高粱《コーリャン》畑です。高粱酒は郷土の特色です。観光客はお土産に買います。

あれが高粱なんだ。台湾にきてから何回か高粱が原料だという白酒《パイジョウ》をシャンシャンにのまされた。五十度とか、六十度とかある強いお酒で、酸っぱいにおいがちょっと苦手だった。でも、もしかしたら、この景色を知っていたら、あのお酒の味もちがって感じられるのかもしれない。

美しい高粱畑の道を車は静かに走り抜ける。穂が風にそよぐ音がきこえてきそうなくらい、あたりは静かだった。

やがて高粱畑が終わると、巨大な水路沿いを走り、古びた家々が立ち並ぶ市街地に入った。空港でダウンロードした地図を開くと、金沙《ジンシャー》という集落だった。

信号を待ちながら、おじさんはダッシュボードに置いている警備コンサルタント会社の住所のメモをのぞきこんで何回かうなずいた。

信号が変わった途端に、また一気にスピードを上げる。市街地を通り抜け、木々のあいだを縫うような道に入って少しいくと、枝の隙間から鬱蒼とした緑に覆われた小さな丘陵が見えてきた。あの一帯が、かつて軍事施設が密集していたというあたりだろうか。

航空写真で見たあたらしい家々が立ち並ぶ集落をしばらくすすみ、アスファルトの道が途切れたところで、おじさんは申し訳なさそうな顔をして車を停めた。

「ついたの？」

わたしがきくと、付近《フージン》、付近、と何回もうなずいて、舗装されていない小道を指さす。どうもこのボロボロのライトバンではここまでらしい。

車を降りるとき、感謝の気持ちもこめて、いわれた四百元よりも多い、五百元をわたすと、おじさんはにやっと笑って、百元をわたしのキルティングコートのポケットに押しこんだ。今度はスマホから直接音声をきかせてくれた。

「ちょっと多いです。あなたは、これでお土産を買います」

わたしは、謝謝といって、おじさんに手をふる。

おじさんは、大きなジェスチャーでそのまままっすぐいけといった。わたしはふりかえらずに、西日に照らされた小道を歩きだした。

スマホを見ると時刻は午後四時四十分だった。あと一時間もしないうちに日が落ちるだろう。

2

おじさんがいっていたように小道を少しいくと、木綿花の巨木の下に赤瓦の建物と、それを取り囲むコンクリートの塀が見えてきた。

右側の門柱の中央には「李陽修専業保安顧問有限公司」と書かれた小さな鉄板が埋めこまれ、

門のすぐ内側には黒いベンツのＳＵＶが停められている。左右の監視カメラがなければ、ただの民家にも見えるような特徴のない建物だった。

国際的な実業家のオフィスにしては、おそろしく簡素だけど、ジュリのいっていたように第一線から引退したあとの細々とした事業ということなら納得がいく。このくらいの規模の事務所なら、運がよければエドワード・リーにもすぐに会えるかもしれない。

わたしは、焦る気持ちを抑えて、あたりを観察する。

カメラがあるということは、あっちには歩いてきたのが見えているから小細工をしても無駄だろう。大きく深呼吸して、インターホンのボタンを押した。

スピーカーからノイズがきこえたがなにも反応がない。

「你好《ニーハオ》。我是《ウォーシー》……」

そこまでいったとき、鍵の開く音がして、建物の玄関からひとりの老人がゆっくりと外にでてきた。

濃紺のベストに白いシャツ、カーキのチノパンという格好で、背の丈は一六三センチのわたしと同じくらい、この世代の男性としては少し高いほうだろう。柔和な笑みを浮かべて、よく通る声でいった。

「こんにちは。日本のかたですか？」

わたしがうなずくと、いかにも懐かしいといった表情を浮かべた。

その老人の姿は、秋子の日記で書かれていた陽人のイメージとぴったりと重なった。日記でもふれられていたように、映画俳優のような整った顔で、ダークシルバーの髪をオールバックにしている。当時、秋子より一歳上ということは、八十代後半であることはまちがいない。背筋がぴんとしているので実際の年齢よりずっと若く見える。

「こんにちは。急におじゃましてすみません。わたし、東京の大学院で歴史研究をしている長澤サチコと申します。エドワード・リーさんですか？」

飛行機のなかで考えた偽りの経歴を、わたしは躊躇することなく口にだす。賢三のときは最初から日記の話をしたけれど、ここでは、まず警戒されることなく会話をつないで、ジュリの行方をききだすことのほうが先決だ。

老人は何回か瞬きをして、言葉をさがしながらいった。

「ええ、わたしです。日本語、懐かしいですね。ついこのあいだも日本語を話すお嬢さんが訪ねてきましたよ」

「彼女はシェアメイトのジュリです。でも、二日前から連絡が取れなくて――。それで彼女にきいていた住所からここにきたんです。ジュリがどこにいくといっていたか、もしご存知なら教えていただけないでしょうか？」

「あの日は、あいにく出張にでかけるところでしたので、わたしはほとんどお話しできなかったのですが、そのお嬢さんは、島で数日気持ちを休めてから日本に帰るとおっしゃっていましたよ」

その言葉をきいた瞬間、胸に刺すような痛みが走った。

——わたしになにもいわないで日本に帰るの？　ひどい。

エドワードは、しばらく心配そうにわたしを見ていたけれど、時計をちらりと見やってから
「そういえば……景色がきれいな宿を知りたいとおっしゃったので、従業員に連絡して有名な海沿いの宿を手配するようにいったんでした。歳を取ると記憶があやしくなって困りますねえ。今日はそろそろ仕事も終わりですし、よろしければその宿までお送りしましょうか？　もしかしたら、まだ滞在されているかもしれませんよ」と、優しい声でいった。

わたしは、打ちのめされたような気持ちのまま、力なくうなずく。

たとえエドワードが過去の殺人にかかわっていたとしても、目の前の老人からはなんの敵意もおそろしさも感じなかった。それでも念のためジョニーに、いまからエドワード・リーとでかける、一時間後に電話して、とメッセージを入れた。すぐにOKと返事があった。

エドワードは、玄関からなかに向かって、ロンアル！　と大きな声で呼びかけた。

少ししてから、黒いスーツ姿の大柄の男が外にでてきて、エドワードにジャケットを手わたす。エドワードよりも頭ひとつくらい背が高い。武術でもしているのか贅肉のない引き締まった体をしているが、その身のこなしから推測すると七十代前半くらいだろうか。どこか思春期の途中で成長が止まって、そのまま歳を重ねたような顔をしている。

ロンアルと呼ばれた男はわたしに軽く会釈すると、SUVの運転席に乗りこんでエンジンをかける。エドワードは後部座席のドアを開いて、どうぞ、とわたしを呼んでから助手席に座った。

わたしが黒い革張りのシートに身を埋めると、SUVはすぐに走りだした。スモークのかかっ

た後ろの窓からかすかに西日が差しこんでくる。

しばらく走って住宅地を離れたところで、エドワードが助手席からふりむいた。

「大学院ではどのような研究をされているのですか？」

「わたし、日本統治下の台湾の女性生活史を研究しています。半年ほど前に、図書館で一九四一年の少女失踪事件の貴重な史料をみつけました。ジュリは、その少女のご存命の関係者をさがしていたようです」

「なるほど……。どのような史料を発見されたのでしょうか？　わたしがなにかお力になれるといいのですが」

さぐりを入れるような質問にやや警戒しながら言葉を返す。

「当事者による記録です。断片的な書きつけなので、残念ながら事件の詳細はわからないんです。そうだ、ジュリとはどんな話をされましたか？」

「先ほどもお伝えしたように、わたしは、ほとんど時間がなかったのですが、あまり具体的な質問はされませんでしたよ。当時の学校での日本語教育の話にも興味をお持ちのようで、公学校で台湾語を使ったときには思いっきり殴られたというお話をしたときは、たいへん驚かれていましたよ」

――なにかおかしい。

嘘をもっともらしくきかせるために、実際のエピソードを混ぜこんでいる、そう感じた。たぶん、ジュリならまわりくどい質問はせずに、賢三の家にいったときのように最初から秋子のことをきいたはず……。

そこまで考えて、あることに気づいて、一気に背筋が寒くなった。

エドワードはジュリが日本に帰るといっていたと話した。わたしは、その言葉に動揺して、深く考えないままに車に乗ったけれど、そもそもジュリは日本に帰るなんてわざわざいう必要がない。それにジュリなら初対面の人間にきく前に、ネット検索でホテルを予約するだろう。つまり、エドワードの話ははじめから嘘なのだ。

たぶん、わたしが東京からきたと自己紹介したから、エドワードはそれにあわせて日本という言葉をだしただけだ。あの言葉には、ここにはいない、という以上の意味はなかった。

ところが、そこでわたしが黙りこんでしまったから、エドワードはわたしが疑っている可能性を警戒したのか、さらにもうひとつ嘘を重ねた。わたしが沈黙したのは、エドワードの想像とはまったく異なる理由からだけど。

この車が向かう先に、ジュリが泊まっている宿がないとすると、わたしはどこに向かっているんだろう。そう思うと体が小刻みに震えた。

太陽はいま車の左側にあって、緑の丘陵に沈む間際だった。運転席のロンアルがヘッドライトをつけると、木々が生い茂る小道の脇に遠い昔に放棄されたようなコンクリートの塹壕が浮かび上がる。

たすけを求めるようにスマホをさがしてリュックのなかに手を入れた。震える指先が、何度も開いた日記の表紙にふれた瞬間、少しだけ気持ちが落ち着いてきた。

——もうまわりくどいやりかたはやめよう。

「桐島秋子さんのことを教えていただけませんか。秋子さんはどこへいったんですか？」

夕日でオレンジに染まる木々に目をやって、エドワードは懐かしむような声でいった。

「秋子、秋子ね。懐かしい名前ですねえ。あの家は美しい家でしたよ。当時流行の日本建築で、台湾の山のなかから切りだした木を贅沢に使ってね、子どもたちみんなに部屋があって、卓球台のある洋室まであったんですよ」

エドワードの声には、イタリアで賢三が親しみをこめて「秋ちゃん」といったときとはまったくちがう、暗く淀んだ感情が滲《にじ》んでいた。

「宜蘭のしがない教師の家で育ったわたしとは大ちがいでした。特高が父を連れていったとき、わたしはまだ十歳でしたよ。病弱な母とふたり残されて、わたしは必死だった。父が死に、あのお屋敷の『お父さま』に拾ってもらって、ようやく人間らしい暮らしができるようになったんです。……でも、わたしはね、あの家のすべてが憎くてしょうがなかった。もうみんないなくなったがね」

エドワードの表情から柔和な笑みが消え失《う》せていた。まさに豹変《ひょうへん》という変化に、わたしは身を固くする。背筋が凍りつくような声だった。

——秋子は、この憎しみの深さに気づいていたんだろうか。同じ家で暮らすことになる義兄が、植民地支配の剝きだしの暴力で人生を大きく歪《ゆが》められた少年であると知っていたのだろうか。

そこまで考えたとき、わたし自身の大きな見落としに気がついた。

日記のなかで秋子は「お義兄さまが遅くまでいらっしゃった」と綴っていた。教師が読む日記に、それ以上具体的に書くことができないなにかがあったとしたら――。秋子は、家のなかでなるべくひとりにならないように、妙さんに部屋で裁縫をしてもらい、父と陽人が出張でいない晩には、ひさびさに気持ちが休まる、と書き、暗号で、Kと逃げたい、とまで書いた。秋子はまちがいなく、いま目の前にいる、この男をおそれていたのだ。

体の震えを抑えるようにリュックのなかの日記帳を握りしめる。

「憎いと感じていたことが秋子さんを殺した理由なの？」

エドワードはおかしくてしょうがないという様子で笑った。

「あれは賢三がやったことでしょう？　たしかにわたしはあの傲慢《ごうまん》な女は大きらいでしたよ。自分は日本人だから大事にされて当然という顔をして、どこかさげすむような目でこっちを見てくる。でも、わたしは湖にもいっていないし、どうやっても殺すことはできませんよ」

その答えに強い違和感を覚えた。エドワードは一切ためらうことなく、賢三がやった、と答えた。秋子が殺されたという前提を否定していない。明らかにエドワードはわたしが知らないような事情を知っている。

「メイファさんはどうなの？　あのひとは台湾人でしょう。それでも憎んでいたの？」

エドワードの表情にはじめて動揺が走った。

そのとき、車のスピーカーから大きな着信音が鳴った。

エドワードはモニターを操作して、通話がつながったことを確認してから、大声で話しはじめた。しばらく早口の北京語で話してから通話を終えた。

「すみませんが急な商談が入ってしまいました。思い出話はこのあたりにして宿の前まで急いでお送りいたします」

「ちょっと待って！　ジュリのことを教えて。宿にいるなんて嘘でしょう？　一時間後に電話にでないときは通報してって友だちに伝えてあるの」

エドワードの目にいやらしい光が宿る。

「あのお嬢さんといい、あんたといい、最近の人間は愚かだな。あんたのお友だちが通報したとして、顔見知りの警官がやってきても、わたしはその日本人はひとりで帰ったと答えるだけだ。だいたいこの島には、蟻の巣みたいに坑道があって、だれも把握しちゃいないんだ。どこにも死体がなければ事件はないんだよ」

それから、エドワードは右手をジャケットの内側に入れてなにかを取りだすと、最初に見たときとはまったく別人のような歪んだ笑みを浮かべて、「死体が溶けるまで何日かかるか知ってるか？」と右手に握る黒いものをわたしの胸に向けた。

呼吸を整えながら、よく見ると、そこには黒く光る銃口があった。

「ほら、わたしの質問にまだ答えていないだろう。何日かかるんだ？」

わたしは無言で首を横にふる。知りたくもない。

「たった数時間だよ」というと、エドワードはおかしくてたまらないといった様子で笑った。

呼吸がどんどん荒くなる。うかうかと車に乗ってしまった自分の愚かさに涙がこみ上げてきた。

「日本語でなんというかわからんが、アクアメーションという一種の水葬があるのさ。要は強いアルカリ溶液で人間をどろどろにするんだが、アメリカでは最近にわかに流行しているんだと知り合いの社長がサンプルの機械を送ってくれた。CO_2をださない環境に優しい葬儀だそうだ！まったく狂ってるよな。わたしは絶対ごめんだね」とエドワードは愉快そうに笑った。

銃口をわたしの胸から動かすと、最初は頭に、つぎはおなかに向けて、どこがいいかね、と冷たい笑みを浮かべる。

必死で勇気をふりしぼって、なにかいおうと口を開く。リュックのなかの日記帳を握りしめるとなんとか声がでてきた。

「やめて……車が汚れるでしょ」

エドワードはかん高い笑い声を上げた。それから、視線をわたしのリュックに向けて、そこになにがあるんだ、と脅すようにいった。銃口はぴたりと頭に向けられている。

日記をだすと、エドワードは助手席から身を乗りだして引ったくるように取った。

「これがあの女のいっていた日記か――」

エドワードはぱらぱらとページをめくってから嘲りの表情を浮かべて、こんなものを必死に守っていたなんてねえ、とつぶやいた。

ジュリは日記の存在をほのめかすことで、時間稼ぎをしていたのだろうか。きっと、ジュリは口が裂けても、わたしやリンちゃんのことは話さないはずだ。だとすると、わたしは、みすみす切り札であったかもしれない日記を奪われてしまった。

そのとき、リュックのなかでスマホの呼びだし音が響いた。映画の異化効果のように、車内にピストルズの「アナーキー・イン・ザ・UK」がむなしく響きわたる。何時間も過ぎたように感じていたけど、まだ一時間しか経っていないんだ――。

エドワードは、銃口を指さして「人生最後の通話相手に、帰ったら電話するといえ」と低い声でいった。

わたしは震える手でスマホを取りだす。

大丈夫っすか、とたたみかけるように話しだしたジョニーに、うん、問題ない、また台北からかけるね、とだけいって、一方的に通話を切った。刑事ドラマの誘拐事件のように、隠れたメッセージを忍びこませることなんてとてもできなかった。

道の状態が悪いのか、車は何度も大きく揺れる。せりあがってくる吐き気に耐える。

やがてヘッドライトの照らす先に、コンクリートで固められた防空壕のような坑道の入り口が見えてきた。

ずっと無言でハンドルを握っていたロンアルは、車をその前に停めて、運転席から降りる。ロンアルに引きだされるように車を降りると、助手席から降りてきたエドワードが銃口を向けたまま近くにきて、わたしが握りしめていたスマホを強引に奪った。

「お客さんを貴賓室にご案内してくれ。わたしは、ここで商談の続きをするから、これで失礼する」とロンアルに目配せする。ポケットから再び携帯電話を取りだして北京語で話しはじめた。

もうわたしのことはまったく眼中に入っていないようだった。

ロンアルはわたしの両手をぐいっと前に引っ張り、慣れた手つきで結束バンドで縛る。細いプラスチックが手首に食いこんできた。強い痛みに思わず声が漏れた。

それからロンアルはエドワードから受けとった拳銃を右手で持って、銃口をわたしに向ける。表情も変えずに、走《ゾウ》、と小さな声でいった。はじめてきいたその声は、少し掠れていたが少年のように高かった。

3

ひとひとりがやっと通れるような、かびくさい坑道で何度も躓いた。そのたびに、壁や天井から腐食したコンクリートの破片がぱらぱらと降り注ぐ。

ロンアルは懐中電灯でわたしのすすむ先を照らす。重たそうに左足を引きずってわたしのすぐあとについてきた。

底知れぬ恐怖のなかで、わたしの頭は全力で回転している。

腕力ではとてもロンアルにかなわない。さっき手首を無造作に掴まれただけなのに、万力に締め上げられているようで、まったく抵抗できなかった。足を痛めているようだから敏捷《びんしょう》さでは、こちらに分がある。でも、懐中電灯がなければすすむことも戻ることもできないし、だいたい手に持っている銃で撃たれたら――。

そこまで考えたとき、懐中電灯の光が鋼鉄の扉に反射して、ロンアルは足を止めた。重苦しい音をたてて開いた扉の内側には、明るい照明で照らされた小さな部屋があった。机の上では何台ものモニターが光り、部屋の一角には冷蔵庫や電子レンジまであった。

「すぐそこだ」

はじめてきくロンアルの日本語はとても自然な発音だった。エドワードと同じように植民地時代の生まれなのだろうか。

ロンアルが指差す先には、地下へと続く階段がぽっかりと口を開けていた。背中を押されて、階段を下りる。これまで嗅いだことのないような悪臭が吹き上げてきて、わたしは縛られたままの両手で鼻を押さえる。階段の途中でセンサーが反応したのか、ぱあっと明るい照明がついた。

地下室の光景が目に飛びこんできた瞬間、叫びだしたいような衝動におそわれた。

部屋の中央の骨組みだけのベッドの上に、無造作に洗面器やバケツが置かれ、その下のコンクリートの床には、無数の黒い染みが広がっている。左の壁際には、たくさんのチューブがつながれた円筒形の巨大な銀色のタンクがあった。なかで液体を攪拌《かくはん》するモーターがまわるような、キュルキュルという機械音がたえず響いている。エドワードが車のなかでいっていた言葉が脳裏に蘇ってくる。——死体が溶けるまで何日かかるか知ってるか。

ホラー映画のなかに入りこんでしまったような気持ちで、わたしは呆然とその光景をながめていた。

わたしたちが追っていたのは、過去の殺人者じゃなかったんだ……。

強烈な後悔に体が震えた。どうして、自分ひとりでなんとかなると思ったんだろう。どうして、もっとちゃんと最悪の可能性を考えてから行動しなかったんだろう。わたしは、いつもそうだ。

なんとか視線を上げて部屋の奥を見据える。正面に鉄格子のはまった独房がふたつあって、その右側の部屋のベッドの上に白熱球に照らされた懐かしいジュリの顔をみつけたとき、わたしは大きな声を上げていた。

「ジュリ!」

ジュリはベッドから体を起こしてぱあっとうれしそうな顔をした。でも、そのつぎの瞬間、これまで見たことがないくらい悲痛な表情を浮かべた。三日前に部屋をでていったときと同じグレーのパーカーと青いジーンズという格好で、その両手は血がついているのか、黒く汚れている。

ロンアルはわたしたちの様子にかまうことなく、ジュリの独房の隣の扉を開くと、わたしを突き飛ばすように押しこんだ。鍵を閉めるカチリという小さな音が響く。

ロンアルが階段を上ってしばらくすると明るい照明が消えて、独房の天井に取りつけられた白熱球の灯りだけになった。

わたしはコンクリートの壁に駆けよって、ジュリに声をかける。

「体は大丈夫? 怪我《けが》してるの? なにか食べてる? ずっとここにいたの?」

しばらくがさごそと歩きまわるような音がきこえて、それから、悪態をつくような声がした。

「まあ、大丈夫。そんなに一度にきかれても答えられない。先客がいたから、あたしは——」

「先客って?」

わたしは、そう質問しながらも、その答えをききたくないと感じている。

ジュリは、そっからもタンク見えるでしょ、とぽつりといった。

「――昨夜、あいつらがやってきて、あたしの順番はつぎだって、挨拶代わりに爪やられたけど、こんなん大したことないって笑ってやった。殴られんの慣れてるし」

無理に笑おうとするジュリの声に胸が抉《えぐ》られる。一刻も早くここからでる方法をさがさないと。

わたしは手首の結束バンドを外す道具がないかと狭い独房を見まわす。

部屋の中央にジュリが横になっていたのと同じような薄汚れたシングルベッドがあって、低いコンクリートの仕切りの向こうに洋式のトイレと小さな陶器の洗面台がある。でも、役に立つ道具はなさそうだった。思わずため息をつく。

壁の向こうからジュリの声がした。

「さっちゃん、なんできたの？　あたし、ひとりでいくっていったのに」

「リンちゃんからの電話でメイファさんのことをきいたの。それからジョニーに調べてもらったら、メイファさんのことで陽人が嘘をついていたってわかった。気が気じゃなかったよ。ジュリは陽人――エドワードがいちばん危険だって知らないし」

心配そうな声でジュリは、「日記はどうしたの？」といった。

「ごめん、エドワードに取られちゃった。いまごろ処分されてるかも――」

大きく壁を蹴るような音が響いて、わたしは身をかたくする。

「なんで持ってきたん！　ばかでしょ。あたし、脅されても日記の場所もさっちゃんのこともしゃべらんかったのに！　あいつ、すごい日記に執着してた。日記奪われたら、それで終わりやん！」

小さな空間にジュリの声が反響する。ひさしぶりにきく関西の言葉には強い感情がこもっていた。

わたしもジュリが部屋をでた晩から抑えつけていた気持ちをそのままぶつけた。

「しょうがないでしょ！　ちょっとでもはやくジュリをみつけなきゃと思ったの。日記もなにか役に立つかもって……。でもね、この場所を見たらもうわかってるでしょ。あいつは完全なサディストだよ。なんの証拠にもならない七十年以上前の日記なんて、どうでもいいに決まってる」

「サディストじゃないよ。あいつら仕事でやってる」

仕事って？　わたしがジュリに質問しようと思った瞬間、階段の照明がついた。

少しして独房の鍵が開く。錆《さ》びた鉄と鉄が擦れるようなキーという不快な音が響き、ロンアルがあいかわらずの無表情で、手に透明な液体の入った小さな瓶を持ってわたしの独房に入ってきた。

「ここまできて喧嘩するなんて元気がいいな。エドが最後の差し入れをってさ。いま手のバンドを切ってやるが、のめないなら無理しなくていい。どうせすぐ吐いてしまう。瓶に入っているのは白酒だ。酔っていれば痛みも少しはましになるはずだ」

ロンアルの残酷な言葉に身震いする。寒気をふりはらうように、くそったれ、と悪態をついた。

ロンアルが瓶をコンクリートの床の上に置く硬く冷たい音が響く。それから、ロンアルはわたしの両手を強引に引っ張って、ポケットから取りだした折りたたみナイフで結束バンドを切った。

いまがチャンスかもしれない。そう思ったのに、足は一歩も動かなかった。わたしを哀れむような目で見て、ロンアルは、なにをしてもここからはでられない、と鈍い光を放つナイフの刃をこちらに向けたまま、後ろ手で鉄格子の扉を開けて、左足を引きずりながらあとずさった。

そのとき、ふいに秋子の日記の一節が脳裏に蘇ってきた。

——お医者さまから、熱は下がりそうだが、足の麻痺は成長しても治らないかもしれないと告げられたとき、お父さまは悲しまれたけど、お母さまはほっとされているご様子だった。

まさか——。ジュリは龍之介が空襲で死んだっていってたのに。

わたしは、藁《わら》にもすがるような気持ちで、鍵を閉めようとするロンアルに声をかけた。

「ねえ！　龍之介？　秋子さんの弟の！」

ロンアルの手が止まった。呼吸をするたびに肩が上下している。

あの日記には、六歳と書いてあった。もし生きていたとすれば、ちょうどいまのロンアルくらいの年齢だろう。

「あなたのおねえさんの日記を読んだの。さっきあいつに奪われた日記ね。あなたのこともたくさん書いてあった。賢三さんとピンポンで遊んだり、かるたしたり、すごくすてきなお家だったのに。いったいなにがあったの？」

「そいつ、もう心死んでるよ」と壁の向こうからジュリの声がした。

「黙ってて！」

言葉が止まったらもう終わりだ。

「わたしたちも日月潭にいってみた。あなたも妙さんや秋子さんたちといったでしょ。すごいきれいな湖だった。鳳凰木の大きなタネ集めて帰ったんでしょ。植物学者になるんじゃなかったの？」

ロンアルは視線を鉄格子の鍵に向けたまま、表情も変えずに黙りこんでいる。

わたしは、日記に書いてあったエピソードをつぎつぎに口にだしていく。メイファさんがひどいことをいわれて龍之介が泣いて帰ったという話にさしかかったとき、はじめてロンアルの表情が変わった。

「ねえ、秋子さんにいわれたでしょ。悪いと思ったらちゃんとだめっていうんだって。メイファさんはだれに殺されたの？　いまわたしたちにしていることは、悪いことじゃないの？」

ロンアルは下を向いて、鉄格子の鍵をかけようと震える手で鍵穴をさぐっている。まるで、過去の記憶に急いで鍵をかけたくて必死になっている、そんな印象だった。

わたしが日記の内容をもうそれ以上思いだせなくなって言葉に詰まると、ロンアルは顔を上げてわたしの目をじっと見た。まったく虚《うつ》ろだった目に、かすかな生気が宿り、どこかさみしそうな、懇願《こんがん》するような目だった。

ロンアルは、ほとんどきこえないような声でつぶやいた。

「――ねえさん、遅すぎるよ」

それから過去をふりはらうように鍵を閉めた。

階段に向かう途中で足を止めて、思いだしたように、「エドは商談のあとはいつも酒をのんで寝てしまう。今夜はもうこないから朝までは自由に過ごすといい」といった。

ロンアルが地下室の階段を上っていって、明るい照明が消えたとき、わたしは、たったひとつの希望が潰《つい》えたように感じた。

倒れるようにベッドに寝転がる。

天井に血痕のように広がる黒いカビを見ていたら、ジュリの手が黒く汚れていたことを思いだした。

「ねえ、ジュリ、手、怪我してるでしょ」

「別に。大したことない」

嘘をついているときのうわずった声だ。なにかできることはないかと、起き上がって鉄格子の扉をじっと見る。左隣のジュリの独房とは厚いコンクリートの壁で隔てられているけれど、鉄格子の隙間が広いから、手を伸ばせば十分隣でも届きそうだ。

「ジュリ、そこの鉄格子から手を伸ばしてよ。お酒で消毒するから」

「痛いからいや」

「ばかなこといわないで！」

ジーンズのポケットからガーゼのハンカチを取りだし、コンクリートの仕切りの角に擦りつけて半分に引き裂くと、ロンアルが床に置いていった白酒の小瓶に浸す。部屋のなかに白酒の酸味のあるにおいが一気に広がった。

あのおじさんのライトバンの窓から見た高粱畑の美しい黄金色の風景が一瞬脳裏をよぎった。

まさかこんなところで、白酒のにおいを嗅ぐことになるなんて想像すらしていなかった。

しばらくすると、観念したのか、鉄格子の扉にもたれかかるようなガタッという音が隣からきこえた。

鉄格子の隙間から、黒い血がこびりついたジュリの右手の指先が見えた瞬間、わたしは大きな声を上げそうになった。動揺が伝わらないように、声を抑えて、ごめん、消毒するね、と鉄格子から両手を伸ばす。

白酒を染みこませたハンカチで包みこむようにジュリの手の血を拭う。

小さな押し殺した声がしたけれど、あとは痛みに耐えているのかなにもきこえなくなった。白い布は赤黒く染まって、傷口が見えてきた。右手の人差し指と中指の爪がすっかりなくなっている。

「痛かったよね――」

そういうと、乾いた笑い声がした。

「いったでしょ、さっちゃんとちがって、暴力には慣れてるの」

「ばか！　なんでそんなこというの。茶化さないで。わたし、平気じゃないよ。ずっと許せないよ。昔、ジュリを殴ったやつも、こんなことしたあいつらも」

ジュリの指先がビクッと震える。傷口を避けて右手でジュリの手首に軽くふれると小刻みに震えていた。

——泣いているの？

すぐに咽《むせ》び泣くような声がきこえてきて、わたしはジュリの手首を強く握った。

こんなに悲しいジュリの泣き声はきいたことがなかった。いつだって、ジュリはわたしより強情で、うじうじと沈みこみそうなわたしを突き放してくれるのに。

ジュリは左手を伸ばして、わたしの右手にそっと重ねる。

「さっちゃん、最近、ずっと態度悪くてごめん。あたし、もういややったの。期待してもしんどいだけって、それならきらわれたほうがましやってひどいことばかり。ここまできてくれたのに、またひどいことといってごめん。ほんまは昔からたすけられてばっかかやのに。もう死にたいわ」

ジュリの荒い呼吸だけが薄暗い独房のなかに響いている。

しばらくすると、ジュリは重ねていた手をどけて、ごめん、涙拭く、といった。わたしも握っていたジュリの手首から手を放す。手の平に感じていた熱が急速に冷めていって、またひとりぼっちに戻ったような気分になる。

わたしは、さっきのジュリの言葉にかすかな引っ掛かりを感じていた。

「ねえ、ジュリ、きいていいかな。昔からってどういう意味？　わたし、小学生のころなにかしたっけ？　ぜんぜん覚えてない」

何回か大きく息を吸う音がきこえた。それからジュリは覚悟を決めたような声でいった。

「もう最後かもしれんしほんまのこといううわ。——台北ではじめて会ったとき、あたし、さっちゃんと小学校一緒やったってゆうたやん？　あれ、嘘なの。あたし、じつは京都生まれやねん」

わたしは、ジュリがなにを話そうとしているのかわからなかった。たしかに、小学校のころの話があまりかみあわないと感じてはいたけど。

「じゃあ、どうしてわたしのことわかったの？」

「あたしがさっちゃんに会ったのは、中一のとき。さっちゃん修学旅行で京都きたやろ。もう覚えてへんかもしれんけど、十一月、鹿ヶ谷《ししがたに》のバス停で――」

鹿ヶ谷という言葉をきいた瞬間、凍える風が吹く京都の街と、さみしげなバス停、そこにしがみつく、幼い顔立ちの少女の姿が脳裏に蘇ってきた。

「わたし、覚えてるよ！」

紅葉に染まった銀閣寺からひとりぼっちでわたしは観光客を避けるように早足で鹿ヶ谷通を下る。大通りの、ひとでごったがえすバス停はもうこりごりで、同級生たちにも会いたくなかった。

ニカはわたしのことをあからさまに避けていたし、同じ班の子たちは、わたしが体調悪いし先帰るねといったら、ほっとしているようにすら見えた。ぜんぜん出席していないから内申はだせませんね、と担任に半ば脅すようにいわれて修学旅行にきたけれど、それはほんとうに自分がひとりだってことを確認するだけだった。

やっと観光客の一群から離れて落ち着いて歩けるようになったとき、通りの向こう側で制服を着た女の子が必死でバス停にしがみついているのが見えた。首にコウモリの刺青《いれずみ》を入れた大男がいまにも殴りそうな剣幕で、バス停から少女を引き剝がそうとしていた。

バス停の近くにはだれもいなくて、わたしは、わたしのどこにこんな勇気があったのかっていうくらい勇敢に、男の写真をガラケーで撮った。通報しました、やめろよ、このヤローとタツオちゃんの口調を真似《まね》していう。びっくりしたような顔をして、わたしを見上げたその子の目は――どこまでも透き通った茶色だ。

「あいつ、ほんまは気が小さいから、通報って言葉がきいたんやと思う。勝手にしろって怒鳴ってどっかいっちゃってさ、さっちゃん、あたしの手握ってこういったの。――無責任なことというよ！　なんとか逃げて！　わたしもずっと逃げてるの。いまは子どもだから無力だけど逃げ続けたらなんとかなるよ、人生そうじゃなきゃ嘘だよ。わたし、東京帰らないといけないから残れないけど、あと一時間なら一緒にいれるしって」

ああ、そんな恥ずかしいことといったんだ――。

記憶がどんどん鮮明になってくる。わたしは、無言で縁石ブロックに座っているその子の隣に、一時間ただじっと座っていた。その子はずっと震えていたから、わたしはそのとき着ていたダッフルコートを脱いで、その子の肩にかける。あっというまに時間が過ぎて、電話番号だけわたして、逃げるようにホテルに帰った。

「あたし、夜遅くになんとか立ち上がって、オモニの実家の鉄板焼きのお店に駆けこんだの。オモニ、若いころやんちゃしとったらしくて、実家とほとんど縁が切れとったから、あたしも小さいころに叔母さんに連れられていったきりやったんやけど、でも、もう覚悟決めて、ハルモニに制服の背中めくって傷見せたら――」

そこまで話してジュリは黙りこんだ。

わたしは、ジュリにふれたいという衝動が抑えられなくなって、「ジュリ、また手だしてよ」といった。

独房を隔てるコンクリートの壁に服がこすれるような小さな音がした。それから、鉄格子の隙間に、怪我をしていないほうのジュリの左手が見えた。壁にもたれかかって、手の平がすぐ前に見えるくらいまで手を伸ばしてくれた。

その手にふれた瞬間、ジュリの感情が一気に流れこんできたように感じた。涙を拭ったからか、ジュリの指はかすかに湿っている。温かくて柔らかい指。この指に、体を撫《な》でられたら、どんなふうに感じるんだろう。

またジュリの震える声がきこえた。

「ハルモニ、そんなクソッタレのところ二度と帰らんでええ、あんたひとりくらい、うちがなんとかする、ってゆうてくれて。お店の常連やった大学の先生のおばちゃんとか活動家のおっちゃんと一緒にあいつと話つけにいってくれたの。でも、みつかって連れ戻されるんが怖くて、ずっと二階に隠れてた。いまでも、刺青の男だけはほんまだめやねん」

そうか、あのとき――。

台北車站でジュリが動けなくなったあの日、わたしはだだっ広い駅をでたあとで迷わないように地図ばかり見ていたけど、青白い顔をして立ち尽くしたジュリの視線の先には、たしかに首や腕に刺青を入れた白人のサイクリストの集団がいた。

「でも、どうやって、わたしのことみつけたの？　携帯の番号しかわたしてなかったのに。それも中学のときのやつでしょ」

「さっちゃんの電話番号、スカートのポッケに入れてて、ハルモニがそのまま洗濯しちゃって文字見えへんようになったんやけど、長澤サチコって名前だけは絶対絶対に忘れへんって思ってた」

　話をききながら、台北ではじめて会ったときのジュリの目の光を思いだす。

　あの強いまなざしに、わたしは、わたしとはまったくちがう意志の力を感じた。過去からも、いまという時間からも逃げ続けてあの街まできたわたしとは対照的に、十年も前の瞬きのような時間を記憶に刻みつけて、あそこまでたどりついたジュリ。そのジュリの強さに、わたしはずっと惹かれていたんだ――。

　しばらくして、ジュリは恥ずかしい秘密を打ち明けるように、少しだけ早口でいった。

「バンドのホームページに本名書いとったやん。ブログのリンクもあって。ほら、さっちゃんのSNS警戒レベルって完全に昭和のおっさんやろ？　迪化街の階段から撮った写真とか、学校のビルの前で撮った写真とか全部あげとったから、あとは通勤路さがして――ああ、あたし、むっちゃキモいな。ほんま死にたいわ」

　きっとジュリはいま顔を真っ赤にして下を向いているんだろう。壁の向こう側のジュリの様子を想像しながら、ジュリの手に指を絡める。ちょっと強引に、その指を鉄格子のぎりぎりまで引き寄せて、唇でふれた。

少しだけためらうように指先を震わせてから、ジュリはわたしの唇を優しく押し開けて、指をすべりこませてきた。

舌にふれる指の、脳がとろけるような感触に、思わず声を上げる。

4

カチリという小さな音が響いた。

なにかを攪拌するような機械音はもう止まっていた。考えたくないけれど、「処理」が終わったということだろうか。

わたしはコンクリートの壁に頭をもたせかけて眠りこんでいたようだ。

あたりの音に耳をすますと、コンクリートの壁越しにジュリの寝息がきこえる。この二日間、ジュリはまともに寝ることができなかったのだろう、ふれあっているうちに反応が返らなくなり、すぐに崩れるように眠りこんでしまった。

地下にいると時間がまったくわからない。けれど、汗もかいていないくらいだから、眠りに落ちてからそれほど時間はたっていないはずだ。

視線を上げると、鉄格子の向こうの階段に明るい照明がついていた。

すぐに照明が消えて、また独房のなかは薄暗い白熱球の灯りだけになる。だれかが地下室に下りてきていたのはまちがいない。

さっき眠りのなかできいた音には、きき覚えがあった。

――まさか。

鉄格子の隙間から右手を伸ばして鍵がかかっているはずの扉のレバーハンドルを押し下げた。ラッチが外れる小さな音がして、鉄格子の扉が鈍い音を立てて外側に開いた。息を殺して独房からでると、ジュリが閉じこめられている独房のレバーハンドルを同じように押し下げる。小さな音がして扉が開く。

ジュリはコンクリートの壁に頭を押しつけて、寝息を立てている。グレーのパーカーはいたるところが血で汚れ、ジーンズもすっかり泥だらけだった。

一瞬、起こすのはかわいそうだとも感じたけれど、それどころじゃない、と肩を揺すってジュリを起こす。

ジュリは眠そうにあくびをして、目を開いた。

「だれかが鍵開けてくれた！」

ジュリは半信半疑という顔で体を起こして、ごめん、手の傷巻いてくれへん、と右手を突きだしてきた。わたしは、ポケットからハンカチの切れ端を取りだして、手早くジュリの生々しい傷口に巻いていく。

巻き終わるとジュリは立ち上がって、ありがと、とぽつりといった。

わたしはぎゅっと抱きしめたくて、ジュリの肩に手をまわす。

でも、ジュリはその手をすり抜けて、「いまあたしむっちゃくさいから絶対近づかんといて！」

と階段に向かって早足で歩きだした。

なんだよ、それ――。

ジュリは、やっぱりジュリだ。ハリウッド映画のようにさっきの続きがしたいと感じていたわたしがばかみたいだ。

ジュリのあとを追って、階段を駆け上がる。だれが鍵を開けてくれたのかわからなくても、いまを逃したらだめだってことはわかっている。


ジュリはモニターの前に置かれた段ボールを左手でがさがさと漁《あさ》る。すぐに、これまだ使えるかも、とスマホを手に小さな歓声を上げた。

段ボールのなかには、いくつものスマホや財布が無造作に放りこまれていた。たぶん、ここで犠牲になったひとたちの持ち物だろう。

坑道に続く鋼鉄の扉を、ふたりで体重をかけて押し開ける。湿気を帯びた埃っぽい風が吹きこんできた。ジュリはスマホの液晶画面の光で足元を照らして一歩踏みだしたところで、なにかを思いだしたようにふりかえった。静かに手をあわせる。

それからわたしの顔を見て、いこう、とつぶやいた。

わたしはロンアルがきたことで遮られた会話があったことを思いだした。

「仕事ってどういうことなの？　先客って？」

注意深く足元を見ながら、ジュリは小声で、「外でたら話すし一度にきかんといて」と答えた。

やがて坑道の天井が少しずつ高くなり、埃にまじって夜の森のようなにおいがしてきた。ジュリはほとんど走るような勢いですすんでいて、わたしは引き離されないように必死であとを追う。木々のざわめきと風の音がきこえてきて、足音が広い空間に反響するようになったころ、ようやく坑道の出口が見えてきた。

夜風は身を切るように冷たかった。キルティングコートを着ていても、動いていないと凍えそうだ。

「もう充電切れそうやし、ここからは灯りなしね」といってジュリはスマホの画面を消した。一瞬真っ暗な闇に包まれる。すぐに目が慣れてきた。空は曇っていて、ぼんやりとオレンジ色の月の光が雲に滲んでいる。

月明かりが照らす草の上を慎重に歩きながら、ジュリがぽつりぽつりと話してくれたのは、ジュリがあの地下室に連れてこられたときに閉じこめられていた男のことだった。

すっかり弱り切っていて、名前すらわからない若い男。エドワードの尋問は北京語でおこなわれていたから、細かいことはわからなかったが、その男の所属する組織や、構成員について質問しては、その都度どこかに電話で連絡しているようだったという。

「だからね、あいつらはサディストでも、シリアルキラーでもなくて、たぶんだれかの依頼で汚れ仕事してるだけやねん」

「そんなの信じられない……」

思わずそういうと、ジュリは、そうやね、とぽつりといってから、でもね、と話を続ける。

「信じられんことやけど、やっぱりそれが事実やと思うねん。さっちゃんも、あの部屋にあった機械覚えとるやろ？　あんなん個人の趣味とかで設置できひんよね」

覚えているどころか、いまも耳の奥であの不気味な攪拌するような音がずっと響いている気がする。

「――でも、じゃあジュリはどうして捕まっちゃったの？　あいつらが仕事でやってるとしても、なにも関係ないでしょ」

「ほんまはあいつらは、あたしなんてどうでもよかったと思うの。さっちゃんもいうとったけど、秋子の日記はなんの証拠にもならんしね。タイミングが最悪やったの。事務所に帰ってきた車止めたら、血で汚れたままの服でロンアルが降りてきて。やばいかもって思ったんやけど、すぐに銃向けられて――」

そのときのことを思いだしたのか、ジュリは立ち止まって大きく息を吐いた。肩が小刻みに震えている。あんな場所で二日も過ごしたらだれだって憔悴《しょうすい》するだろう。

わたしは、ジュリの背中をさすって、ここからはまかせて、と先に立って暗闇のなかを歩きだした。

轍《わだち》もほとんど見えなくて、そのうち月が雲に完全に隠れると、どこにすすんでいいのかまったくわからなくなった。藪《やぶ》をかきわけて必死で歩く。

どこかで車道にさえでれば、なんとかなるはず――。

そう思ってはいても、夜の森は迷路のようで、歩けば歩くほどその奥に迷いこんでいくようだった。

汗の滲む手と、濃密な木々のにおい、荒い呼吸、甲高い鳥の鳴き声にも震える体。地下室に滞留していた死が、闇のなかをものすごい速度で追ってきて、歩みを止めたらあっというまに地の底に引きずりこまれてしまいそうだ。

大学生のころ、わたしは授業でさんざん戦争の記憶にふれた。圧倒的な暴力の前に殺されていくひとたちの死に戦慄を覚えながらも、それははるかに遠くのできごとだった。授業が終われば、光が溢れる中庭でアカリのつくってきてくれたお弁当を食べて、日が沈んだあとはいきつけのライブハウスや居酒屋で酔い潰れた。でも、いまはじめて、いつかこんな闇のなかを、軍隊や追跡者に怯えながら必死で走ったひとたちの声をきいているように感じた。

「ごめん、ちょっと限界！」

後ろからジュリのあえぐような声がした。

「ちょっとだけ休もう。坑道からは離れたはずだから」

そういいながらもまったく確信はなかった。

ジュリは立っているのもやっとという感じで、これ以上歩くのは無理そうだ。長い坑道を抜けるのにアドレナリンを使い果たしてしまったのかもしれない。

わたしは大きな木の幹にもたれるように座りこむ。ジュリも怪我をしている右手をかばうように左手で幹を摑んで転ばないようにわたしの隣に腰掛けた。

それ以上近づいたらあかんから、といいながらも、すぐにわたしの肩に頭をのせて、目を閉じた。

　眠らないで、とはいえなかった。

　車のドアが閉まるバタンという音がした。

　まわりはうっすらと明るくなっていて、わたしはまたしても寝こんでしまっていたことに気づく。ジュリも目を覚ましたのか、息を殺して音のしたほうをじっと見ている。

　煙草のにおいがする。わたしたちが座っている木のすぐ向こう側を足音が通り過ぎていった。ほっと胸をなでおろす。

　ジュリは目を閉じて下を向いている。肩がかすかに震えていた。

　そのとき、エドワードの低い声がした。

「神に祈る気分はどうかね？　はじめての経験だろう」

　すぐに枝を踏む音がして、エドワードが目の前に現れた。くわえていた煙草を土の上に投げ捨てると、懐から小さな銃を取りだす。そのすぐ後ろにはロンアルが立っていた。

「いったいどんな手品を使って鍵を開けた？」とエドワードは横目でロンアルの顔を睨むように見た。

　ロンアルは、一切表情も変えずに、わからないといった様子で、頭を横にふる。

「まあいいさ。モニターをあとで見ればわかることだ。ここまで逃げたのは大したもんだ。だが、携帯電話を持って逃げたのは迂闊《うかつ》だったな。わたしの会社のことをなにも調べずにきたのか？

なくなった携帯をさがすなんて簡単なものさ」

ジュリは悔しそうに唇を嚙んでうつむいている。

エドワードはわたしに銃口を向けたままロンアルに目配せした。ロンアルは、荒々しくわたしの両手首を体の前に引っぱって手錠をかけた。ジュリにも同じように手錠をする。

わたしに顔を近づけてエドワードは「とてもいいニュースと少しだけいいニュースがある。ききたいか？」と愉快そうに笑った。

なにも答えないでいると、エドワードはつまらなそうな声で、「拷問はなくなったし、体が溶けることもない。これはとてもいいニュースだ」とわたしの肩をぽんぽんと叩いた。

「我々は見ての通りもう歳だ。あんたらをあの地下室までまた連れていって、死体を溶かすなんて考えるだけでぞっとする。信頼できる従業員を呼ぶにしても、その給料もばかにならん。その代わりといってはなんだが、ここから少し歩いたら最後にぴったりの美しい場所がある。これが少しだけいいニュースだ」

エドワードが北京語でロンアルに指示をだす。ロンアルは、ジャケットの内側から銃を取りだし、視線を森の奥へと続く踏み跡に向けて、あっちだ、と掠れた声でいった。昨夜の傷つきやすそうな雰囲気はどこかにいってしまって、また氷のような表情に戻っている。

背中を押されるまま、足を踏みだす。隣のジュリを見ると、真っ青な顔をして、すべてをシャットアウトするように、足元に虚ろな視線を投げていた。

——ジュリは怖いんだ。

口では暴力に慣れていいるなんていっていたけど、十年間閉じこもるほどの傷を抱えてしまったのに、こんな剝きだしの暴力が大丈夫なわけがない。

少しでも隙をみつけたくて、後ろを歩くエドワードに言葉を投げる。

「あの地下室はいったいなんなの？　インターネットで予約できるホテルじゃなさそうだけど」

エドワードは、いいのか、きいたら二度と帰れなくなるぞ、と冗談めかしていった。

「逃がしてくれたらちゃんと墓場まで持っていくかもね」とわたしも調子をあわせて答える。

「ばか正直なお嬢さんには無理な相談だろう。でもまあ、すぐに墓に入るんだから特別に教えてやろう。もう最近はほとんど仕事を受けていないが、わたしがやってきたのは、いわば政府や企業の下請けさ。反社会的な組織や組合活動家の調査や尋問を、表立ってはできない上品なかたたちに代わって引き受けている。お嬢さんたちが生まれるずっと前からね」

「警備会社をつくったときからずっとそんなことを続けているの？」

そうわたしがきくとエドワードは、嘲るように笑った。

「半分正解で半分まちがいだ。わたしがこの仕事を覚えたのは、最近の話じゃない。戦時中のことさ」

――なんてことだ。

この男は十代のころから七十年以上も、こんなことを続けてきたんだ。いったいどれだけの人間が、エドワードやロンアルの手によって犠牲になったんだろう。

エドワードは、いかにも懐かしいといった口調で話を続ける。

「日本統治時代は独立運動家やアナーキスト、解放後は共産主義者やジャーナリスト、民主運動家って具合に痛めつけなきゃいけないやつらは、つぎつぎにわいてきた。暗い尋問室のなかで、じつにたくさんの人間を見たよ。だれひとり生きちゃいないがね」

枝の隙間からまぶしい朝日が差しこんでくる。朝の森には、鶯《うぐいす》やムクドリの騒々しい鳴き声が響いている。はるか遠く、岩に打ちつける波の音もきこえる。そんな美しい世界にあって、わたしはまったく異世界の物語に出会ったような気持ちで、高揚したエドワードの声をきいていた。エドワードが生きてきたのは、わたしが知識でしかふれたことのない、台湾の暗い暗い時代だ。日本の植民地支配が終わったあと、国民党によって敷かれた戒厳令は、ちょうどわたしが生まれるころまで続いて、その数十年のあいだに、数え切れないくらいのひとたちが共産主義者というレッテルを貼られて拷問されたり、殺されたりしたとシャンシャンからきいた。遠い昔に終わったはずだと思っていた歴史の闇が、ここでは人間の形をとって生き続けている——。

考えに沈みこんでいると、ロンアルが急かすように背中を押した。

波の音が大きくなってきた。

あたりには霧がでている。湿気を帯びた強い風が吹いてきて、潮の香りが鼻の奥をくすぐった。

ジュリはやはり視線を足元に向けたまま、ずっと無言でわたしの隣を歩いている。

強い風で霧が少しだけ晴れると、木々のあいだから鈍い光を放つ海が見えた。すぐに足元の感触がごつごつとした硬い岩に変わり、そして砂浜になった。正面には、朽ち果てるのを待っているかのような、ボロボロの木の桟橋が見えた。

桟橋の中程まですすんだところで、止まれ、というロンアルの声に足を止める。ロンアルは手早くわたしの手錠を外す。

「旅の目的地はここだ。残念ながらボート遊びをしている暇はないがね。ここにはだれもこないが、早ければ二、三日で海流が大陸か近くの海岸まで体を運んでくれるだろうよ。まずはあんたからだ」

そういってエドワードが目配せすると、ロンアルはわたしの口のなかに強引になにかを押しこんだ。苦い錠剤のような味に吐きだそうとすると、ロンアルはジャケットの胸ポケットから取りだした銀色のスキットルの蓋を開けて、わたしの口に差し入れる。強いバーボンが喉まで流れてきて、焼けるような感触に思いっきりむせた。

「やめろ！」

隣でジュリの叫び声がした。

つぎの瞬間、ジュリがロンアルに体当たりをした。バランスを失って、ロンアルが桟橋の上に倒れこむ。ジュリもロンアルの上に覆い被《かぶ》さるように倒れた。

そのときパンッという乾いた音があたりに響いた。

ジュリの足元の橋桁に小さな穴が開いていた。小さな拳銃をかまえて、エドワードが怒気に満ちた声でいった。

「できればこれは使いたくないんだ。自殺者に穴を開けるわけにいかないだろう？　おとなしく順番を待ちな。あんたは二番目だ」

エドワードがいい終わるよりも早く、ロンアルはジュリを払いのけるように立ち上がり、強い力でわたしの右手を摑んで、桟橋の先端に向かって歩きだした。肩が外れそうな痛みに、わたしは引かれるままずるずると前にすすんでいく。

さっきのまされた薬のせいか、足にうまく力が入らない。バーボンが猛烈な速度で体中を駆け巡っている。ぼんやりとしてきた頭を必死で回転させて、わたしは口を開く。

「秋子さんがどうなったのか知りたくないの？　メイファさんだって、きっとあいつに殺されたんだ。どうして、あんなやつのいうことをきいているの？　そうだ、話してなかったけど賢三さん、まだイタリアで生きてるんだよ！」

ロンアルは、黙れ！　と声を荒らげ、迷いを断ち切るように頭をふった。

桟橋は先にすすむほど傷んでいた。靴底を通して感じる橋桁はぺこぺこと上下し、ほとんど海の上を歩いているような感触だ。

ロンアルの足が止まったとき、頭のなかの霧が一瞬だけ晴れた。わたしは桟橋の先端にいて、あと数歩で海に落ちる寸前だった。ロンアルはいつのまにかわたしの後ろで、肩に手をかけている。

――だめ、だめだよ！

わたしは祈るようにつぶやく。背中を押すロンアルの手がかすかに震えた気がした。

ジュリの悲痛な声がした。

「さっちゃん、いまたすけにいくし、そこでがんばってて！」

「大丈夫よ。わたし、泳ぎ得意なのよ」と反射的に答える。

「ばか！　ふざけとる場合ちゃうし！」

ロンアルに肩を摑まれたままなんとかふりむくと、ジュリは手錠をはめられた両手でエドワードの拳銃を上から押さえるようにして立っていた。

――そんな危ないことしないで。そういいたいのに、うまく声にならない。

打ち寄せる波の音に混じって、ジュリの挑発するような声が遠くできこえた。

「ふられた腹いせにあんたがメイファさんを殺したんやろ？」

「地下室で警告したはずだ。そんな口のききかたをしていたら、きれいな顔のままあの世にいけないってね。あの女が身分もわきまえずに、お嬢さまに近づかないでくださいなんていうから、ちょっとこらしめてやったんだ。だが、秋子の日記を見て、心底失望したよ。ばかなあいつは、なにも気づいちゃいなかった。それなのにあんな大事件を起こした賢三がいい面の皮さ」

やっぱりメイファさんは、こいつの手にかかって命を落としたんだ――。

ぼんやりとそう考えた瞬間、ジュリの叫び声が響いた。

「ケエセッキ《クソ野郎》！」

朦朧《もうろう》とする意識のなかで、エドワードがジュリを突き飛ばすのが見えた。桟橋に尻もちをついたジュリを見下ろして、エドワードがゆっくりと銃口を向ける。

「もう自殺はやめだ。二度と浮かび上がらないようにちゃんと沈めてやるよ。まずは内臓からだ。

わざわざ苦しい方法を選んだことを後悔するがいい。あっちでメイファと秋子によろしく伝えてくれよ」

ロンアルの手をふりほどこうとしても、体に思うように力が入らない。大きく息を吸って、だめ！　と叫んだ。

そのときロンアルの手から力が抜けた。

小さな銃声が響いた。ジュリはお腹をかかえるように体を折り曲げる。すべてがスローモーションのように見えた。

「ジュリ！」

駆け寄ろうとしているのに足が動かなくて、桟橋の上に倒れこむ。腐った橋桁が大きくたわんで、波しぶきが顔にかかった。視線の先でエドワードがジュリに向かってまた発砲しようとしているのが見えた。

やめて――。

もう声すらでなかった。

すぐに耳をつんざくような大きな銃声が鳴り響いた。さらに二回、轟音《ごうおん》が響きわたる。

わたしは目を閉じていた。もうなにも見たくなかった。なにもききたくもなかったのに、波の音が強引にわたしの意識のなかに押し入ってきた。

けれど、しばらくたっても潮騒《しおさい》のほかには、なにもきこえてこなかった。おそるおそる目を開ける。

目の焦点があってくると、銃を持って立っていたはずのエドワードが、ジュリの隣でうつぶせになって倒れているのが見えた。

驚いてロンアルがいたあたりに視線を向ける。ぼやけた視界のなかで、ロンアルは右手に大きな銃を握りしめて、自分でも信じられないといった表情を浮かべていた。その体はいまにも折れてしまいそうなくらい細くたよりない。

ロンアルは息を整えながらエドワードに近づいて、しゃがみこんだ。

風にのって、エドワードの苦しそうな声がきこえてきた。

——おまえはばかだな——なんてくだらない——。

それに続く言葉は騒々しいカモメの声にかき消される。

ロンアルは拳銃を桟橋に置くと、まったく動かなくなったエドワードの肩に右手をかけて、ようやく大きく息を吐いた。

5

少しすると意識の霧が晴れてきた。

二日酔いのような強烈な頭痛がしている。

——そうだ、ジュリ！

しゃがみこんだまま動かないロンアルを睨みながら、わたしはぼろぼろの桟橋を這うようにすすむ。頭は、猛烈な速度で動きはじめた。

ロンアルが撃ったときよりもエドワードの銃声は小さかった。ジュリはお腹を撃たれたように見えたけど、もし口径が小さいのだとしたら、傷もそれほど大きくない？　いや、そんなことより救急車の番号は――そもそもここはどこなんだろう――。

やっとジュリが座っているところまでたどりついた。

ジュリの視線は霧がかかった海の上をぼんやりと漂っていた。すぐ側のロンアルや、エドワードとは別の世界にいってしまったように虚ろだった。

「ジュリ！」

ようやく大きな声がでた。

ジュリは、あ、さっちゃん、とまるでいま存在に気がついたようにいった。

それから、這いつくばって荒い息をしているわたしを見て、「ちょっと、自分、ゾンビみたいやん」と声を上げて笑う。

「笑わないでよ。まだうまく立てないんだから」と、ジュリの反応に拍子抜けしながら、わたしはいった。

「救急車呼ばなきゃね」

わたしの言葉に、ジュリは、ああ、と気のない返事をして、手錠をかけられたままの両手で不自由そうに、自分の体にふれようとする。

「わたしがするよ！」

震える指で、ジュリのパーカーのポケットにふれた。少しだけ熱を帯びていたけれど、血がでている様子もない。指先になにかごつごつした感触があった。

くすぐったいし、と体をねじるジュリの声を無視して、わたしはポケットのなかに手を入れて、そのごつごつしたものを引っ張りだした。

それは金の糸の刺繍が入った媽祖のお守り袋だった。

――蘇おばさんの？

袋の中心が焼け焦げて穴が開いていた。袋をふると乾いた音がする。すぐに、ぐにゃりと曲がった鉛銭が二枚、桟橋の上に落ちた。体の力が一気に抜けていく。

「占い大当たりだったみたいよ」

ジュリはやっと事態をのみこめたのか、大きな声で笑った。

そのとき、ロンアルの声がして、わたしはびくっと震える。

「護身用の二十二口径だ。――幸運だな。エドは、あまり銃を好まない。若いころは必ずナイフでとどめを刺していたんだ」

警戒しながらふりむいてロンアルの顔を見る。

まだエドワードの側に座りこんでいたけれど、すっかり青ざめていた頬に少しずつ血色が戻ってきている。

しばらくするとロンアルは思いだしたようにジャケットのポケットから小さな鍵を取りだして、わたしに投げた。うまく摑めなくて、桟橋の上に鍵が落ちる。

鍵を拾ってジュリの手錠を外してやっているうちに、ロンアルは立ち上がって大きく伸びをした。

わたしは霧のかかった海を見ているロンアルを見上げてきいた。

「もうこれで終わり？　なんであなたがエドワードを撃ったの？」

長い沈黙のあと、ロンアルは穏やかな声でいった。

「撃つつもりなんてなかった。あんたたちを海に流して終わり。いつも通りの流れ作業さ。だけど――昨夜あんたがおれの名前を呼んだときから、ねえさんの声が頭から離れなくなってしまった。龍之介、ちゃんとしなさい！　優しい子ねえ。ねえさんにまかせておけばまちがいないわ――勇気がでないとき、ねえさんが先にいってあげる――全部嘘だった。おれは優しくなんてないし、ねえさんはあんなに早くいってしまった。約束なんてしなければよかったのに！」

ロンアルの声は、胸に突き刺さってきた。おそらく七十年以上抱えてきた思いをいまはじめて言葉にしているのだろう。ロンアルは、自分自身に向かって語りかけるように言葉を続けた。

「昨日、エドはやっぱり酔っ払って帰ってきた。ねえさんの日記のことをきいたら、はじめて口をすべらせたんだ。賢三をうまいことそそのかして始末したんだって。これまでずっと、おれは賢三さんがねえさんを騙《だま》したと思っていたのに、それをエドがやらせたなんて！　エドが寝たあと、がまんできなくなって車に置きっぱなしだったねえさんの日記を読んだ。あの下手くそな字、おれに勉強しろってさんざん厳しくいったのに――。気がついたら地下に戻って鍵を開けていたよ。そんなちっぽけなことでおれの罪が許されるわけもないのにな」

目じりにかすかに涙を浮かべてロンアルは、乾いた声で笑う。

黙ってきいていたジュリがはじめて口を開いた。

「――秋子を殺したんならやっぱり悪いのは賢三やん」

「あんたはエドワード・リーという人間を知らない。エドは邪悪としかいいようがない男だったよ。ひとを陥れたり、利用するということにかけては、だれよりも頭が切れたんだ。たしかに賢三さんにも責任はあるだろう。でも、エドワード、当時は陽人だが、あいつが家にこなかったら、ねえさんもメイファさんも死ぬことはなかった。そう考えはじめたら、胸のなかが熱くなって、抑えられなくなっていた――」

ジュリは納得できないという表情のまま、ロンアルを睨んでいる。

沖のほうで船の汽笛がきこえた。霧のなかをゆっくりとすすむ赤いタンカーの小さな影が見えた。


ロンアルは、さあ、事務所まで送ろう、といって、座りこんだままのわたしに手を伸ばしてきた。わたしは、その手を借りずに自分で立ち上がる。ついさっき薬をのませて海に突き落とそうとしたロンアルのことをそんなに簡単に信じることはできない。

ジュリの手を引いて立ち上がらせる。もう、体を自由に動かせるようになっていた。

ロンアルは、車はこっちだ、といって、桟橋の上に横たわるエドワードをそのままにして左足を引きずりながら歩きだした。

「ねえ、その……このままでいいの？」

わたしがきくとロンアルはふりむいて、はじめてかすかな笑みを浮かべた。

「あんたはお人好しだな。エドを残していって大丈夫なのかということなら、問題ない。ここは軍の立ち入り禁止区域との境界で、まずひとはこない。それにおれたちは法の外側で生きてきた。たとえ死体がみつかっても、内々で相談して適当に処理するだけだ。まあ、さすがにこのままってわけにはいかないから、あんたたちを送ったあとで連れて帰ろうと思うがね」

ロンアルの声がどんどん優しく人間的な響きになっていく。エドワードの死がロンアルを悪い魔法から解放したかのようだ。

しばらく歩くと、鬱蒼とした木々のあいだにあの黒いＳＵＶが停まっていた。

後部ドアを開けるとロンアルはわたしたちのほうを見ていった。

「国道まではまだ大分距離がある。あんたたちの荷物と日記もあるから、一度事務所まできてくれ。警戒しないでといっても難しいだろうが、銃はエドのところに置いてきた。あとでおれを訴えようが警察を呼ぼうがあんたたちの自由だ。とにかく、もうすべて終わったんだ」

わたしはジュリの顔を見る。

「ええんちゃう。道もわからへんし、いざってときは逃げればええんやし。あたし、もう歩きたくないねん」

ジュリのいうようにここがどこかもわからないんだから、ロンアルの提案にしたがうのが現実的だろう。

わたしたちが後部座席に乗りこんでドアを閉めると、ロンアルはエンジンをかけて車を発進させる。木の根や大きな石に車体を左右に揺らしながら、車は森の道を走っていく。

視界が少し開けて、舗装された林道に入ったところで、ハンドルを握っているロンアルがだれにともなくつぶやいた。

「エドがどうしてあんなひとでなしになったのか、おれには正直わからない。だが、日本の特高があいつの父を連れていって拷問にかけたとき、人生が大きく狂ったんだろうな。父親をたすけるために、父親の学校の同僚をつぎつぎに密告したらしい。父親は帰ってきたが、結局自殺してしまった。それから、エドの密告者としての資質は日本の特務機関で大いに役に立ったそうだ。酔いがまわるといつも自慢げに話していたよ」

「あいつが日本の特務機関で働いていたって意味？」

「ああ。それを知ったのは戦後のことだがね。そもそも、おれの父は実際には特務機関の人間だったようだ。表向きは州庁の役人だったが。エドは父の片腕として、台湾の独立運動家や共産主義者の情報を集めていたらしい」

そんなことって――。

たしかに秋子の日記には、父親の仕事についての記述はほとんどなにもなかった。

ときどき秋子の勉強を見たり、台北に出張にでかけてお土産を買ってきたりするほかは、子どもにかかわることも少ない父。ただ、当時の父親なんてそんなものだろうと思っていた。

「それがエドワードの作り話って思わへんかったん？」とジュリがいった。

「そうであってほしいと最初は思ったよ。だが、エドが残していた父の日記には州庁の役人が知りようもない機密情報が書かれていたから、たぶん、エドは父についてはほんとうのことをいっていたんだと思う。そうだ、エドはね、犠牲者の写真や日記をコレクションする趣味がある。だから、あんたがねえさんの日記の所在を答えなかったのは正しい判断だったよ」

そうなんや、とジュリはあまり関心がなさそうな声でいった。

わたしはいまの言葉が暗示している事実に気がついて愕然とする。

「お父さんは台北大空襲で亡くなったんじゃないの？」

「公式には、おれもその空襲で死んだことになっているのは知っているだろ？　まったく別の子どもの焼死体だがね。エドが特務機関で大いに成長させた能力を身内に対しても使うとは、父も予想していなかっただろうな。収集した情報で敗戦が近いことに気づいていたエドは、父を殺すことで戦時中の自分自身の犯罪を闇に葬った。日本の敗戦後、宜蘭に向かう道中で、さぞ愉快な打ち明け話でもするかのように、防空壕のなかで父を撃ったとエドはいったよ。それからこういったんだ。いまでもはっきりと覚えている。『おまえはこれから龍之介じゃなくて、孤児の龍二《ロンアル》だ。この国の人間になれ』ってね。おれは、それからエドの手先になった。幼いころにした病気のせいか、おれは成長が遅かったから、ずいぶん長いあいだ子どものふりをして色々な場所に入りこむことができた。エドは、おれが集めてきた情報をうまいこと使って、日本人のあとに入ってきた国民党のためにその才能を遺憾なく発揮したよ。――許されるとは思っちゃいない。でも、終戦の年におれはやっと十歳になったばかりだった。たったひとりの家族のいうことをきくほかは生きる術《すべ》もなかったんだよ」

さみしさともあきらめともつかない表情を浮かべてハンドルを握るロンアルに、家族を失い、台湾に十歳でひとり残された少年の孤独な横顔を見たような気がした。

わたしは視線を窓の外に向ける。

朝日に木々の水滴が蒸発して霧のように立ち上っていく美しい森。ソテツの大きな葉や、ヤシの巨木が生い茂っている。

わたしはエドワードとロンアルの手にかかって亡くなってしまったひとたちのことをなにも知らない。だから安易にロンアルに共感を示すことなんてできない。でも、秋子がいたら、ロンアルにはもっと別の人生があったのかもしれない。そんなふうに考えてもはかないのだけれど——。

かつて龍之介と呼ばれていた少年は、気の遠くなるような時間を、ロンアルという名前で生き、残酷な殺人者の手先としてわたしたちの前に現れた。いまようやくエドワードの支配から自由になったといっても、いったいなにができるというんだろう。それでも、わたしたちが去ったあとはかれ自身ですすむ道を決めるしかない。


赤瓦の事務所の前で待っていると、ロンアルはわたしとジュリの荷物を持ってでてきた。

「ねえさんの日記ほんとうに懐かしかったよ、ありがとう」

傷つきやすい子どものような優しい声だった。

車通りまでの道を簡単に説明すると、ロンアルはまた車に乗りこんで森のなかに走り去った。

わたしたちは早足で歩く。

一刻も早く、この悪夢のような場所から離れたかった。

リュックのなかのスマホの充電は、まだかすかに残っていた。画面には十時四十分と表示されている。

ジュリの青いジーンズには、黒い染みがいくつもできていて、パーカーもひどく汚れて穴まで開いている。わたしの服にも、すっかり地下室の悪臭が染みついていた。

「これじゃ飛行機乗れないね」

わたしがそういうとジュリは、強く首を横にふった。

「空港土産のだっさいトレーナー着てでも今日中に帰るから！」

ロンアルの説明にしたがって道をいくと、牛が草を食《は》むのどかな田舎道にでた。道路の端には真っ赤なハイビスカスが咲き乱れていて鮮やかだ。

後ろできき覚えのある声がした。

「日本人！」

その声にわたしはまた台北の蘇おばさんを思いだした。

ふりむくとあの白タクのロビン・ウィリアムズおじさんがライトバンの窓から心配そうな顔をして、こっちを見ていた。わたしたちを追い越したところでエンジンを切って駆け寄ってきた。

早口の北京語で話しかけてくるけれど、なにひとつわからない。わたしが、听不懂《ティンブドン》というわからないときの決まり文句をいうと、思いだしたようにスマホを取りだして、翻訳アプリを起動した。

「警察が必要ですか。それとも清潔な服ですか」

「だれなん？」とジュリが笑いだす。

わたしはスマホの充電の残りが気になったので、なるべく正確な拼音《ピンイン》を意識しながら、不要《プーヤオ》叫公安《ジャオゴンアン》、我要衣服《ウオーヤオイーフー》、我要去機場《ウオーヤオチージーチャン》、と北京語で答えた。

おじさんが笑顔でうなずいて、好的、といった瞬間、わたしは、やっと帰れるんだ、と心から感じた。

第六部　帰還

1

プロペラ機の窓から、桃園空港の懐かしい風景が見えたとき、たった一日家を空けただけなのに、何十年もの旅にでていたように感じた。実際にわたしたちは、七十年以上前の亡霊と対峙《たいじ》して、そして生き延びたのだ。

右手にひどい怪我をしているのに、おじさんの白タクに乗ってからはジュリの元気はどんどん回復していった。さすがに血と泥のついたパーカーで飛行機に乗るのは憚《はばか》られたので、おじさんに途中寄ってもらった街道沿いのスーパーで、ジュリはいちばん安いポケモンのスタジャンを、わたしはセーラームーンがプリントされたパーカーを買っていた。桃園空港で、ガラスに映った自分たちの姿を見て爆笑した。とにかくわたしたちには、笑うことが必要だった。

一刻も早く迪化街の部屋に帰りたくて、わたしがタクシー乗り場に向かおうとすると、ジュリが、バスで帰って夕ごはん贅沢しよ、と現実的なことをいったので、しぶしぶしたがった。

バスの窓からは夕闇に染まる街が見える。

「あんなことがあって、夕ごはんのことが考えられるなんてすごいね」というと、ジュリは、あたし、やっぱり暴力は慣れっこやったし、とぽつりといった。その言葉の重さにあらがうように、わたしはジュリを抱き寄せる。

「あたし、いますごいくさいからほんまやめて！　いやな汗さんざんかいたし――」

恥ずかしそうに下を向いたジュリをもっと強く抱き寄せる。くさいなんてどうでもいい。ジュリの髪は、遠い記憶のなかの猫のマグロちゃんと似たようなにおいがした。

最悪、とつぶやきながらも、ジュリはわたしの肩に手をまわして、首筋に軽く唇をあてた。

バスを降りてからは、ほとんど駆け足で迪化街の部屋へ戻った。

部屋に入ると、ジュリはまっさきにバスルームに飛びこむ。すぐに、シャワーの音がきこえて、グレープフルーツのシャンプーのにおいがわたしが座っているソファーの前まで漂ってくる。

「贅沢な夕ごはんって、なに食べたいの？」

シャワーからでてきてバスタオルにくるまっているジュリにきくと、翡翠餃子！　と目を輝かせていった。

「お店のある懐寧街、駅の向こう側だよ」

「ええやん、もうすぐハロウィーンなんやし」とジュリは微笑んだ。

ハロウィーンがどう関係するのかまったくわからなかったけれど、わたしは、まあいいかとうなずく。そういえば、街のショーウィンドウには、骸骨やかぼちゃの人形が並び、クリスマスに比べれば控えめな照明が瞬いていた。

急いでわたしもシャワーを浴びて、ジュリの傷に包帯を巻く。それからこっちでは一度も着ていなかったカーキ色のモッズコートをはおって外にでる。

ジュリはわたしのクローゼットからシエラデザインズの緑のマウンテンパーカーを取りだして着ている。大学生の終わりにもらったアカリのお下がりだ。アイちゃんといいアカリといい、思いだしてみれば大学生のころのわたしは、わりと気前のいい友だちに囲まれていたのかもしれない。

街はすっかり夜だ。

建物が密集する迪化街に比べるとどこか閑散とした塔城《ターチヤンジエ》街を抜けて、光が降り注ぐ駅前の大通りへ。ビルの窓に反射する街のキラキラとしたネオンを見ていたら、日比谷《ひびや》公園から丸の内口までアカリと歩いた、大学のころのクリスマスの晩を思いだした。

――さっちゃん、あたし、婚約してん。

そういってアカリは笑った。なにも答えずにいると、嘘でもええから、おめでとうっていってや、とアカリはわたしの髪をくしゃくしゃにする。抗議の声を上げて、髪をなおしながら、ショックを受けていることをごまかすように、そんなのもいいかもね、と答えにもならない答えを返す。わたしじゃだめなんだなあ、という言葉が胸の底のほうで響いている。

きっとそのとき、ほんとは気づいていたんだろう。嘘をつき続けるのはもう限界だって――。

アカリは婚約者の待つ表参道《おもてさんどう》ヒルズに向かって雑踏に消えていき、わたしは、丸ノ内線に乗って荻窪の薄汚れたライブハウスへ。フェンダーのツインリバーブにシールドをさして、ジャガーをかき鳴らすと気持ちが洗われてゆくようだった。もう、遠い遠い記憶だ。

秋が深まりつつある台北の夜。わたしは、ザ・サニーサイド・オブ・ザ・ストリートを口ずさむ。前をゆくジュリはほとんど駆けるような速さで歩いている。

わたしは置いていかれないように駆けだした。


蒸籠の蓋を取って湯気を上げる翡翠餃子を見た瞬間、ジュリは、子どものような顔をして、わあ、と大きな声を上げた。

つやつやと透き通った緑の皮のなかの餡が美しい。

「むっちゃきれいやん！」

「でもね、じつは前にいわなかったんだけど、見た目のわりにあんまりおいしくないんだよね。ごめん」

ジュリはあからさまに不愉快といった表情をしてわたしの顔を見た。

「食べる前にいわんで！　おいしいかまずいかはあたしが決めんの。さっちゃんってほんまそういうとこあるよな」

ジュリは翡翠餃子を黒酢につけ、一個、二個と立て続けに口に入れてから、少し残念そうな顔をした。

「ほんまやね」

「きれいだからいいじゃない」と答えて、お店のひとがたったいま運んできた小籠包の蒸籠を開ける。カウンターの奥で料理人がせっせと包んでいる小籠包は、いつもの露店の十倍近い値段ということもあって、とびきり上品な味だ。

三本目の台湾ビールをのみほして、わたしは酔いにまかせてずっと気になっていたことをきいた。

「ねえ、ジュリ、前にカプリ島の山の上で中学の話してたときにさ、みんなとちがってた、みたいなこといってたよね。あれどういう意味だったの？」

ジュリは、何回か瞬きを繰り返して、空になったグラスにビールを注ぐ。

一息でのむと、胸につかえていたことを吐きだすようにいった。

「あたし、中学のときに、女の子が好きって気づいたの。だから、同い歳の子たちといても、いつもちがうって感じてた。――それより、さっちゃん、いままで気づかへんかったん？　それって鈍感通りこしてあほなんちゃう？」

「そこまでいわなくてもいいじゃん！」

わたしは、顔が火照っているのをごまかすように大きな声でいった。

きっと最初に暮らしはじめたころにとっくに気づいていた。でも、わたしは、ジュリにふれたいと感じる自分の感情からも、ジュリの気持ちからもずっと目をそらしていた。

ジュリも酔いがまわってきたのか、真っ赤な顔をしている。わたしたちは、昨夜のおそろしい記憶を遠くへ追いやるように、つぎつぎにビールをのみほして、料理をたのんだ。

テーブルの上は、銀色に輝くマナガツオの生姜蒸し、故宮《こきゅう》博物院で展示されているものと瓜《うり》ふたつの角煮、ジャガイモのピリ辛炒め、青菜炒め、水餃子、台湾ビールの瓶であっというまにいっぱいになった。

夜十時をまわって、お店のひとが閉店の準備であわただしく机の上に椅子を上げていく風景をほろ酔いでながめていたら、ジュリがぽつりといった。

——あたし、部屋でようと思うの。

わたしは、また言葉がどこかにいってしまったみたいな気分で、ジュリの目をじっと見る。いつか、そういわれるのはわかっていた気がする。どこにもいけないわたしとちがって、ジュリは、やっと動きだしたばかりだから。

うん、わかった、とだけ答えて、笑顔をつくろうとしたら、頬を涙が伝うのを感じて上を向く。

ジュリはあわてて取り繕うようにいった。

「ごめん、こんな晩にいうことやなかった。いますぐってわけやないねん。でもね、いつまでもさっちゃんにべったりじゃようないし、あたしも旅にでてみたくなったんよ。どっちにしてもビザが切れる前にこれからどうするか決めんとあかんのやし——」

わたしは、なにもいわずにうなずいて、ジュリの話をきく。なにも頭に入ってこない。それから、味がしなくなったぬるいビールをのみほす。

自分の感じすぎる部分とまったく感じない部分のあいだに落ちこんでしまったみたいな気がして、わたしは、必死で料理に箸を伸ばす。

帰り道、冷たい風にふたりで身を寄せるようにして歩いた。頭のなかでボブ・ディランの有名なアルバムジャケットをぼんやりと思い浮かべる。

酔い覚ましがしたい、というジュリの提案で、いまやすっかりわたしたちの街になった台北の街路を気の向くままに歩き抜ける。

蘇おばさんが座っていた場所にはだれもいなかった。ビルの工事が終わったのか足場は解体されている。おばさんは雨風をしのげる場所に商売を移したのかもしれない。会えたらお礼をはずもうと思っていたのに。

ジュリに手を引かれて、西に歩いていくと歩き慣れた幸福古物商の小路にでた。お店の前では、トッポ・ジージョのおじいさんが、煙草を吸っていた。

その前を通り過ぎるとき、わたしは、小さな声で、你好、といった。おじいさんは、軽く微笑んでウインクする。はじめて見たその笑顔は、どこか子犬のように愛くるしくて、わたしは胸をぎゅっと摑まれたような気持ちになった。

迪化街のマンションの階段を上る途中、急にジュリが立ち止まってふりむいた。

どうしたの――。いい終わるまえに唇を重ねてきた。かすかにジャスミンの香りがした。

冷たい風が吹いて、わたしは身震いする。それから、部屋に入って、わたしたちは服を脱いで何度も何度もキスをする。

＊＊＊

桐島秋子さま

せっかくあなたにはじめてお手紙を差し上げるというのに、私の手は緊張して震えています。いつもの湖畔のベンチでお話ししている時のように、もっと気楽に気持ちをお伝えすることができればいいのに。

どうして私がこんなに緊張しているのか、あなたにはきっと想像もつかないことかと思います。その恐れが、私から言葉を奪っていきます。秋子さんには朝鮮人の私の気持ちはわからない、そう思うたびに胸が苦しくなります。

あなたと私は、生まれた土地が違うというだけでなく、ほんとうになにもかもが違うのです。わかってもらえなくても仕方がない、そう覚悟していても、台湾でできたたった一人のお友だちにわかってもらえなかったら——そう考えるだけで、万年筆を投げだしてしまいたくなるのです。

どうかなかなか書き進めることのできない臆病な私をお許しください。

まわりの方たちからは傲慢で自分勝手な人間と噂されているのはわかっています。けれど、ほんとうの私はこの便箋に青いインクをのせることもためらうくらい弱いのです。私はもう傷つくのがいやなのです。

いま雨が降りだしました。最近は、時々夕刻に雨が降りますね。

秋子さんもこの雨の音を聞いているのかしら——。雨の音を聞いているあなたの姿を思い浮かべたら、ようやく書き始めることができそうです。

どこにたどりつくのかはわからないけれど、思いつくままに幼い頃の記憶から。

私が風の強い島で生まれ、父の死がきっかけで京城の伯父に引き取られたというお話は前に聞いていただきましたね。

私は小さい頃から母の手伝いで忙しくしていたので小学校の成績はよくなかったのですが、国語だけは得意でした。学校を訪れる日本人の偉い方たちの前でスピーチをするのはいつも私の役目でした。

こんなことを覚えています。学校で習った赤とんぼの歌を歌いながら家に帰ると、いつも穏やかな父が顔を真っ赤にして、やめろ、と怒鳴ったのです。私は国語の先生のように褒めてくれると思っていたのに、その期待が裏切られて悲しかった。意地っ張りな子どもでしたから（いまも同じとはいわないでちょうだいね）、それからは家でわざと国語を使うようにしたのです。

父はそのうち諦めたのか、なにもいわなくなり、母は悲しそうな顔をしました。どうして父がそんなに怒ったのか、ちゃんと話ができるようになる前に父は血を吐いて死んでしまいました。

父のことを書いていたら、あなたに父の思い出をもっとお伝えしたくなりました。いまの私にとっては、それもまた自分を許せないと感じる悲しい記憶なのですが。

父は詩人で、私に他の子どもたちとは違った名前をつけました。子どもの頃は、どうしてもっと普通の名前でないのかと父を恨めしく思ったものです。父は島でもちょっとした知識人で日本語の文章を書くこともできましたが、外では朝鮮語を使っているところしか見たことがありません。

あなたには想像もつかないでしょうけれど、私たちはちゃんとした日本人になりたくて必死でした。学校では国語常用がいわれ、朝鮮語を話すと罰則まであるのです。だから、朝鮮語しか話そうとしない父が恥ずかしくてたまらず、どうか日本人の先生方にご無礼のないように、ということばかり祈っていました。

このまま続けると幼い頃の記憶で便箋がなくなってしまいそうですから、先に進みましょう。

次の記憶は十一歳で京城の街についた時のことです。

すべて初めてのことばかりでした。路面電車は電線に青白い火花を散らしながら走ってくるし、人力車や客引きが私の手を引っ張るのです。

私はきらいな伯父に手を引かれるのをがまんしながら、人ごみを歩き抜けました。いたるところに「内鮮一体《ないせん》」という標語が貼ってあり、銃を持った兵隊が街中に溢れていました。

私のその街の記憶は、カーキ色の軍服を着た兵隊と憲兵隊、女たちの白粉《おしろい》の匂いからはじまります。

＊　＊　＊

2

ロフトのベッドで目を覚ましたとき、外はすっかり明るくなっていて、街を走る車のエンジンやクラクションの音が部屋のなかに響いていた。枕元のスマホを見ると、もうお昼の十二時をまわっている。

しばらく毛布をかぶったまま、昨夜のジュリの指の感触の余韻にひたっていたかった。隣で寝ていたはずのジュリは先に起きたのか、下でシャワーの音がしている。

そのとき、ジュリのスマホの着信音が鳴った。わたしは脱ぎ捨てていたパジャマの上だけ羽織って、ロフトの階段を駆け下りる。

スマホの画面には、「＋39」からはじまる電話番号が表示されている。たしか、イタリアの国番号だ。

「ジュリ、イタリアから電話だよ！」

バスルームに向かってそう声をかけると、取って！　という返事があった。

電話を取る。一瞬の沈黙のあと、女のひとの声がきこえた。

「朴ジュリさんのお電話かしら。いま櫻井賢三さんのところからかけています。連絡先を書いていかれたでしょう？」

その声にはきき覚えがあった。門の外でジュリと韓国語で話していた檸檬のおばあさん。

わたしがそのことを告げると、よく覚えてるわね、と明るい声でいった。

シャワーからでてきたばかりのジュリにスマホをわたす。バスタオルで髪を拭きながら、ジュリは、そうですか、いいですよ、わかりました、と二、三言葉を交わして電話を切った。

「なんだって？」

「賢三、先週、亡くなったんやって」

ジュリの声は少しだけ沈んでいた。

エドワードが死んで、賢三も亡くなった。これでもう事件の真相を知っている人間はみんないなくなってしまった。ジュリによると、賢三は、日月潭に遺灰を撒《ま》いてほしいという遺言を残していたらしい。

電話をかけてきた金原景子《かねはらけいこ》と名乗る女性は、賢三のいとこで、自分は年齢のこともあるので、いけるかわからないけれど、もし季節がよくなって、台湾旅行が実現しそうだったら、日月潭までジュリに案内してもらえないだろうか、といったそうだ。台湾ははじめてで知りあいもいないし、賢三さんも最後に縁のあったあなたたちに葬ってもらえたら幸せだと思うわ、とも。

その話をききながら、わたしは、金門島でエドワードがいった、賢三による犯行という話も疑わしいかもしれないと考えていた。殺人現場に自らの遺灰を撒いてほしいと願うような殺人者がはたしているだろうか――。

「ジュリはどう思う？」

そうきいてもジュリは上の空といった様子で、リンちゃんにも連絡せんとな、とぽつりといった。わたしは、またジュリがイタリアから帰ったあとのように塞ぎこむのではないかと心配になった。

しかし、それは杞憂《きゆう》に終わった。


ジュリは十一月のはじめから、産休に入ったキャシーに代わってカフェ明星でアルバイトをはじめた。

わたしはジュリが為替取引で稼ぐ額を漠然と知っていたので、決して高くもない時給で働きはじめたことが意外だった。でも、ジュリにとっては、ふしぎでもなんでもないことらしく、わたしが、どうして、ときいたとき、あたし、考えてみたら働くって経験なかった、いまのうちに色々やっておきたいねん、と高校生のような顔をして笑った。

もうひとつの大きな変化は、ジュリの話す言葉だ。小学校の知りあいという自分自身のついた嘘から解放されて以降、ほとんど関西弁を使うようになった。それまでよりも直接感情の揺らぎが伝わってくることが多くて、わたしはときどき戸惑う。だけど、きっとそのほうがジュリにはしっくりきているのだろう。

わたしは金門島から帰った晩にきいた、部屋をでていくというジュリの決意にできるだけ向きあいたくなかったのだけど、どんどん変化しているジュリの姿を見ていたら、別れの日が近いということを意識しないわけにはいかなかった。

一方で、年が明けると、わたしの状況も大きく変わって、感傷に浸っている時間もなくなってきた。シャンシャンが千駄ヶ谷《せんだがや》にある系列校に春から転勤して、台湾からの留学生を日本で受け入れる仕事をすることになったのだ。

シャンシャンとペアになってすすめていた授業のあたらしいパートナーには、廈門大学出身のビビアンちゃんというエリートがくることになり、日本語教師としては箸にも棒にもかからないわたしが、信じられないことに研修担当に任命されてしまった。

シャンシャンの送別会は西門町の「鶴橋」にいった。

奮発して和牛のすきやきを注文して、浴びるようにビールをのみながら、どうして、いま日本なの、ときくと、いましかないからよ、との返事だった。千駄ヶ谷で働きながら、留学していた大学に戻って修士号を取るという。

「娘と離れるのはつらいけれど、東京なら月何回かは帰ってこれるからいまとそんなに変わらないし、ばあちゃんが元気なうちじゃないと遠くにいけないしね。わたし、将来、国連で働きたいのよ」

わたしはシャンシャンがそんなはっきりとした将来の展望を持っていることが意外だった。目標があるってすごいね、わたしぜんぜんだよ、というとシャンシャンは、優しく背中をさすってくれた。

「サチは、ずっとがまんして生きるのに必死だったから将来どころじゃなかったのよ、たぶん。でもね、これから花開くし、大丈夫よ。まだ若いんだし」

ふたつしかちがわないシャンシャンにそういわれて、酔いがまわっていたわたしは泣きだしてしまった。

シャンシャンは三月のはじめにはあわただしく日本に旅立っていった。

ビビアンちゃんの研修と授業の準備で疲れ切ってジュリが帰ってくる前に寝てしまい、朝はジュリが寝ているあいだに出勤するというすれちがいの生活が続いて、秋子の日記も、賢三の死も、日月潭のことも、そのまま遠い記憶になっていくように思えた。


迪化街に吹く風も春を感じさせるようになった、三月十六日の朝、寝転がってソファーでネットニュースを見ていたジュリが驚きの声を上げた。

「エドワードの写真が今日のニュースにでてる！」

驚いて画面をのぞきこむ。小さく映っている写真は、たしかに金門島で見たエドワードにちがいなかった。

ジュリは北京語で書かれた記事を急いで翻訳ソフトにかける。

宜蘭の亀山島《グエーシャンダオ》という観光地の沖合でみつかった遺体の身元が、会社経営者エドワード・リーだと所持品から確認されたという。遺体の状況からあやまって海に落ちたものと思われる、という短い記事だった。ロンアルがどうやって当局と話をつけたのかわからないけれど、その死は事件性のないものとして闇に葬られるようだ。

その二日後、わたしたちを、あの時代に連れ戻すように、今度は金原さんから電話がかかってきた。賢三の遺品の整理も終わり、やっと気持ちが落ち着いたから、三月末に台湾にいきたい、という電話だった。

ジュリは、またすぐにリンちゃんに連絡した。話がまとまったのか、電話を切ったあとで、ジュリはわたしの顔を見て、さっちゃんも一緒にいくやろ、といった。もちろん、断る理由はなにもなかった。

＊　＊　＊

ねえ、秋子さん。私の家のことを知りたいと前におっしゃっていましたわね。

どうか軽蔑しないでほしいのだけど、京城の伯父の稼業は貸座敷《かしざしき》で、私は山月楼《さんげつろう》という妓楼で暮らしていたのです。一葉《いちよう》の小説が好きだとおっしゃる秋子さんには、そういう場所の女の人たちがどのような仕事をしているかおわかりになりますわね。

私は、子どものいない裕福な伯父夫婦の養子でしたから、店に出る女の人たちとは違って立派なお部屋もあって、身の回りの世話をしてくれるスンジャというかわいい女の子もおりました。

でもね、私はほんとうにその街がきらいでした。

潮の匂いもしなければ、空気はくすんでいて、冬には肺の奥まで凍りつくような風が吹きます。

伯父は、ことあるごとに私の島のなまりをばかにして、母のことを親不孝者と罵《ののし》りました。伯父が自分の妹をどうしてそこまで憎んでいるのか、その時はまったくわかりませんでした。

体の芯まで凍りつくような冬が過ぎて、通い始めた女学校でようやく一人だけお友だちができました。

朝本夏子《あさもとなつこ》さんという背の高い、えくぼのかわいい女の子です。夏子さんはあまり国語が上手ではなかったので学校では無口でしたけれど、帰り道に朝鮮人街のあたりまでくると、それはもうお喋りなこと。お父さんが新聞記者ということもあって、夏子さんは島育ちの私の知らないことをたくさん知っていました。

そう、私の日本名になる「歌津」も夏子さんが好きだった童話の雑誌『赤い鳥』に書いていらした小林哥津子《こばやしかつこ》さんからいただきましたの。

これは秋子さんがご存知ないことだと思うのだけど、その頃朝鮮人は、朝鮮の名前を日本の名前に変えるようにと強くいわれるようになっていたのです。「内鮮一体」という標語の実態は、朝鮮人が日本人の名前と言葉を受け入れて、朝鮮の文化を捨てていくという意味です。

私たちにとってご先祖さまとつながる姓はとても大切なものですから、みんな色々工夫をしました。もとの姓を残して金本《かねもと》、金海《かねうみ》とする人、姓の本貫《ほんがん》をとって南原《みなみはら》や海平《うみひら》にする人など様々でした。私は趙《ちょう》という姓でしたので、その本貫である白川、名前だけは伯父がつけようとした淑子《としこ》を拒否して、なんとか歌津にすることができたのです。

ねえ、この話でお気づきかしら。

私、初めて秋子さんのおうちにおじゃましたときに、どうかお友だちになってちょうだいねっていったこと覚えていらっしゃる？　実はね、本棚のなかに私が夏子さんに見せてもらったのとまったく同じ『赤い鳥』があったんですの。あの時、京城でお別れしたお友だちにまた会えたように感じて、ほんとうにうれしかったの。

夏子さんの記憶をもう少しだけ書いておきますわね。

私は、二年生の夏になる頃には、毎日のように夏子さんのおうちにおじゃまするようになっておりました。体の弱いお母さんとかわいらしい五歳の弟、忙しくてたまにしか帰ってこないけれど、私を娘のように受け入れてくれたお父さん。笑いがたえない長屋にいると、故郷の島の家に帰ったようで、ほんとうに落ち着きました。

ところが、私が京城に来て三回目の冬を迎える頃、夏子さんのお父さんが独立運動の嫌疑で突然西大門《さいだいもん》刑務所に連れていかれたのです。真実がどうかはわかりません。けれど、その頃になると私は、西大門刑務所に連れていかれると、拷問でぼろぼろにされたり、運が悪ければ亡くなってしまったりするということがわかるようになっていました。

きらいな伯父に頭を下げて、夏子さんのお父さんを助けてくれるように懇願しました。伯父がお金持ちで、山月楼の顧客には総督府のお偉いさんがいることも知っていました。しかし、伯父は、私の話を聞くと薄笑いを浮かべて、血は争えんな、といったのです。

酔いがまわった伯父の口から、初めて父と母のことを聞きました。

医学生だった父は、独立運動に参加して西大門刑務所に送られた、というのです。当時の山月楼の楼主だった祖父が、必死で懇願する母に負けて、父とは二度と会わないという約束で当局に口利きをしてくれたことで父はなんとか一命は取り留めたそうです。

でも、爪は一枚も残っていなくて、ひどい肺の病にもかかって、もう京城では冬も越せない——それで母は祖父との約束を破って、父と一緒に逃げるように島に移り住んだのです。

その話を聞いたとき、どうして父が、幼い私が日本語で歌うことすら拒絶したのか、母が悲しそうな顔をしていたのか、初めてはっきりわかったのです。

凍える風が吹く十二月、夏子さんの一家は遠い親戚を頼って、私が生まれた島にわたっていきました。お父さんが刑務所で亡くなり、病弱なお母さんが京城の冬を越すのは難しかったからです。

私は青白い顔で京城駅で手をふってくれた夏子さんの姿に、遠い日の父と母を見ているようで涙が抑えられませんでした。夏子さんはお別れの時、監視の警官の目を気にしながらも、私の耳元で、どうか、あなたの燃える炎をしっかりと守って、といってくれました。

でも、その日から、女学校も休みがちになり、私は伯父の叱責《しっせき》も気にせず、夜の街をさまよい歩き、私と同じように行き場のない朝鮮人の若者たちが集まるバーや喫茶店で時間を過ごすようになったのです。

＊　＊　＊

3

リンちゃんの運転する赤いセダンで日月潭の水社の駐車場についたとき、時刻は午後二時をまわったところだった。リンちゃんはいかにも高級そうなその赤い車をバイトリーダーのチェンさんに貸してもらったらしい。運転中、ジュリは後部座席から何回もリンちゃんにチェンさんの話をふっていて、しまいには運転に集中できひんし、とリンちゃんにしかられていた。

ベージュのタートルネックと紺色のスプリングコートに身を包んだ金原さんは、足取りも軽やかに湖岸に向かって歩く。夏にイタリアで見たときには長かった髪をばっさりと切って、グレーのショートヘアがより活動的な印象だ。歌うような声でよく話し笑う姿を見ていると、八十七歳という年齢をきいてもとても信じられなかった。

いとこってことは賢三さんからあの事件についてきいたことがあるんだろうか――。

わたしはぼんやりとそんなことを考えながら、先にいく金原さんの背中を見る。

一年前の六月に訪れたときとちがって、山裾から吹いてくる風はかすかに冬の手ざわりを残していた。シャンシャンが台北のマンションを引き払うときにもらったハイブランドの黒いウールのカーディガンを羽織っていても、少し肌寒かった。

湖岸に咲き乱れた真っ赤な花を見たとき、金原さんは、わあ、と少女のような声を上げた。

「あの赤い花はなにかしら？」

「寒桜ですよ。今年は遅いんです」とリンちゃんが答える。

リンちゃんは髪を短くして、緑に染めている。その人工的な緑とピンクのセーター、寒桜の強烈な赤がどこか異世界の景色のようでもある。

「――春風は気持ちいいわね」

ひとりごとのようにつぶやくと金原さんは、また湖岸に向かって歩きだした。

リンちゃんが、わたしとジュリにしてくれたのと同じように拉魯島の説明をしている。金原さんは島に興味を持ったのか、「ねえ、賢二さんもいまさら急がないでしょうし、わたし、ちょっと船に乗ってみたいわ」といった。

水社埠頭からは二時半の遊覧船がちょうど出港するところだった。

ジュリが急いで切符を買ってきて、わたしたちは駆け足で船に乗りこむ。甲板から湖岸を見ると、寒桜の赤が美しかった。

ジュリは寒そうにパーカーのフードをかぶっている。そのパーカーのポケットに赤いハイビスカスの刺繍をしたのはわたしだ。金門島から帰ったあと、わたしがそのポケットに穴の開いたパーカーを捨てようとしていたら、絶対罰があたるで、と処分することを許してくれなかったので、しぶしぶ刺繍をした。いま深い緑の湖面に刺繍の赤が鮮やかに映えていて、わたしは、たしかに捨てなくてよかったかもと思う。

金原さんは、デッキから身を乗りだして拉魯島を見ている。

あっというまに遠ざかっていく緑の島を、わたしもぼんやりと見送った。

伊達邵で船を降りて、湖岸の遊歩道をどこにいくともなしに歩いた。サイクリングロードを自転車が駆け抜けていく。山の斜面を上がっていくロープウェーも見える。あの山の上に、原住民の文化を主題にしたテーマパークがあるらしい。ヨーロッパをモチーフにしたウォータースライダーやジェットコースターまであって、とにかく節操がないんですよ、とリンちゃんが金原さんに説明している。

楽しそうにリンちゃんの話をきいていた金原さんが大きな鳳凰木の下で立ち止まった。地面に力強く食いこんだ恐竜の足のような根を指差して、金原さんは、ここにしましょう、と微笑んだ。

「花が咲いていなくて残念ですね」とリンちゃん。

鳳凰木の開花は初夏から秋にかけてだという。そういえば、ジュリと淡水にいった五月、ベンチの前の鳳凰木は満開で、あたり一面に朱色の花びらが積もっていた。

金原さんは太い根と根のあいだにしゃがみこんで、名残惜しそうにゆっくりと紙袋を開いた。白い砂のような灰がふわりと広がる。すぐに紙袋は空っぽになった。

「またすぐにそっちでお話しするのを楽しみにしてるわ」と金原さんは手をあわせる。

ジュリとリンちゃんもわたしの隣で目をつむって手をあわせている。わたしもカプリ島の賢三の姿を思い浮かべて、手をあわせた。

賢三は、結局だれにも真実を告げることなく旅だってしまったんだろうか。死ぬまで守り通したとしたら、賢三はどれほど重たい秘密を抱えていたんだろう——。

考えに沈んでいると、リンちゃんの声がきこえた。

「金原さん、湖がいちばんきれいに見えるとこいきませんか？」

「あら、うれしいわ。案内してくださる？」と金原さんは、鳳凰木の幹を摑むようにして立ち上がった。


日が傾くと湖から吹いてくる風が次第に冷たくなってきた。

高台にある文武廟の階段からは、西日が反射してキラキラと輝く湖が見える。六月にはここでリンちゃんに日記の暗号を解いてもらった。暗号にでてきた「K」についてはききそびれてしまったけど、あの発見がそのあとのジュリの調査にもつながって、わたしたちを賢三のところまで導いたのだろう。

リンちゃんがどこかに電話してしばらくすると、銀色のヘルメットをかぶったチェンさんがコーヒーと台湾カステラを持って、階段を上がってきた。ヘルメットからのぞく髪は明るいブラウンになっている。わたしたちに、ハローと笑って、コーヒーをわたしてくれた。それからリンちゃんを軽く抱きしめて、さりげなく耳元にキスをした。

ああ、やっぱり。そう思ってジュリの顔を見ると、軽くウインクを返してきた。

金原さんはコーヒーを受けとって、多謝《トウシャア》、といった。台湾の「ありがとう」だ。

チェンさんは穏やかな笑みを浮かべて金原さんとなにか話していたけれど、仕事中だったことを思いだしたのか、駆け足で戻っていった。金原さんは、コーヒーをのみながら、静かに湖面をながめている。

わたしは石段に腰掛けて、ひとつため息をついた。

日記をみつけた昨年五月の誕生日の夜から一年にも満たない時間だったけれど、ほんとうに長い旅だった。

あのころ、ジュリはまだ部屋のなかに閉じこもっていた。自分の気持ちを話すことはほとんどなかったし、わたしも移ろいやすいジュリの気分をおそれてすらいた。それがいまやジュリはカフェでバイトをして、休みの日にはひとりで小旅行までするようになった。そして、遠くないうちに部屋からでていくだろう。

わたしも変わった。いつもとはいかないけど、ちょっとだけ自分の気持ちに正直になった。不満を伝えたり、喧嘩したりもできるようになってきた。あの夏の美しい時間を一緒に過ごし、金門島の苛酷な時間をふたりで生き抜いたことで、わたしはそれがなにかははっきりとはわからなくても、生きるということに必要な感情と、力を取り戻しつつあるように感じる。取り戻すといったって、昔、持っていたのかも定かではないのだけれど。

「さっちゃん、日が沈むよ」

ジュリの声に顔を上げる。

湖面をオレンジに染めていた夕日は、最後にぱあっと明るい光を放って、遠い山陰に消えた。

暗闇が降りてきてわたしたちを包む。

街灯に灯りがともると、ジュリは、鞄に手を入れて、なにかをさがしはじめた。

しばらくしてジュリが取りだしたのは、あの黒い表紙の日記帳だった。

ジュリは懐かしそうな顔をして、ぱらぱらとページをめくってから立ち上がる。それから、湖をながめている金原さんに歩みよって、優しくその手の上に日記を置いた。

「秋子さん、おかえりなさい」

その瞬間、金原さんの表情は、傷つきやすい十代の少女のようになった。あの新聞記事で見た、少女の顔だ。

リンちゃんは、どういうこと、といって驚きの表情を浮かべる。

金原さんは無言で手のなかの日記をながめてから、ゆっくりと表紙を開いてページをめくっていく。

遠くの道を走る車のクラクションが山に反響して響いてきた。

そのとき、金原さんの頬を伝って涙が石段に落ちた。

——ばれちゃったのね、とぽつりといった。


冷たくなった風を避けるために入ったカフェ「アネモネ」で、ジュリはゆっくりと説明をはじめた。

イタリアからの電話を受けたときに、最初の違和感があったという。台湾にきたことがないというわりに、台北から日月潭までの距離を知っているようだった、と。

「二回目の電話、エドワード・リーが亡くなったニュースのすぐあとやったやん。あたし、暖かい季節を待つってていってたのに、もうくるんやって思ったの。まるでエドワードが亡くなるのを待ってたみたいって。秋子さんも、エドワードが陽人だってどこかで調べて知ってたんやろ？　まちがいないって思ったんは、今日ここについたとき。秋子さん、春風は気持ちいいっていったやん。前にきたのは天気の悪い秋の日やったから」

チェンさんがだしてくれたジンジャーティーを一口のむと、ああ、おいしいわ、と、秋子さんは微笑んだ。

「探偵の素質があるんじゃない？　全部あたりよ。わたしがここにきたのは、一九四一年十一月十三日、暴風雨の翌日で雨が降り続けていて、秋なのにとっても寒かった。ほんとうに大昔のことね。義兄が日本名からエドワード・リーという名前にして、実業家として成功しているって話は、賢三さんが教えてくれたの。あいつが生きているうちは、いくら賢三さんの最後のお願いでも絶対に台湾にはこなかったわ。亡くなったってニュースを見た日、わたし、やっと終わったって思った」

あの日、カプリ島で見た賢三の苦しそうな顔を思いだす。賢三がなにかを隠すために嘘をついているというわたしの直感はまちがっていなかった。それは、まずなによりも秋子さんが生きているということを隠すためだったのだ。

わたしはずっと抱えてきた疑問を言葉にする。

「どうして賢三さんは、事件の真相を話せなかったんですか？　いま秋子さんとここで出会えたってことは、新聞記事に書かれていたのとは逆に、賢三さんは秋子さんが身を隠すのに協力したってことですよね」

「ええ、あの湖の計画は賢三さんが立てたの。わたしを逃がすためにね。でもね、すべては、メイファァさんがいなくなった日からはじまるの。日記を見ていたのならメイファァさんがいなくなったことはわかってるわね？」

わたしがうなずくと、秋子さんは遠い目をして深いため息をついた。

「わたし、メイファァさんのこと大好きだった。母を早くに亡くしていたから、姉のように慕っていた。それでね、当時は子どもだったから気づいていなかったんだけど、賢三さんとメイファァさんは恋人同士だったの。賢三さんがさよならのあとも玄関先でなかなか帰らないから、あら、わたしのこと好きなのかしら、とか勝手に舞い上がってたけど、あれはメイファァさんが顔を見せるのを待ってたのね。ふたりはほんとうにお似合いだった――」

いかにも懐かしいという様子でそこまで話して、秋子さんは一度言葉を切った。それから険しい顔をしていった。

「だけど、いい家の日本人の青年と、台湾人のお手伝いさんというカップルが受け入れられる時代じゃなかった。父親に婚約者を決められてしまって、賢三さんはほんとうに思いつめていたんですって。そして、よりにもよって、うちにきたばかりの義兄にそのことを相談してしまったの。あいつがどんな奴かなんてお人好しの賢三さんにわかるわけもなかった」

秋子さんは窓の外に目をやる。わたしたちの顔を見まわして、ごめんね、ここからはつらい話になるの、と前置きした。しかし、話しづらいのか、しばらく無言で窓の外の自転車の灯りを目で追っていた。

ようやく口を開いた秋子さんが、まず最初に話してくれたのは、賢三のその後の運命を大きく狂わせてしまった、ある晩のできごとだった。

「日記を覚えているかしら？　わたし、日曜日に街でメイファァさんがあいつと一緒にいるのを見かけたんだけど、その翌日が賢三さんには生涯忘れることのできない晩になってしまったの。ふたりが外で会えるようにメイファァさんを呼びだしてやるから、といってあいつは賢三さんをお酒に連れだした。当時は非常時でお酒も制限されていて、だいたい賢三さんは中学生なんだからそれだってちょっとしたスキャンダルよね。夜も更けたころ、あいつは逢引《あいびき》の場所と時間だけ伝えてメイファァさんを呼んでくる、と席を外した。賢三さんがのみなれないお酒で朦朧としたまま、教えられた町はずれの倉庫にいくと――そこでメイファァさんが首を吊っていたそうなの」

秋子さんは悔しそうに唇を噛んだ。

「賢三さんが呆然としていると、すぐにあいつがやってきて、考える暇も与えずに、メイファァさんが自殺したのはお前のせいだろう、となじった。あいつがメイファァさんの遺体を地面に下ろすと、遺書まであって、そこには賢三さんの人生の邪魔をしないように死を選びます、と書いてあったって。真っ赤な嘘よ。メイファァさんはそんな後ろ向きなひとじゃないもの」

その説明で、これまでどうしてもわからなかった賢三と陽人の関係がようやくつながった。金門島でエドワードが独白したように、おそらくメイファァさんの言葉に激高して衝動的に陽人は殺人を犯した。その罪をかぶせるつもりで賢三を呼びだし、そして賢三はまんまとその策略にのせられてしまった。

「おれが警察に連絡するし、あとはすべてまかせろというあいつに説き伏せられて賢三さんは家に帰った。お酒をのんでいたし、あまりのことに動揺して、茫然自失《ぼうぜんじしつ》という状態だったって。ところがね、何日過ぎてもメイファさんの遺体は発見されなかった。いよいよ自殺のことを警察に伝えようと心を決めた矢先、あいつは賢三さんを呼びだして、おそろしい提案をしたの。遺体は自分が骨をおって隠したし、あの場所で見たことを一切口外するつもりはないが、おまえのためにメイファを呼びだしたときに、秋子に見られてしまった。もし遺体が発見されておれが疑われると困るから秋子のことをなんとかしてくれって。それで、はじめて賢三さんは、陽人という人間の底知れぬおそろしさに気づいた。――ちょうど、そのころね、なにも知らないわたしが賢三さんにあいつのことを相談したのは」

秋子さんは、しばらくいいにくそうに窓の外を見ていたけれど、やがて覚悟を決めたような表情をしていった。

「日記をご覧になったのならお気づきかもしれないけど、わたし、毎晩のようにあいつが部屋にくることに怯えていたの。まだ性暴力なんて言葉もない時代、最初はただの抱擁だったのが次第にエスカレートしているのは子どもながらに気づいていて、ほんとうに耐えられなかった！　父はあいつを気に入って仕事先にも連れていくようになっていたから、ほとんど話もきいてくれなかった。どうしてもがまんできなくなって賢三さんに相談したの」

やっぱりそうだったんだ――。

わたしが金門島で想像したように、植民地支配の暴力にさらされるなかで陽人が抱えてしまった強い憎悪は、家というもっとも近い場所にいた女性たちにつぎつぎに向けられた。秋子は、その逃げ場のない家からなんとかして逃れようとしていた。一方で賢三はメイファさんの自殺について沈黙したことで、結果的に陽人の共犯者にされ、秋子を始末するように脅迫を受けていた。

わたしは、いま考えたことを整理しながら言葉にする。

「メイファさんの自殺のことを黙っているのは苦しいけど、賢三さんにはもはや遺体がどこにあるかすらわからない。もちろん秋子さんを殺すなんて絶対にできない。でも、自分がやらなければ陽人がなにをするかわからない――。そのジレンマを抱えているときに、秋子さんから相談があって、あの湖の失踪事件を考えた、ということなんですね。警察や記者だけでなく陽人まで秋子さんが消えたと信じたのだから計画は成功だった。ただし、そのために賢三さんは不名誉な役回りを全部引き受けた――」

秋子さんは、静かにうなずいた。

それまで黙ってきいていたリンちゃんがぽつりといった。

「うち、やっぱり納得できひんねん。どうして賢三さん、メイファさんがみつかったときにちゃんと証言してやらんかったんやろう――。ほんまかわいそう」

秋子さんは、ほんとうに残念そうな顔をして答える。

「きっと知っていたら賢三さんは警察で証言したはずよ。でもね、それは無理だったの。だって賢三さんは、日月潭の事件で中学校を退学になって、十二月のはじめに櫻井家が内地に帰るときに有無をいわさず連れていかれてしまったから。賢三さん、戦後、外務省で働くようになってから必死で調べて、やっとメイファさんが発見されていたことを知ったんですって。でも、そのときには、もう全部遅すぎた――」

たしかに、とわたしは思う。台湾は日本の植民地ではなくなっていたし、おそらくメイファさんの事件に関する証拠をみつけるのも難しかっただろう。話したところでだれひとりその事件のことを知らない。賢三は、語ることのできない記憶と罪の意識を抱えながら、長い長い年月を生きて、あの島で亡くなった。それはどれほど重たい時間だったのだろう――。

雨粒がガラスを叩く軽い音が響いた。

すぐに雨音が大きくなり、外を歩くひとたちは傘を広げる。赤や緑、黒の大きな傘がネオンを反射してまるで花が開いたようだ。

わたしは最後に残った問いを口にする。

「賢三さんは結局日月潭の事件の真相を公表することなく亡くなってしまった。でも、秋子さんは、名乗りでることもできたんじゃないですか?」

窓の外を早足で歩くひとたちをながめながら、秋子さんは首を横にふった。

「怖かったの。桐島秋子という人間が生きていることがばれたら、あいつが絶対にやってくる――。まったくばかげた妄想にきこえるかもしれないけど、わたしは隠れていないとだめだった。だから、まだ十代だった賢三さんに、生涯絶対に秘密にしてって無茶な約束をしてもらったの。いまでもあのころのことを思いだすたびに息が苦しくなるのよ」

すぐ隣に座るジュリが、大きくうなずいて、わたしの手を握った。指が小刻みに震えている。

秋子さんの話にジュリも自分自身が生き抜いた暴力の記憶を思いだしたのだろうか。

「戦後になって、空襲で家族みんな亡くなったとわかったとき、ほんとうにもういいって思った。だれもわたしのことをさがしてなんかいないって。わたしも自分が食べるのに必死で、ようやく生活が落ち着いてきたとき、桐島秋子という少女がいた時代はもうずっと昔になっていたの。それにわたし、賢三さんに再会できたことで満足だった。カプリ島のレストランの記事を見たとき、奇跡かと思ったわ。いてもたってもいられなくなって会いにいったとき、賢三さんからメイファさんのことをきいてはじめて、あいつが賢三さんを追いつめていたってことを知ったの。許せないと思った。でも、亡くなるまで結局なにもできなかった。ほんとうに怖かったのよ——」

しばらくすると雨音は小さくなり、そのうちなにもきこえなくなった。窓の外に開いていた色とりどりの傘の花は閉じて、通りを走る自動車のヘッドライトに、濡れた路面が銀色の光を放っている。

それまで静かに話をきいていたジュリが、ひとつきいてもええ？　とぽつりといった。秋子さんは、ええ、どうぞ、と答える。

「ずっと気になってたんやけど、賢三さんと丸木舟に乗ったのはこの日記にでてくるＫ？」

秋子さんは、あら、Ｋのこと気づいてたの、と少し恥ずかしそうな顔をした。

ジュリの言葉の意味がわからなくて、わたしは秋子さんに、Ｋって賢三さんじゃなかったんですか、ときいた。

わたしとジュリの顔を見て、秋子さんはいたずらっぽい笑みを浮かべる。

「あなたたちなら、わかると思うけど――」

わたしはジュリの顔を見る。

ジュリは、やっぱり、と微笑んで、パーカーのポケットから一通の封書を取りだした。

「ごめんなさい、あたし、この手紙ちょっと見ちゃった」

封筒の表に、秋子さま、と美しい字で書いてある。

それを見た瞬間、秋子さんは目を輝かせて、ジュリの手を握った。

「あのひとがいなかったら、わたし、逃げようって勇気なんてでなかったわ！」

それから秋子さんは、あの日から現代まで続く、長い長い話をはじめた。

秋子さんの声は歌うように響いて、わたしたちは静かに耳を傾ける。

＊＊＊

秋子さん、私の不幸はそれだけでは終わらなかったのです。

このことを書いたら軽蔑されるかもしれない――。ですが知っておいてほしいのです。私のお腹にはその不幸なできごとが原因で大きな傷が残っています。でも、この忌々《いまいま》しい傷もまた私の人生の一部なのです。

裏通りの喫茶店で過ごすようになったある晩、いつも日本の中学生と喧嘩して顔に傷ばかりつくっているムンテという不良少年が泣きそうな顔をして外に行こうというのです。強がってはいても、背中にさみしさの影を背負ったようなムンテに、私はかすかな好意を寄せていました。思えば、父を亡くし、島を離れてから孤独を抱え続けた私と似たようなところがあると感じていたのかもしれません。

初夏の草の匂いと排水の匂いで息苦しい川べりに腰掛けて、いつまでも黙っているムンテに、どうしたの、ときくと、九州の炭鉱で働いている父が亡くなったという知らせが届いた、というのです。血を吐いて亡くなった父のことを思いだして、つらかったわね、といったら、ムンテがいきなり私の手を摑んで河原に引き倒したのです。

私がはっきりと覚えているのは、河原の割れたガラス瓶の破片が体に刺さった痛みだけです。私はその晩に、仲間と感じていたムンテに体と心を引き裂かれるようなことをされました。おれに生きる理由はないよ、というのがムンテの口癖でした。生きる理由すら持たない人間が、私の生きたいという気持ちを打ち砕いてしまうなんて——。

明け方に傷だらけになって帰った私に、伯父は、おまえまでおれの顔に泥を塗るのか、と激怒しました。それから私は、女学校に通うことはおろか、外出すら許されないようになったのです。どちらにしても、その晩の怪我が原因で手術をすることになり、傷が癒えるまで半年近い時間がかかってしまったのですが。

私が部屋のなかで苦悶《くもん》していたのを見たスンジャが、たまたま楼に居続けていたドイツ人のお医者さんに必死でお願いしてくれて、私は一命を取り留めたのです。私のお腹に残っている傷は、その手術の跡です。

もうなにも残ってはいませんでした。

風の噂でムンテが不良同士の喧嘩で刺されて死んだという話もききました。でも、それすらどうでもよかった。

ただ一人の親友だった夏子さんはいなくなってしまったし、私は、私の体をもう自分のものとは感じられないようになっていました。すっかり傷がよくなっても外には出ませんでした。

そのとき、私の消えかかった命の炎をつないでくれたのが、前に秋子さんにもお話ししたことのある大巻さんです。大巻さんは内地の弘前《ひろさき》という街からきた三十前の娼妓《しょうぎ》でした。あたし、どこにいても絶対楽しく生きてやるわ——それが口癖で、だれもが彼女と話すと元気になる、そんな人でした。

大巻さんは、私が京城についてて日が浅い頃にも、おうどん屋さんに連れていってくれたり、日本人街を案内してくれたり、なにかと世話を焼いてくれたのです。それなのに私は、女学校に通いはじめて伯父の稼業が世間でどのように見られているか知ってからは、邪険な対応を取るようになっていたのです。

三月も終わりのまだ寒々とした晩、大巻さんは部屋に入ってくると、手に温かい紙袋を握らせてくれました。かわいそうに、こんなにやつれちまって、苦しくても食べなきゃ元気なんてでませんよ、と肩を抱いてくれました。そんな大巻さんの好意を私は受け入れることができなくて、その手を払いのけてしまいました。

大巻さんが部屋から出て行ったあと、どこか懐かしい、香ばしい匂いがするような気がして、紙袋を開けてみると、そこには子どもの頃から大好きだった胡餅が入っていました。最初に街を案内してもらった時、私が、好物なの、といったお菓子を、大巻さんは覚えていてくれた。私は大巻さんに親切にしてもらったことを忘れてしまっていたのに――。

まだ温かい胡餅を口にした瞬間、懐かしい島の風景が胸のなかに広がり、それから大巻さんへの申し訳ない気持ちでいっぱいになって、私は泣き崩れてしまいました。

素直にお礼すらいうことができなかったのに気を悪くする様子もなく、大巻さんは私が新しい土地でやりなおす機会まで与えてくれました。

私の母の弟にあたる賢志《けんじ》叔父さんと大巻さんは懇意にされていて、今度その方が台中の貸座敷の経営を任されてあちらに赴任することになったから、連れていってもらったら、というのです(秋子さんが、すてきな方とおっしゃっていた叔父です)。

どうせどこに行っても同じだ、と躊躇する私の背中をさすって大巻さんは、お嬢さま、女には、苦しい場所から逃げることも立派なたたかいなんですよ、と優しくいってくれました。私は、大巻さんが辿《たど》ってきた道を知りません。それでも、その言葉を聞いたとき、ふっと体が軽くなりました。

賢志叔父さんは、商売よりもハイネの詩を愛する穏やかな方で、姉には返せないほどの恩があるから、すべてまかせてくれ、と女学校への編入の手続きから旅費まで、すべての面倒を見てくださいました。

そうして、風の島から始まった私の長い旅は、京城の冷たい冬を乗り越えて、台中にたどりつき、ようやくあの教室のなかで秋子さんに出会うのです。

秋子さんは、いつも私の味方になってくれましたね。だれかが私の悪い噂をしていたら、わざわざ大きな声で私に話しかけて、帰り道では偶然のふりをして私に声をかけてくれて（ごめんなさい、私、あなたが門の前で長い時間待っていてくれたことを知っていたのです）。

それが傷だらけになって、ここまできた私にはどれだけうれしかったことか！　そんなあなただからこそ、私のことを知ってもらいたくて、こんなにも長いお手紙になってしまいました。


最後にここに父と母がつけてくれた私のほんとうの名前を、いまはなくなってしまった私の国の言葉で書いておきます。どうか、この手紙を決してだれにもお見せにならないように。京城の女学校では、この文字を教えることも使うことも禁じられているのです。

あなたはきっといつものように無邪気に、白川さんの朝鮮のお名前はなんとお読みするのかしら、とお聞きになるでしょう。ともすればできごとを深刻にとらえがちな私は、その無邪気さに何度も救われました。

けれど、それと同時に、あなたがなにも知らないということに、心が破れそうになったのもほんとうのことです。私の言葉や名前がどうやって奪われていったのか知らない人に、私はどうすればこの気持ちを伝えることができるのでしょうか。どこまでいっても私の苦しみは、私だけのものでで、あなたたちには届かないのです。

――ごめんなさい。私は、伝えたいことがあって、この手紙を書き始めたはずなのに。秋子さんには、私のことを知っていてほしい。そう心から感じています。秋子さんが、母が優しく私に語りかけてくれた言葉を、心の底から知りたいといってくれた時に、それか私が、もうどうしても伝えずにはいられない気持ちになった時に、ここに書いた名前をお伝えしますね。私という人間を少しわかってもらえたでしょうか。次の日曜日にお話しすることをほんとうに心待ちにしております。

あなたのK

＊＊＊

4

桃園空港で秋子さんを見送ったあと、わたしは迪化街の部屋に帰らないで、そのまま旅の余韻にひたっていたいような気分だった。

わたしが、淡水いかない？　というと、ジュリも、いいね、とふたつ返事だった。わたしは、無性に海が見たかった。

　ひともまばらな淡水線のなかで、秋子さんに書いた手紙のことを考える。

　日月潭で秋子さんの話をきいているときから、ずっとロンアルのことをどう伝えようか考えていた。悪夢のようなあの島での経験にはふれたくないし、ロンアルがまだあそこにいるとも思えない。ジュリとも相談して、導きだした結論は手紙だった。ふたりで手紙を書いて、空港での別れ際に、イタリアに帰ってから読んでほしい、といって手わたした。

　そこには、金門島のエドワードの警備コンサルタント会社の住所と、昨年の秋に調査で訪れたとき、偶然そこで龍之介かもしれない人物を見たということだけを書いた。メイファさんの死と秋子さんの失踪からはじまった長い物語が終わるきっかけを、わたしたちがつくったということには一切ふれなかった。

　――でも、金門島の海岸で、ロンアルは、ねえさんの声が頭から離れない、といっていたのだから、物語に決着をつけたのは、幼い龍之介にかけた秋子さん自身の言葉だったのかもしれない。

　イタリアに帰って手紙を開いた秋子さんは、いったいどうするだろう。

　手紙を書き終えたあと、ジュリにきいてみると、少し考えてから、あのひと元気やし、つぎは金門島まで案内せんとあかんかもね、と笑った。

　ジュリの指の爪は、まだ完全には元通りになっていないけれど、わたしたちの傷も癒えつつあるようだ。

昨年五月にきたときと同じように、淡水の駅前から川沿いの遊歩道を歩き抜け、レンガやタイルの外壁が美しい路地を通り、最後には河口を見晴らす紅毛城のベンチに座った。

三月の夕方の風は暖かくはなかったけれど、ベンチのまわりの木立を縫って差しこむ日差しはまぶしい。わたしは、途中で買ったタピオカミルクティーをジュリにそっと手わたす。いつものことながら、とてもひとりではのみきれない。

ジュリは、ほんまいらんし、と笑いながらも全部のみほした。

「ジョニー、夏休みになったら台湾くるんだって。ジュリさんに案内してもらうの楽しみっすって子犬みたいにいってたよ」

「あいつ、いつまで大学いるつもりやねん。あんまり会いたないかも――」

「えー、あんなにお世話になったのに？　一緒に翡翠餃子で乾杯しようよ」

「さっちゃんのおごりなら」

「なにそれ」

他愛ない会話が途切れて、わたしは最後に残っていた疑問を口にする。

「ジュリ、丸木舟乗ったの秋子さんじゃないっていつから気づいてたの？」

ジュリは少しだけ得意気な顔をしていった。

「賢三さんの家いったとき。少年の証言が丸木舟にふたりの人間が乗ったって示してるのに、賢三さんは秋子さんが左利きってことに気づかんかった。――そうなると、だれかちがうひとと乗ったって考えるのが論理的やん？　でも、ほんまは最初に記事読んだときに違和感あったんよね。

さっちゃんも人物像があわないっていってたやん。それなのに秋子さんにちがいないって先入観にふりまわされちゃった。白川さんだって考えたら、ぴったしやったのに」

わたしは白川さんの名前がでたことでジュリが隠していた手紙のことを思いだした。

「ねえ、いつ白川さんの手紙みつけたのよ」

「いちばん最初。さっちゃん、日記の入ってた封筒よく見んかったやろ。なんか残ってるなって思って引きだしたら小さくたたまれた便箋やったの。だから、あたし日記より先に手紙を読んだんよ。むっちゃ読みやすい字やったし」

わたしが拗ねたように、なんで見せてくれなかったの、というと、ジュリは頭をかきながら、うん、まず読んでみて、といって、スマホの画面を見せてくれた。

そこには白い便箋に青いインクで書かれた手紙が写っていた。日記のなかで秋子さんが書いていたように、ほんとうに美しい文字だった。

わたしはジュリからスマホを受けとってスクロールさせながら読んでいく。これまで想像のなかにしかいなかった白川さんというひとがはじめて語りかけてくるように感じた。

長い手紙には、十代の少女が経験するにはあまりに苛酷な出来事が綴られていて、わたしは読みながら何度もため息が漏れるのを抑えられなかった。

便箋の最後の一枚の端っこは、紙が千切られたのか少しだけギザギザになっていた。そこには、おそらく白川さんが手紙のなかでふれていた朝鮮の名前が、ハングルで書かれていたのだろう。

ゆっくりスマホの画面から顔を上げる。

「この手紙みつけたとき、あたし、ああ、この感情、よく知ってるって思ったんよ。まだ秋子さんの日記も読んでなかったのに、白川さんの気持ち、むっちゃわかるって、どきどきした。自分のこと知ってほしいし、できればちゃんと理解してほしい。けど、伝える前に、絶対わかりっこないって怖くなる。このひともものすごい傷抱えて、ひどい差別のなかで自分の名前も言葉も奪われて、それでも必死に伝えようとしてる——そう思ったら泣けてきて」

そこで言葉を切って、ジュリはわたしの目をのぞきこんだ。

「あたしもずっと怖いんよ。名前いうのも、あたし自身のこと話すのも。ああ、このひと、なんもわかってへん、いつ韓国帰るのなんてきかれても知らんし——。そんなちっぽけながっかりがどんどん積み重なって話すのもいやんなって。気分が沈んでるときは、さっちゃんに、このハングル、なんて読むのってきかれるのすらいや。日本の義務教育で教えてもらうわけでもない言葉を、在日ってだけであたりまえに知ってるって扱われるんがいやなの」

わたしは大きく深呼吸してその言葉の続きを待つ。

「さっちゃんもなんにも知らんやん。カプリ島でハルモニのお店の話したら、うらやましいってゆうてたけど、そうやって同胞でつながってないと日本で生きづらいから。ハルモニが子どものころ学校いけへんかったの、やっぱり朝鮮人の女やったことと分けて考えるなんてできひんの」

あのとき、そんなことを感じてたんだ——。

ジュリのことをもっと知りたいっていいながら、わたし自身がジュリにかけた言葉が、どれだけ無神経なものだったのかぜんぜん気づいていなかった。

悔しくて爪が食いこむくらいぎゅっと手を握りしめる。なにも言葉がでてこない自分を苛立たしく感じながら、ごめんね、とだけつぶやいた。

ジュリは、別にあやまってほしいわけやないし、といって、わたしの肩を軽く叩いた。

「さっちゃんにはいわんかったけど、あたしがハルモニんとこからでられんくなったん、あいつの暴力だけが理由やないんよ。カフェでも病院でも気を抜いた瞬間に、韓国人が、北朝鮮がってきこえてくるんやで。知らんひとからネガティブな感情ぶつけられるの、怖いに決まっとるやん。でも、さっちゃんにいっても、この感じ、わからんやろ？　わかってもらえるかもって期待して、伝わらなくてがっかりしてって繰り返してたら、結局白川さんの手紙見せるタイミング逃しちゃった」

どうしてジュリがイタリアからの帰りにあんなに怒っていたのか、いまになってやっとわかった。すぐ近くにいたのに、まったくちがうリアリティをわたしたちは生きていた。現在に対しても、過去に対しても。

わたしにとって、日記に登場する少女たちは、はるか遠い過去を生きていた。でも、ジュリは、この白川さんの息づかいがそのまま伝わってくるような手紙を、自分自身の在日コリアンとして生きた経験と重ねて読んだ。奪われた言葉、差別、圧倒的な無理解。すべて現在とつながっている。だから、ジュリは、ふたりの少女たちがその後、どのような人生を歩んだのか、ほんとうに知りたかったのだ。それはきっとジュリが、いまどう生きるかということと分かちがたくかかわっている——。

わたしは、ようやくそのことに気がついた。

「――白川さんってどんなひとだったんだろうね」

わたしが心の声を漏らすようにつぶやくと、ジュリはうれしそうな顔をした。その表情に、深く沈んでいた気持ちが少しだけ軽くなる。

しばらくジュリは黙っていたけれど、やがて口を開くといつもの調子でいった。

「白川さんの写真見たい？」

わたしは大きくうなずく。

ジュリがスマホの画面を拡大して見せてくれたのは、水泳大会の上位入賞者について報じる一九四一年九月の新聞記事の写真だった。

「輝け水泳台湾の威容　全日本競泳にズラリ入選」という見出しがついた記事には、上位入賞者の顔写真とプロフィールが数行掲載されている。「二百メートル自由形二位　白川歌津（恩寵高女）」というキャプションの隣に、三つ編みの美しい少女が、睨みつけるような挑発的なまなざしでカメラをみつめていた。

「ほんとにきれいな子。こんな小さな記事、よくみつけたね」

「日記の九月二十二日に、白川さんが水泳大会で入賞したって書いてあったやん？　もしかして、と思って調べたらあったの」

ジュリの推測では、そこで目立ってしまったことが、結果的に学校での孤立につながったのでは、ということだった。当時差別されていた朝鮮人が女学校に編入してきてすぐに大きな大会で好成績をおさめて新聞でも注目を集める。それに加えて飛び抜けた美しさとなると、日本人の少女たちのやっかみの的になることは明白だとジュリはいった。

「たった一枚しかないんよ。必死にさがしたけどそれしかみつからんかったの。ほんま切なくなるよね。ひとりの女のひとが生きた記録が、こんな小さい記事と秋子さんの日記のなかにしかないんやで。生まれた日のことも、亡くなったときのこともわからへんなんて」

その言葉に、数日前に日月潭で夜遅くまで必死になってきいた秋子さんの話を思いだす。秋子さんは、あの日でわたしの時間は止まってしまった、といった。一九四八年のあの日。

白川さんの叔父さんの協力もあって、台湾から済州島にわたったふたりはそこで終戦を――朝鮮のひとたちにとっては解放の日を迎えた。でも、解放はやってこなくて代わりにアメリカとソ連による分割統治の時代がきた。

一九四八年四月からはじまる島民虐殺の嵐のなかで、白川さんは残りたいと懇願する秋子さんを密航船に乗せ、あなたの国に帰りなさい、と足の悪い母が待つ村に帰っていった。それが最後の別れになってしまった、と秋子さんは、遠い目をしていった。

「あたし、秋子さんの話をききながら、ハルモニのこと思いだしてたの。ハルモニ、病気になってはじめて全部話してくれたんよ。魚と重油のにおいで息がつまるような密航船のこと、優しそうなおばさんに、まだ幼かったハルモニを預けて、両親のいる山に帰っていった兄さんのこと、すぐ目の前で殴り殺されたいとこのこと、ごめん、ごめん、許してや、って何度も何度も泣きながらゆうんよ――あたし、いつのまにか、ハルモニの話きいてるような気持ちで――」

急にジュリは黙りこむ。

涙をこらえているのが伝わってきて、わたしはジュリの手を握った。

はるか遠くでウミネコが鳴く声がきこえた。イギリス英語をしゃべる観光客の一群が坂の下から歩いてきて、ベンチの前を通り過ぎていった。わたしが差しだしたティッシュで鼻をかむと、ジュリは震える声でいった。

「手紙の話、最後まで伝えてへんかった。便箋の端が切りとられとったやん？　秋子さんが教えてくれたんやけど、そこだけ切ってお守りのつもりで肌身離さず持ってたんやって。そうしたら、みつかってもだれが書いたものかわからへんし。でも、あたし、白川さんが、秋子さんの読めないハングルで、それでも自分のほんとうの名前を知ってほしくて書いたのを想像したら、もうたまらない気持ちになっちゃって――絶対、あなたのこともみつけたげるって思ったの。それなのに」

ジュリの頬を涙が伝っていく。

そのうち、ジュリは声を上げて泣きはじめた。

ジュリの背中にそっと手をあてる。わたしは、ジュリの涙を通して、はじめて死んでいったひとたちの、離れ離れになって死ななければならなかったひとたちの悲しみの、悔しさの涙が流れこんできたように感じる。

遠くの空が真っ赤に染まって、街にオレンジ色の灯りがともりはじめたころ、ジュリは立ち上がって大きく背筋を伸ばした。

「ハルモニさ、いつかきっとジュリがほんとうに一緒に過ごしたいってひとに会えるから大丈夫ってよういってた。でも、ブログ見ててもさっちゃん、いつまでたっても日本に帰ってこないし、しょうがないからあたしがこっちにきたの」

胸のなかに静かな波のように感情が広がっていく。

わたしは中学のころから逃げ続けていた自分の生とセクシュアリティを、いまやっとわたしのものとして感じはじめている。

ジュリははじめてここにきたとき、このベンチで、もっと自分の気持ちに正直になったら、といっていた。その言葉がいまならわかる。

わたしが、ニカとキスをしたあのころからずっとずっとほしいと感じていたもの、それは、わたし自身だ。だれかにふれたいと感じる、だれかを欲望する身体《からだ》を持ったわたし自身。

いまわたしは、目の前で透き通った茶色の瞳で、海を、街を見ているジュリにたまらなくふれたいと感じている。

やっといちばん気になっていたことを言葉にする。

「それで、ジュリ、やっぱりでてくの？」

いたずらっぽく笑うと、ジュリは、どうしてほしいん、ゆうてみて、といった。

わたしは、もうなにもわたしの心を遮るものはないと感じている。

「わたしにはジュリが必要なの。ジュリもわたしがいないと、変なもの食べて早死にするよ。でてってもいいけど、ちゃんとまた会おうよ」

ジュリは大きく瞬きをすると、なんやそれ、と笑った。

それから手を伸ばしてわたしの髪をなでると一気に頭を引き寄せて唇を重ねた。グレープフルーツのシャンプーのにおい、潮風のにおい、わたしはジュリのにおいを思いっきり吸いこんで、背中に手をまわす。ジュリは、うん、と小さな声を上げて、わたしは頭の奥が痺れるような感覚に震える。

夕日がすっかり落ちてしまって、海に汽笛が響くころ、わたしたちは手をつないで坂を下る。今夜は、迪化街のあの部屋へ帰る。あしたはどうなるかわからない。でも、それでいいかもしれない。

わたしたちには、まだきっと別れたり、出会ったりする時間がある——。

淡水の老街に根を下ろした榕樹の枝をくぐりながら、わたしはそんなことを考えていた。

エピローグ

一九四一年十一月十三日

山を焦がすような朱色の花を咲かせた大きな鳳凰木の下で、私は待っている。サオ族のひとたちの鮮やかな青い服を着て。

七月に芳ちゃんたちときたときには湖岸を朱く染めていたのに、いまはもうこの一本だけ。朱色の花びらが積もって、足元がほんのりと明るい。

先週までは朝晩少し冷えこむようになったと感じるくらいだったのに、暴風雨が夏の名残をすっかり連れていってしまった。

凍えていて、花のにおいも、樹木のにおいもなにも感じない。霧が深まるほどに、不安が増していく。ここには、妙さんも賢三さんもいない。これからはずっとそうなんだ。そう思うだけで涙が止まらない。

こんな霧のなかで、歌津さんは私のことをみつけられるのだろうか――。

昨夜、長かった髪を切ってもらった。もう女学校にいくことはない。姉妹のように仲がよかったりっちゃんにお別れすらいえなかった。

みんなが寝静まったあとに、炊事場にいた妙さんに、髪を切って、とお願いすると、少しさみしそうな顔をしてから、大丈夫、髪はまた伸びますからね、と元気づけてくれた。

妙さんは、私が打ち明ける前から、家の雰囲気が変わったことに気づいていたという。髪を切りながら小声で、来週にはお暇《いとま》をもらって故郷に帰りますから、私のことはご心配なく、といった。髪を切った姿を鏡で見るとよりいっそう幼く見えて悲しい気持ちになった。

メイファさんは帰ってきていない。義兄の言葉はまるで信用できない。いったいどこにいってしまったの――。それをたしかめもしないで逃げだす私はほんとうに卑怯者《ひきょうもの》だ。でも、もうあの冷たい手でさわられることに耐えられない。

歌津さんにあの木綿花のベンチで打ち明けた日、気丈なあのひとが泣きながら、私の肩を抱いて、何度も何度も、あなたは悪くない、といってくれた。いつか大巻さんというひとがそうやって歌津さんをなぐさめてくれたのだろう。

――女の言葉はいまはだれもきかないの、だから一緒に逃げましょう。私はね、地の果てまでだって逃げてやるわ。

歌津さんの言葉が私に力をくれる。

賢三さんには、妙さんと弟のことを見ていてあげてほしいと何回もお願いした。あんなにかわいい龍之介を残していくなんて気が狂いそうだ。私ひとりが逃げるために、賢三さんの将来や、歌津さんの生活、すべて台なしにしてしまう。

部屋に戻る前に、妙さんに、もう一度集落までの道をきいた。

私が、途中でだれかにみつかったらどうしたらいいの、と弱気になっていうと、無言で強く抱きしめてくれた。

それから、いつものハイビスカスのような笑みを浮かべて、大丈夫、私たちの服を着ていれば気づかれません、日本人はだれも顔なんて見ちゃいないんですから、と冗談めかしていった。元気づけるためにいってくれているのはわかっていても、私は恥ずかしくてたまらなかった。


霧はまったく晴れそうにない。

冷たい水のなかで、きっと歌津さんは凍えきっているにちがいない。朱色の花がどれだけ鮮やかだといっても、こんな霧のなかで見えるのだろうか。不安の底に沈んでしまいそうになると、頭のなかに歌津さんの言葉が響いて、私は唇を噛んで踏みとどまる。

——必ずあなたをみつけるから、絶対に木の下を動いちゃだめよ。

そのとき、湖面が大きく揺れた。

水のなかから白い手がふわりと優雅に伸びて、それから水音がきこえた。パシャパシャという水の音があたりに響く。ゆらゆらと漂いながら、白い体は少しずつ湖畔に近づいてきた。

私はその幻想的な光景に、いつか妙さんからきいたこの湖に棲むという人魚の話を思いだす。

妙さんは、あのとき、私がおっとりしているから気をつけないと引きこまれてしまいますよ、と笑っていた。その言葉とは反対に、いま私は、この湖を泳ぐ私の人魚を湖畔に引き上げるのだ。

水が打ち寄せるぎりぎりのところまで駆け寄る。

夕闇のなかで、歌津さんが立ち上がった。お腹に浮かぶ赤い傷跡すら、愛おしく感じた。歌津さんの体を、持ってきたタオルでおおうように抱きしめる。

「ぜんぜんどうってことないわ。島育ちなのよ」

そういいながらも、凍えているのか肩が小刻みに震えていて、私はさらに強く抱きしめた。

歌津さんは、苦しいわ、と笑う。それから、私の頬を濡れた手の平ではさみこんで、ゆっくりと唇を重ねてきた。体が液体になってしまったようだ。体の中心が火のように熱く燃えている。

——これは私だけの火だ。この炎が燃えていればどこにいても生きていける。

気がつくとあたりは真っ暗になっていて、大急ぎで震えている歌津さんにサオ族の青い服を着せた。

これから暗い道を歩いて、妙さんの集落の方角を目指せば、途中で歌津さんの叔父さまが自動車で待っていてくれる。そして、私は、メイファさんにいってはいけないと注意されていた柳川の向こうにはじめて足を踏み入れる。

昨夜の電話で叔父さまは、ほとぼりがさめるまでここにいて、それから歌津が生まれた島にわたればいい、といってくださった。私たちはひとを匿《かくま》ったり、逃がしたりするのには慣れていますから、とも。

「ほら、いまはのんびりしてちゃだめでしょ。もういかなくちゃ」

そういうと歌津さんは、私の手を取った。その手は湖の水で冷え切っている。

「歌津さん、寒くないの?」

歌津さんは、瞬きをして、なにかをいおうとして口を開く。躊躇するように、いったん口を閉じたけれど、また開くとはっきりとした声でいった。

「私のほんとうの名前はイスル。朝鮮語で露《つゆ》って意味よ。だからちょっとくらい濡れてても大丈夫。秋子さんこそ風邪ひかないでね。私、ずっと看病なんてごめんだわ。きっと長い長い旅になるんだから」

私は、イスル、と小さくつぶやく。なんてすてきな響きだろう。台中の街を一緒に歩きまわって、あの木綿花のベンチで何度も言葉を交わしてきたのに、いまはじめて彼女にふれた気がした。

私たちは靄《もや》のかかった真っ暗な道を早足で歩く。木の枝が足元で折れる音、知らない鳥の鳴き声、すべてが先へすすめとせき立ててくるようだ。

夜が刻一刻と深まっていく。ふと、いまきた道をふりかえると、燃えるようだった鳳凰木の朱い花は漆黒の闇のなかにすっかり見えなくなっていた。

そのとき、暗闇を切り裂くように、バスの灯りが道を照らした。気がつけば、一本の光の道のなかにいる。

この道がどこに続いていたってかまわない。
私たちは、ただ駆けるだけだ。

主要参考文献

新井淑子「植民地台湾の女教員史――初期女子教育と初等教育の女教員――」『埼玉大学紀要　教育学部（教育科学）』五〇（二）　二〇〇一年
井上正子（井上迅編）『ためさるる日　井上正子日記　1918-1922』法藏館　二〇二三年
内田静枝編著『セーラー服と女学生　100年ずっと愛された、その秘密』河出書房新社　二〇一八年
太田孝子「植民地下朝鮮における梨花女子高等女学校―「光州学生運動」を中心に―」『岐阜大学留学生センター紀要』二〇一四年
金一勉『朝鮮人がなぜ「日本名」を名のるのか　民族意識と差別』三一書房　一九七八年
金時鐘『朝鮮と日本に生きる――済州島から猪飼野へ』岩波書店　二〇一五年
呉月娥『ある台湾人女性の自分史』芙蓉書房出版　一九九九年
高良真木（高良留美子編）『戦争期少女日記―自由学園・自由画教育・中島飛行機』教育史料出版会　二〇二〇年
小林英夫『言語学方法論考』三省堂　一九三五年
蔡金鼎『宮原武熊的一天』愛社享生活文化　二〇二〇年
三文字昌也「台湾における遊廓立地の研究　1895-1945　日本植民地都市計画論の観点から」『東京大学大学院　都市工学専攻　2017年度　修士論文梗概集』二〇一八年
申明直、張世眞、權袒奎（浦川登久恵、野口なごみ訳）『韓国文学ノート』白帝社　二〇〇八年
薛化元編（永山英樹訳）『詳説　台湾の歴史―台湾高校歴史教科書―』雄山閣　二〇二〇年

台湾女性史入門編纂委員会編『台湾女性史入門』人文書院　二〇〇八年
竹中信子『植民地台湾の日本女性生活史　昭和篇〔下〕』田畑書店　二〇〇一年
垂水千恵『台湾文学というポリフォニー―往還する日台の想像力』岩波書店　二〇二三年
地球の歩き方編集室編著『地球の歩き方　D10　台湾　2020〜2021年版』ダイヤモンド・ビッグ社　二〇二〇年
地球の歩き方編集室編著『地球の歩き方　A13　南イタリアとシチリア　2019〜2020年版』ダイヤモンド・ビッグ社　二〇一八年
杜潘芳格（下村作次郎編）『フォルモサ少女の日記』総和社　二〇〇〇年
日本旅行協会台北支部編『日月潭と霧社』日本旅行協会台北支部　一九四〇年
朴賛弼「済州島における伝統的集住空間構成に関する研究」『関西大学東西学術研究所紀要』二〇一〇年
濱田麻矢『少女中国―書かれた女学生と書く女学生の百年』岩波書店　二〇二一年
藤田賀久『アジアの虐殺・弾圧痕を歩く　ポル・ポトのカンボジア／台湾・緑島／韓国・済州島』えにし書房　二〇二一年
松田謙『日月潭と台湾電力　附・電力消化問題私見』殖民経済研究所　一九三四年
文京洙『済州島四・三事件―「島のくに」の死と再生の物語』岩波書店　二〇一八年
山本禮子「台湾の高等女学校研究―インタビューにみる女学生生活とその背景（その二）―」『和洋女子大学紀要　第三十九集（文系編）』一九九九年
山家悠平『生き延びるための女性史　遊廓に響く〈声〉をたどって』青土社　二〇二三年
楊千鶴『人生のプリズム』そうぶん社出版　一九九三年

楊双子（三浦裕子訳）『台湾漫遊鉄道のふたり』中央公論新社　二〇二三年
頼萱珮編『台中歴史地図散歩』台湾東版　二〇一七年
李信恵『#鶴橋安寧――アンチ・ヘイト・クロニクル』影書房　二〇一五年
台湾新聞社『台湾新聞』一九四一年七月一日～一九四一年一二月一六日
台湾日日新報社『台湾日日新報』一九四二年五月一日～一九四二年九月一日

初出　「小説すばる」二〇二三年十一月号～二〇二四年一月号
連載時、「日月潭《リーユエタン》の朱い花」を「日月潭《にちげつたん》の朱い花」に改題しました。
単行本化にあたり、加筆・修正を行いました。

本作品はフィクションであり、人物・事象・団体等を事実として表現したものではありません。
本作品は二十世紀前半を描いており、地名など当時の呼称が使用されている箇所があります。それらは当時を描くうえで、作中の時代性や社会状況を反映するために必要と判断しました。読者の皆様のご理解を賜りたくお願い申し上げます。

青波 杏

あおなみ・あん

１９７６年、東京都国立市出身。

近代の遊廓の女性たちによる労働問題を専門とする女性史研究者。

京都大学大学院人間・環境学研究科博士後期課程修了。

２０２２年、『楊花の歌』（『亜熱帯はたそがれて——廈門《アモイ》、コロニアル幻夢譚』改題）で第35回小説すばる新人賞を受賞しデビュー。

日《にち》月《げつ》潭《たん》の朱《あか》い花《はな》

2024年7月10日　第1刷発行

著　者　青波《あおなみ》杏《あん》
発行者　樋口尚也
発行所　株式会社集英社
〒101-8050　東京都千代田区一ッ橋2-5-10
電話　03-3230-6100（編集部）
03-3230-6080（読者係）
03-3230-6393（販売部）書店専用
印刷所　TOPPAN株式会社
製本所　ナショナル製本協同組合

ISBN978-4-08-771867-6 C0093
定価はカバーに表示してあります。